मानसरोवर-1

प्रेमचंद की मशहूर कहानियाँ

प्रेमचंद

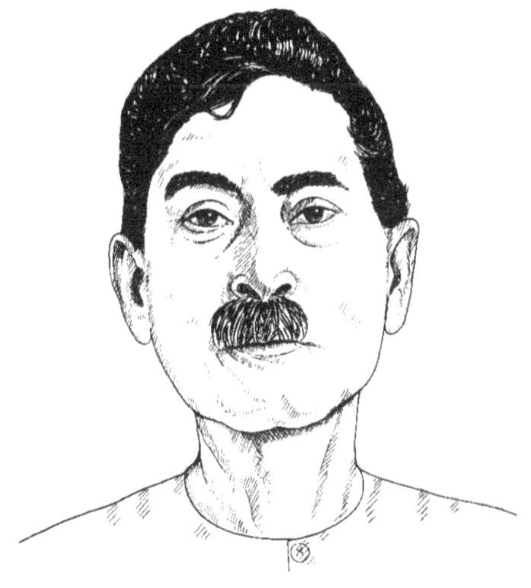

जनरल प्रैस

Published by

GENERAL PRESS

4805/24, Fourth Floor, Krishna House
Ansari Road, Daryaganj, New Delhi - 110002
Ph : 011-23282971, 45795759
E-mail : generalpressindia@gmail.com

www.generalpress.in

First Edition : 2018

ISBN : 9789387669086

Published by Azeem Ahmad Khan for General Press

Printed at Repro Knowledgecast Limited, India

अनुक्रम

प्रेमचंद–जीवन परिचय 5
1. ईदगाह 7
2. पूस की रात 22
3. नमक का दारोगा 29
4. ग़रीब की हाय 38
5. सुजान भगत 50
6. रामलीला 62
7. धोखा 70
8. जुगनू की चमक 79
9. बेटों वाली विधवा 90
10. दो बैलों की कथा 110
11. बड़े भाई साहब 124
12. घरजमाई 133
13. दारोगाजी 145
14. कफ़न 154
15. दो भाई 163

प्रेमचंद-जीवन परिचय

प्रेमचंद का जन्म 31 जुलाई, 1880 को वाराणसी के निकट लम्ही ग्राम में हुआ था। उनके पिता अजायब राय पोस्ट ऑफ़िस में क्लर्क थे। वे अजायब राय व आनन्दी देवी की चौथी संतान थे। पहली दो लड़कियाँ बचपन में ही चल बसी थीं। तीसरी लड़की के बाद वे चौथे स्थान पर थे। माता-पिता ने उनका नाम धनपत राय रखा।

सात साल की उम्र में उन्होंने एक मदरसे से अपनी पढ़ाई-लिखाई की शुरुआत की जहाँ उन्होंने एक मौलवी से उर्दू और फ़ारसी सीखी। जब वे केवल आठ साल के थे तभी लम्बी बीमारी के बाद आनन्दी देवी का स्वर्गवास हो गया। उनके पिता ने दूसरी शादी कर ली परंतु प्रेमचंद को नई माँ से कम ही प्यार मिला। धनपत को अकेलापन सताने लगा।

किताबों में जाकर उन्हें सुकून मिला। उन्होंने कम उम्र में ही उर्दू, फ़ारसी और अँग्रेज़ी साहित्य की अनेकों किताबें पढ़ डालीं। कुछ समय बाद उन्होंने वाराणसी के क्वींस कॉलेज में दाख़िला ले लिया।

1895 में पंद्रह वर्ष की आयु में उनका विवाह कर दिया गया। तब वे नवीं कक्षा में पढ़ रहे थे। लड़की एक सम्पन्न ज़मीदार परिवार से थी और आयु में उनसे बढ़ी थी। प्रेमचंद ने पाया कि वह स्वभाव से बहुत झगड़ालू है और कोई ख़ास सुंदर भी

नहीं है। उनका यह विवाह सफ़ल नहीं रहा। उन्होंने विधवा-विवाह का समर्थन करते हुए 1906 में बाल-विधवा शिवरानी देवी से दूसरा विवाह कर लिया। उनकी तीन संताने हुईं—श्रीपत राय, अमृत राय और कमला देवी श्रीवास्तव।

1897 में अजायब राय भी चल बसे। प्रेमचंद ने जैसे-तैसे दूसरे दर्जे से मैट्रिक की परीक्षा पास की। तंगहाली और गणित में कमज़ोर होने की वजह से पढ़ाई बीच में ही छूट गई। बाद में उन्होंने प्राइवेट से इंटर व बी.ए. की परीक्षा उत्तीर्ण की।

वाराणसी के एक वकील के बेटे को 5 रु. महीना पर ट्यूशन पढ़ाकर ज़िंदगी की गाड़ी आगे बढ़ी। कुछ समय बाद 18 रु. महीना की स्कूल टीचर की नौकरी मिल गई। सन् 1900 में सरकारी टीचर की नौकरी मिली और रहने को एक अच्छा मकान भी मिल गया।

धनपत राय ने सबसे पहले उर्दू में 'नवाब राय' के नाम से लिखना शुरू किया। बाद में उन्होंने हिंदी में प्रेमचंद के नाम से लिखा। उन्होंने 14 उपन्यास, 300 से अधिक कहानियाँ, नाटक, समीक्षा, लेख, सम्पादकीय व संस्मरण आदि लिखे। उनकी कहानियों का अनुवाद विश्व की अनेक भाषाओं में हुआ है। उन्होंने मुंबई में रहकर फ़िल्म 'मज़दूर' की पटकथा भी लिखी।

प्रेमचंद काफ़ी समय से पेट के अलसर से बीमार थे, जिसके कारण उनका स्वास्थ्य दिन-पर-दिन गिरता जा रहा था। इसी के चलते 8 अक्तूबर, 1936 को क़लम के इस सिपाही ने संसार से विदा ले ली।

1

ईदगाह

रमज़ान के पूरे तीस रोज़ों के बाद ईद आई है। कितना मनोहर, कितना सुहावना प्रभात है। वृक्षों पर कुछ अजीब हरियाली है, खेतों में कुछ अजीब रौनक है, आसमान पर कुछ अजीब लालिमा है। आज का सूर्य देखो, कितना प्यारा, कितना शीतल है, मानो संसार को ईद की बधाई दे रहा है। गाँव में कितनी हलचल है। ईदगाह जाने की तैयारियाँ हो रही हैं। किसी के कुरते में बटन नहीं हैं, पड़ोस के घर से सुई-धागा लेने दौड़ा जा रहा है। किसी के जूते कड़े हो गए हैं, उनमें तेल डालने के लिए तेली के घर भागा जाता है। जल्दी-जल्दी बैलों को सानी-पानी दे दें। ईदगाह से लौटते-लौटते दोपहर हो जाएगी। तीन कोस का पैदल रास्ता, फिर सैकड़ों आदमियों से मिलना-भेंटना। दोपहर के पहले लौटना असंभव है। लड़के सबसे ज़्यादा प्रसन्न हैं। किसी ने एक रोज़ा रखा है, वह भी दोपहर तक, किसी ने वह भी नहीं; लेकिन ईदगाह जाने की ख़ुशी उनके हिस्से की चीज़ है। रोज़े बड़े-बूढ़ों के लिए होंगे। इनके लिए तो ईद है। रोज़ ईद का नाम रटते थे। आज वह आ गई। अब जल्दी पड़ी है कि लोग ईदगाह क्यों नहीं चलते। इन्हें गृहस्थी की चिंताओं से क्या प्रयोजन! सेवैयों के लिए दूध और शक्कर घर में है या नहीं, इनकी बला से, ये तो सेवैयाँ खाएँगे। वह क्या जानें कि अब्बाजान क्यों बदहवास चौधरी कायमअली के घर दौड़े जा

रहे हैं! उन्हें क्या ख़बर कि चौधरी आज आँखें बदल लें, तो यह सारी ईद मुहर्रम हो जाए। उनकी अपनी जेबों में तो कुबेर का धन भरा हुआ है। बार-बार जेब से अपना ख़ज़ाना निकाल कर गिनते हैं और ख़ुश होकर फिर रख लेते हैं।

महमूद गिनता है, एक-दो, दस-बारह। उसके पास बारह पैसे हैं। मोहसिन के पास एक, दो, तीन, आठ, नौ, पंद्रह पैसे हैं। इन्हीं अनगिनती पैसों में अनगिनती चीज़ें लाएँगे—खिलौने, मिठाइयाँ, बिगुल, गेंद और जाने क्या-क्या! और सबसे ज़्यादा प्रसन्न है हामिद। वह चार-पाँच साल का ग़रीबसूरत, दुबला-पतला लड़का, जिसका बाप गत वर्ष हैज़े की भेंट हो गया और माँ न जाने क्यों पीली होती-होती एक दिन मर गई। किसी को पता न चला, क्या बीमारी है। कहती भी तो कौन सुनने वाला था। दिल पर जो बीतती थी, वह दिल ही में सहती और जब न सहा गया, तो संसार से विदा हो गई। अब हामिद अपनी बूढ़ी दादी अमीना की गोद में सोता है और उतना ही प्रसन्न है। उसके अब्बाजान रुपये कमाने गए हैं। बहुत-सी थैलियाँ लेकर आएँगे। अम्मीजान अल्लामियाँ के घर से उसके लिए बड़ी अच्छी-अच्छी चीज़ें लाने गई हैं, इसलिए हामिद प्रसन्न है। आशा तो बड़ी चीज़ है, और फिर बच्चों की आशा! उनकी कल्पना तो राई का पर्वत बना लेती है। हामिद के पाँव में जूते नहीं हैं, सिर पर एक पुरानी-धुरानी टोपी है, जिसका गोटा काला पड़ गया है, फिर भी वह प्रसन्न है। जब उसके अब्बाजान थैलियाँ और अम्मीजान नियामतें लेकर आएँगी, तो वह दिल के अरमान निकाल लेगा। तब देखेगा महमूद, मोहसिन, नूरे और सम्मी कहाँ से उतने पैसे निकालेंगे। अभागिनी अमीना अपनी कोठरी में बैठी रो रही है। आज ईद का दिन और उसके घर में दाना नहीं! आज आबिद होता तो क्या इसी तरह ईद आती और चली जाती? इस अंधकार और निराशा में वह डूबी जा रही है। किसने बुलाया था इस निगोड़ी ईद को? इस घर में उसका काम नहीं, लेकिन हामिद! उसे किसी के मरने-जीने से क्या मतलब? उसके अन्दर प्रकाश है, बाहर आशा। विपत्ति अपना सारा दलबल लेकर आए, हामिद की आनंद-भरी चितवन उसका विध्वंस कर देगी।

हामिद भीतर जाकर दादी से कहता है, "तुम डरना न अम्मा, मैं सबसे पहले आऊँगा। बिल्कुल न डरना।"

अमीना का दिल कचोट रहा है। गाँव के बच्चे अपने-अपने बाप के साथ जा रहे हैं। हामिद का बाप अमीना के सिवा और कौन है! उसे कैसे अकेले मेले जाने दे!

उस भीड़-भाड़ में बच्चा कहीं खो जाए तो क्या हो! नहीं, अमीना उसे यों न जाने देगी। नन्ही-सी जान, तीन कोस चलेगा कैसे? पैर में छाले पड़ जाएँगे। जूते भी तो नहीं हैं। वह थोड़ी-थोड़ी दूर पर उसे गोद में ले लेती, लेकिन यहाँ सेवैयाँ कौन पकाएगा? पैसे होते तो लौटते-लौटते सब सामग्री जमा करके चटपट बना लेती। यहाँ तो घंटों चीज़ें जमा करते लगेंगे। माँग का ही तो भरोसा ठहरा। उस दिन फ़हीमन के कपड़े सिए थे। आठ आने पैसे मिले थे। उस अठन्नी को ईमान की तरह बचाती चली आती थी, इसी ईद के लिए। लेकिन कल ग्वालन सिर पर सवार हो गई तो क्या करती। हामिद के लिए कुछ नहीं है, तो दो पैसे का दूध तो चाहिए ही। अब तो कुल दो आने पैसे बच रहे हैं। तीन पैसे हामिद की जेब में, पाँच अमीना के बटवे में। यही तो बिसात है और ईद का त्यौहार! अल्ला ही बेड़ा पार लगाएगा। धोबन और नाइन और मेहतरानी और चुड़िहारिन, सभी तो आएँगी। सभी को सेवैयाँ चाहिए और थोड़ा किसी को आँखों नहीं लगता। किस-किस से मुँह चुराएगी! और मुँह क्यों चुराए? साल-भर का त्यौहार है। ज़िन्दगी ख़ैरियत से रहे, उनकी तकदीर भी तो उसी के साथ है। बच्चे को ख़ुदा सलामत रखे, ये दिन भी कट जाएँगे।

गाँव से मेला चला। और बच्चों के साथ हामिद भी जा रहा था। कभी सबके सब दौड़कर आगे निकल जाते। फिर किसी पेड़ के नीचे खड़े होकर साथ वालों का इंतज़ार करते। यह लोग क्यों इतना धीरे चल रहे हैं? हामिद के पैरों में तो जैसे पर लग गए हैं। वह कभी थक सकता है? शहर का दामन आ गया। सड़क के दोनों ओर अमीरों के बगीचे हैं। पक्की चारदीवारी बनी हुई है। पेड़ो में आम और लीचियाँ लगी हुई हैं। कभी-कभी कोई लड़का कंकड़ी उठाकर आम पर निशाना लगाता है। माली अंदर से गाली देता हुआ निकलता है। लड़के वहाँ से एक फ़लांग पर हैं। ख़ूब हँस रहे हैं। माली को कैसा उल्लू बनाया।

बड़ी-बड़ी इमारतें आने लगीं। यह अदालत है, यह कालेज है, यह क्लबघर है। इतने बड़े कालेज में कितने लड़के पढ़ते होंगे। सब लड़के नहीं हैं जी! बड़े-बड़े आदमी हैं, सच! उनकी बड़ी-बड़ी मूँछे हैं। इतने बड़े हो गए, अभी तक पढ़ने जाते हैं। न जाने कब तक पढ़ेंगे और क्या करेंगे इतना पढ़कर? हामिद के मदरसे में दो-तीन बड़े-बड़े लड़के हैं, बिल्कुल तीन कौड़ी के, रोज़ मार खाते हैं, काम से जी चुराने वाले। इस जगह भी उसी तरह के लोग होंगे और क्या। क्लबघर में जादू होता है। सुना है, यहाँ मुरदे की खोपड़ियाँ दौड़ती हैं और बड़े-बड़े तमाशे होते हैं, पर किसी को अंदर

नहीं जाने देते। और यहाँ शाम को साहब लोग खेलते हैं। बड़े-बड़े आदमी खेलते हैं, मूँछो-दाढ़ी वाले। और मेमें भी खेलती हैं, सच! हमारी अम्मा को वह दे दो, क्या नाम है, बैट, तो उसे पकड़ ही न सकें। घुमाते ही लुढक जाएँ।

महमूद ने कहा, "हमारी अम्मीजान का तो हाथ काँपने लगे, अल्ला कसम।"

मोहसिन बोला, "अम्मी, मनों आटा पीस डालती हैं। ज़रा-सा बैट पकड़ लेंगी, तो हाथ काँपने लगेंगे! सैकड़ों घड़े पानी रोज़ निकालती हैं। पाँच घड़े तो मेरी भैंस पी जाती है। किसी मेम को एक घड़ा पानी भरना पड़े तो आँखों तले अँधेरा आ जाए।"

महमूद, "लेकिन दौड़ती तो नहीं, उछल-कूद तो नहीं सकतीं।"

मोहसिन, "हाँ, उछल-कूद तो नहीं सकतीं; लेकिन उस दिन मेरी गाय खुल गई थी और चौधरी के खेत में जा पड़ी थी, तो अम्मा इतनी तेज़ दौड़ी कि मैं उन्हें पा न सका, सच!"

आगे चले। हलवाइयों की दुकानें शुरू हुईं। आज ख़ूब सजी हुई थीं। इतनी मिठाइयाँ कौन खाता है? देखो न, एक-एक दुकान पर मनों होंगी। सुना है, रात को जिन्नात आकर ख़रीद ले जाते हैं। अब्बा कहते थे कि आधी रात को एक आदमी दुकान पर जाता है और जितना माल बचा होता है, वह तुलवा लेता है और सचमुच के रुपये देता है, बिल्कुल ऐसे ही रुपये।

हामिद को यकीन न आया, "ऐसे रुपये जिन्नात को कहाँ से मिल जाएँगे?"

मोहसिन ने कहा, "जिन्नात को रुपये की क्या कमी? जिस ख़ज़ाने में चाहें चले जाएँ। लोहे के दरवाज़े उन्हें नहीं रोक सकते जनाब, आप हैं किस फेर में! हीरे-जवाहरात तक उनके पास रहते हैं। जिससे ख़ुश हो गए, उसे टोकरों जवाहरात दे दिए। अभी यहीं बैठे हैं, पाँच मिनट में कलकत्ता पहुँच जाएँ।"

हामिद ने फिर पूछा, "जिन्नात बहुत बड़े-बड़े होते होंगे?"

मोहसिन, "एक-एक आसमान के बराबर होता है जी! ज़मीन पर खड़ा हो जाए तो उसका सिर आसमान से जा लगे, मगर चाहे तो एक लोटे में घुस जाए।"

हामिद, "लोग उन्हें कैसे ख़ुश करते होंगे? कोई मुझे वह मंतर बता दे तो एक जिन्न को ख़ुश कर लूँ।"

मोहसिन, "अब यह तो मैं नहीं जानता, लेकिन चौधरी साहब के काबू में बहुत जिन्नात हैं। कोई चीज़ चोरी चली जाए, चौधरी साहब उसका पता लगा देंगे और

चोर का नाम भी बता देंगे। जुमराती का बछवा उस दिन खो गया था। तीन दिन हैरान हुए, कहीं न मिला। तब झख मारकर चौधरी के पास गए। चौधरी ने तुरन्त बता दिया कि मवेशीख़ाने में है और वहीं मिला। जिन्नात आकर उन्हें सारे जहान की ख़बर दे जाते हैं।"

अब उसकी समझ में आ गया कि चौधरी के पास क्यों इतना धन है, और क्यों उनका इतना सम्मान है।

आगे चले। यह पुलिस लाइन है। यहीं सब कानिसटिबिल कवायद करते हैं। रैटन! फ़ाय फ़ो! रात को बेचारे घूम-घूमकर पहरा देते हैं, नहीं तो चोरियाँ हो जाएँ।

मोहसिन ने प्रतिवाद किया, "यह कानिसटिबिल पहरा देते हैं? तभी तुम बहुत जानते हो। अजी हज़रत, यही चोरी कराते हैं। शहर के जितने चोर-डाकू हैं, सब इनसे मिलते हैं। रात को ये लोग चोरों से कहते हैं कि चोरी करो और आप दूसरे मुहल्ले में जाकर 'जागते रहो! जागते रहो!' पुकारते हैं। जभी इन लोगों के पास इतने पैसे आते हैं। मेरे मामू एक थाने में कानिसटिबिल हैं। बीस रुपये महीना पाते हैं, लेकिन पचास रुपये घर भेजते हैं। अल्ला कसम! मैंने एक बार पूछा था कि मामू, आप इतने रुपये कहाँ से पाते हैं? हँसकर कहने लगे, 'बेटा, अल्ला देता है।' फिर आप ही बोले, 'हम लोग चाहें तो एक दिन में लाख़ों मार लाएँ। हम तो इतना ही लेते हैं, जिसमें अपनी बदनामी न हो और नौकरी न चली जाए।'"

हामिद ने पूछा, "यह लोग चोरी करवाते हैं, तो कोई इन्हें पकड़ता नहीं?"

मोहसिन उसकी नादानी पर दया दिखाकर बोला, "अरे, पागल! इन्हें कौन पकड़ेगा! पकड़ने वाले तो यह लोग ख़ुद हैं। लेकिन अल्ला इन्हें सज़ा भी ख़ूब देता है। हराम का माल हराम में जाता है। थोड़े ही दिन हुए मामू के घर में आग लग गई। सारी लेई-पूँजी जल गई। एक बरतन तक न बचा। कई दिन पेड़ के नीचे सोए, अल्ला कसम, पेड़ के नीचे! फिर न जाने कहाँ से एक सौ कर्ज़ लाए तो बरतन-भाँड़े आए।"

हामिद, "एक सौ तो पचास से ज़्यादा होते हैं?"

'कहाँ पचास, कहाँ एक सौ। पचास एक थैली-भर होता है। सौ तो दो थैलियों में भी न आएँ?'

अब बस्ती घनी होने लगी थी। ईदगाह जाने वालों की टोलियाँ नज़र आने लगीं। एक से एक भड़कीले वस्त्र पहने हुए, कोई इक्के-ताँगे पर सवार, कोई मोटर पर, सभी इत्र में बसे, सभी के दिलों में उमंग। ग्रामीणों का वह छोटा-सा दल अपनी विपन्नता से बेख़बर, संतोष और धैर्य मे मगन चला जा रहा था। बच्चों के लिए नगर की सभी चीज़ें अनोखी थीं। जिस चीज़ की ओर ताकते, ताकते ही रह जाते। और पीछे से बार-बार हॉर्न की आवाज़ होने पर भी न चेतते। हामिद तो मोटर के नीचे जाते-जाते बचा।

सहसा ईदगाह नज़र आई। ऊपर इमली के घने वृक्षों की छाया है। नीचे पक्का फ़र्श है, जिस पर जाज़िम बिछा हुआ है। और नमाज़ियों की पंक्तियाँ एक के पीछे एक न जाने कहाँ तक चली गई हैं, पक्की जगत के नीचे तक, जहाँ जाज़िम भी नहीं है। नए आने वाले आकर पीछे की कतार में खड़े हो जाते हैं। आगे जगह नहीं है। यहाँ कोई धन और पद नहीं देखता। इस्लाम की निगाह में सब बराबर हैं। इन ग्रामीणों ने भी वज़ू किया और पिछली पंक्ति में खड़े हो गए। कितना सुन्दर संचालन है, कितनी सुन्दर व्यवस्था! लाख़ों सिर एक साथ सिजदे में झुक जाते हैं, फिर सब-के-सब एक साथ खड़े हो जाते हैं। एक साथ झुकते हैं और एक साथ घुटनों के बल बैठ जाते हैं। कई बार यही क्रिया होती है, जैसे बिजली की लाख़ों बत्तियाँ एक साथ प्रदीप्त हों और एक साथ बुझ जाएँ, और यही क्रम चलता रहे। कितना अपूर्व दृश्य है, जिसकी सामूहिक क्रियाएँ, विस्तार और अनंतता हृदय को श्रद्धा, गर्व और आत्मानंद से भर देती हैं, मानों भ्रातृत्व का एक सूत्र इन समस्त आत्माओं को एक लड़ी में पिरोए हुए है।

नमाज़ ख़त्म हो गई है, लोग आपस में गले मिल रहे हैं। तब मिठाई और खिलौने की दुकान पर धावा होता है। ग्रामीणों का यह दल इस विषय में बालकों से कम उत्साही नहीं है। यह देखो, हिंडोला है, एक पैसा देकर चढ़ जाओ। कभी आसमान पर जाते हुए मालूम होंगे, कभी ज़मीन पर गिरते हुए। यह चर्खी है, लकड़ी के हाथी, घोड़े, ऊँट, छड़ो में लटके हुए हैं। एक पैसा देकर बैठ जाओ और पच्चीस चक्करों का मज़ा लो। महमूद, मोहसिन, नूरे और सम्मी इन घोड़ों और ऊँटो पर बैठते हैं। हामिद दूर खड़ा है। तीन ही पैसे तो हैं उसके पास। अपने कोष का एक तिहाई ज़रा-सा चक्कर खाने के लिए नहीं दे सकता।

सब चर्ख़ियों से उतरे हैं। अब खिलौने लेंगे। इधर दुकानों की कतार लगी हुई है। तरह-तरह के खिलौने हैं—सिपाही और गुजरिया, राजा और वकील, भिश्ती और धोबिन, और साधु। वाह! कितने सुन्दर खिलौने हैं। अब बोलना ही चाहते हैं। अहमद सिपाही लेता है, ख़ाकी वर्दी और लाल पगड़ी वाला, कंधे पर बंदूक रखे हुए। मालूम होता है, अभी कवायद किए चला आ रहा है। मोहसिन को भिश्ती पसंद आया। कमर झुकी हुई, ऊपर मशक रखे हुए है। मशक का मुँह एक हाथ से पकड़े हुए है। कितना प्रसन्न है! शायद कोई गीत गा रहा है। बस, मशक से पानी उड़ेलना चाहता है। नूरे को वकील से प्रेम है। कैसी विद्वत्ता है उसके मुख पर! काला चोगा, नीचे सफ़ेद अचकन, अचकन के सामने की जेब में घड़ी, सुनहरी ज़ंजीर, एक हाथ में कानून का पोथा लिये हुए। मालूम होता है, अभी किसी अदालत में जिरह या बहस किए चले आ रहे हैं। यह सब दो-दो पैसे के खिलौने हैं। हामिद के पास कुल तीन पैसे हैं, इतने महँगे खिलौने वह कैसे ले? खिलौना कहीं हाथ से छूट पड़े, तो चूर-चूर हो जाए। ज़रा पानी पड़े तो सारा रंग घुल जाए। ऐसे खिलौने लेकर वह क्या करेगा, किस काम के!

मोहसिन कहता है, "मेरा भिश्ती रोज़ पानी दे जाएगा साँझ-सवेरे।"

महमूद, "और मेरा सिपाही घर का पहरा देगा। कोई चोर आएगा, तो फ़ौरन बंदूक से फ़ैर कर देगा।"

नूरे, "और मेरा वकील ख़ूब मुकदमा लड़ेगा।"

सम्मी, "और मेरी धोबिन रोज़ कपड़े धोएगी।"

हामिद खिलौनों की निंदा करता है, "मिट्टी ही के तो हैं, गिरे तो चकनाचूर हो जाएँ", लेकिन ललचाई हुई आँखों से खिलौनों को देख रहा है और चाहता है कि ज़रा देर के लिए उन्हें हाथ में ले सकता। उसके हाथ अनायास ही लपकते हैं, लेकिन लड़के इतने त्यागी नहीं होते, विशेषकर जब अभी नया शौक हो। हामिद ललचाता रह जाता है।

खिलौनों के बाद मिठाइयाँ आती हैं। किसी ने रेवड़ियाँ ली हैं, किसी ने गुलाब-जामुन, किसी ने सोहन-हलवा। मज़े से खा रहे हैं। हामिद बिरादरी से पृथक् है। अभागे के पास तीन पैसे हैं। क्यों नहीं कुछ लेकर खाता? ललचाई आँखों से सबकी ओर देखता है।

मोहसिन कहता है, "हामिद रेवड़ी ले जा, कितनी ख़ुशबूदार हैं!"

हामिद को सदेंह हुआ, ये केवल क्रूर विनोद है। मोहसिन इतना उदार नहीं है, लेकिन यह जानकर भी वह उसके पास जाता है। मोहसिन दोने से एक रेवड़ी निकालकर हामिद की ओर बढ़ाता है। हामिद हाथ फैलाता है। मोहसिन रेवड़ी अपने मुँह में रख लेता है। महमूद, नूरे और सम्मी ख़ूब तालियाँ बजा-बजा कर हँसते हैं। हामिद खिसिया जाता है।

मोहसिन, "अच्छा, अब की ज़रूर देंगे हामिद, अल्ला कसम, ले जा।"

हामिद, "रखे रहो। क्या मेरे पास पैसे नहीं हैं?"

सम्मी, "तीन ही पैसे तो हैं। तीन पैसे में क्या-क्या लोगे?"

अहमद, "हमसे गुलाब-जामुन ले जा हामिद। मोहसिन बदमाश है।"

हामिद, "मिठाई कौन बड़ी नियामत है। किताब में इसकी कितनी बुराइयाँ लिखी हैं।"

मोहसिन, "लेकिन दिल में कह रहे होगे कि मिले तो खा लें। अपने पैसे क्यों नहीं निकालते?"

महमूद, "हम समझते हैं इसकी चालाकी। जब हमारे सारे पैसे ख़र्च हो जाएँगे, तो हमें ललचा-ललचाकर खाएगा।"

मिठाइयों के बाद कुछ दुकानें लोहे की चीज़ों की हैं, कुछ गिलट और कुछ नकली गहनों की। लड़कों के लिए यहाँ कोई आकर्षण न था। वे सब आगे बढ़ जाते हैं, हामिद लोहे की दुकान पर रुक जाता है। कई चिमटे रखे हुए थे। उसे ख़्याल आया, दादी के पास चिमटा नहीं है। तवे से रोटियाँ उतारती हैं, तो हाथ जल जाता है। अगर वह चिमटा ले जाकर दादी को दे दे, तो वह कितनी प्रसन्न होंगी! फिर उनकी ऊँगलियाँ कभी न जलेंगी। घर में एक काम की चीज़ हो जाएगी। खिलौने से क्या फ़ायदा। व्यर्थ में पैसे ख़राब होते हैं। ज़रा देर ही तो ख़ुशी होती है, फिर तो खिलौने को कोई आँख उठाकर नहीं देखता। यह तो घर पहुँचते-पहुँचते टूट-फूट कर बराबर हो जाएँगे। चिमटा कितने काम की चीज़ है। रोटियाँ तवे से उतार लो, चूल्हे में सेक लो। कोई आग माँगने आये तो चटपट चूल्हे से आग निकालकर उसे दे दो। अम्मा बेचारी को कहाँ फ़ुरसत है कि बाज़ार आएँ और इतने पैसे ही कहाँ मिलते हैं? रोज़ हाथ जला लेती हैं।

हामिद के साथी आगे बढ़ गए हैं। सबील पर सबके-सब शरबत पी रहे हैं। देखें, सब कितने लालची हैं। इतनी मिठाइयाँ लीं, मुझे किसी ने एक भी न दी। उस पर कहते हैं, मेरे साथ खेलो। मेरा यह काम करो। अब अगर किसी ने कोई काम करने को कहा, तो पूछूँगा। खाएँ मिठाइयाँ, आप मुँह सड़ेगा, फोड़े-फुंसियाँ निकलेंगी, आप ही ज़बान चटोरी हो जाएगी। अब घर से पैसे चुराएँगे और मार खाएँगे। किताब में झूठी बातें थोड़े ही लिखी हैं। मेरी ज़बान क्यों ख़राब होगी? अम्मा चिमटा देखते ही दौड़कर मेरे हाथ से ले लेंगी और कहेंगी, 'मेरा बच्चा अम्मा के लिए चिमटा लाया है।' हज़ारों दुआएँ देंगी। फिर पड़ोस की औरतों को दिखाएँगी। सारे गाँव में चर्चा होने लगेगी, हामिद चिमटा लाया है। कितना अच्छा लड़का है। इन लोगों के खिलौनों पर कौन इन्हें दुआएँ देगा? बड़ों की दुआएँ सीधे अल्ला के दरबार में पहुँचती हैं और तुरंत सुनी जाती हैं। मेरे पास पैसे नहीं हैं। तभी तो मोहसिन और महमूद यों मिज़ाज दिखाते हैं। मैं भी इनसे मिज़ाज दिखाऊँगा। खेलें खिलौने और खाएँ मिठाइयाँ, मैं नहीं खेलता खिलौने, किसी का मिज़ाज क्यों सहूँ? मैं ग़रीब सही, किसी से कुछ माँगने तो नहीं जाता। आख़िर अब्बाजान कभी-न-कभी आएँगे। अम्मी भी आएँगी। फिर इन लोगों से पूछूँगा, कितने खिलौने लोगे? एक-एक को टोकरियों खिलौने दूँ और दिखा दूँ कि दोस्तों के साथ इस तरह का सलूक किया जाता है। यह नहीं कि एक पैसे की रेवड़ियाँ लीं, तो चिढ़ा-चिढ़ाकर खाने लगे। सबके-सब हँसेंगे कि हामिद ने चिमटा लिया है। हँसें! मेरी बला से! उसने दुकानदार से पूछा, "यह चिमटा कितने का है?"

दुकानदार ने उसकी ओर देखा और कोई आदमी साथ न देखकर कहा, "तुम्हारे काम का नहीं है जी!"

"बिकाऊ है कि नहीं?"

"बिकाऊ क्यों नहीं है? और यहाँ क्यों लाद लाए हैं?"

"तो बताते क्यों नहीं, कै पैसे का है?"

"छः पैसे लगेंगे।"

हामिद का दिल बैठ गया।

"ठीक-ठीक बताओ।"

"ठीक-ठीक पाँच पैसे लगेंगे, लेना हो लो, नहीं चलते बनो।"

हामिद ने कलेजा मज़बूत करके कहा, "तीन पैसे लोगे?"

यह कहता हुआ वह आगे बढ़ गया कि दुकानदार की घुड़कियाँ न सुने। लेकिन दुकानदार ने घुड़कियाँ नहीं दीं। बुलाकर चिमटा दे दिया। हामिद ने उसे इस तरह कंधे पर रखा, मानो बंदूक है और शान से अकड़ता हुआ संगियों के पास आया। ज़रा सुनें, सबके सब क्या-क्या बातें बनाते हैं!

मोहसिन ने हँसकर कहा, "यह चिमटा क्यों लाया पगले, इससे क्या करेगा?"

हामिद ने चिमटे को ज़मीन पर पटककर कहा, "ज़रा अपना भिश्ती ज़मीन पर गिरा दो। सारी पसलियाँ चूर-चूर हो जाएँ बच्चे की।"

महमूद बोला, "यह चिमटा कोई खिलौना है?"

हामिद, "खिलौना क्यों नही है! अभी कन्धे पर रखा, बंदूक हो गई। हाथ में लिया, फ़कीरों का चिमटा हो गया। चाहूँ तो इससे मजीरे का काम ले सकता हूँ। एक चिमटा जमा दूँ, तो तुम लोगों के सारे खिलौनों की जान निकल जाए। तुम्हारे खिलौने कितना ही ज़ोर लगाएँ, मेरे चिमटे का बाल भी बाँका नही कर सकते। मेरा बहादुर शेर है—चिमटा।"

सम्मी ने खँजरी ली थी। प्रभावित होकर बोला, "मेरी खँजरी से बदलोगे? दो आने की है।"

हामिद ने खँजरी की ओर उपेक्षा से देखा, "मेरा चिमटा चाहे तो तुम्हारी खँजरी का पेट फाड़ डाले। बस, एक चमड़े की झिल्ली लगा दी, ढब-ढब बोलने लगी। ज़रा-सा पानी लग जाए तो ख़त्म हो जाए। मेरा बहादुर चिमटा आग में, पानी में, आँधी में, तूफ़ान में बराबर डटा खड़ा रहेगा।"

चिमटे ने सभी को मोहित कर लिया, लेकिन अब पैसे किसके पास धरे हैं? फिर मेले से दूर निकल आए हैं, नौ कब के बज गए, धूप तेज़ हो रही है। घर पहुँचने की जल्दी हो रही है। बाप से ज़िद भी करें, तो चिमटा नहीं मिल सकता। हामिद है बड़ा चालाक। इसीलिए बदमाश ने अपने पैसे बचा रखे थे।

अब बालकों के दो दल हो गए हैं। मोहसिन, महमूद, सम्मी और नूरे एक तरफ़ हैं, हामिद अकेला दूसरी तरफ़। शास्त्रार्थ हो रहा है। सम्मी तो विधर्मी हो गया! दूसरे पक्ष से जा मिला, लेकिन मोहसिन, महमूद और नूरे भी हामिद से एक-एक, दो-दो साल बड़े होने पर भी हामिद के आघातों से आतंकित हो उठे हैं। उसके पास न्याय

का बल है और नीति की शक्ति। एक ओर मिट्टी है, दूसरी ओर लोहा, जो इस वक्त अपने को फ़ौलाद कह रहा है। वह अजेय है, घातक है। अगर कोई शेर आ जाए, भिश्ती के छक्के छूट जाएँ, मियाँ सिपाही मिट्टी की बंदूक छोड़कर भागें, वकील साहब की नानी मर जाए, चोगे में मुँह छिपाकर ज़मीन पर लेट जाएँ। मगर यह चिमटा, यह बहादुर, यह रुस्तमे-हिंद लपक कर शेर की गर्दन पर सवार हो जाएगा और उसकी आँखे निकाल लेगा।

मोहसिन ने एड़ी-चोटी का ज़ोर लगाकर कहा, "अच्छा, पानी तो नहीं भर सकता?"

हामिद ने चिमटे को सीधा खड़ा करके कहा, "भिश्ती को एक डाँट लगाएगा, तो दौड़ा हुआ पानी लाकर उसके द्वार पर छिड़कने लगेगा।"

मोहसिन परास्त हो गया पर महमूद ने कुमक पहुँचाई, "अगर बच्चा पकड़े जाएँ तो अदालत में बँधे-बँधे फिरेंगे। तब तो वकील साहब के ही पैरों पड़ेंगे।"

हामिद इस प्रबल तर्क का जवाब न दे सका। उसने पूछा, "हमें पकड़ने कौन आएगा?"

नूरे ने अकड़कर कहा, "यह सिपाही बंदूक वाला।"

हामिद ने मुँह चिढ़ाकर कहा, "यह बेचारे हम बहादुर रुस्तमे-हिंद को पकड़ेंगे! अच्छा लाओ, अभी ज़रा कुश्ती हो जाए। इनकी सूरत देखकर दूर से भागेंगे। पकड़ेंगे क्या बेचारे!"

मोहसिन को एक नई चोट सूझ गई, "तुम्हारे चिमटे का मुँह रोज़ आग में जलेगा।"

उसने समझा था कि हामिद लाजवाब हो जाएगा, लेकिन यह बात न हुई। हामिद ने तुरंत जवाब दिया, "आग में बहादुर ही कूदते हैं जनाब! तुम्हारे यह वकील, सिपाही और भिश्ती महिलाओं की तरह घर में घुस जाएँगे। आग में कूदना वह काम है, जो रुस्तमे-हिन्द ही कर सकता है।"

महमूद ने एक ज़ोर और लगाया, "वकील साहब कुरसी-मेज़ पर बैठेंगे, तुम्हारा चिमटा तो बावरचीख़ाने में ज़मीन पर पड़ा रहेगा।"

इस तर्क ने सम्मी और नूरे को भी सजीव कर दिया, "कितने ठिकाने की बात की है पट्ठे ने! चिमटा बावरचीख़ाने में पड़े रहने के सिवा और क्या कर सकता है।"

हामिद को कोई फड़कता हुआ जवाब न सूझा, तो उसने धाँधली शुरू की, "मेरा चिमटा बावरचीख़ाने में नही रहेगा। वकील साहब कुर्सी पर बैठेंगे, तो जाकर उन्हे ज़मीन पर पटक देगा और उनका कानून उनके पेट में डाल देगा।"

बात कुछ बनी नहीं। खासी गाली-गलौच थी, लेकिन कानून को पेट में डालने वाली बात छा गई। ऐसी छा गई कि तीनों सूरमा मुँह ताकते रह गए। कानून मुँह से बाहर निकलने वाली चीज़ है। उसको पेट के अन्दर डाल दिया जाए, बेतुकी-सी बात होने पर भी कुछ नयापन रखती है। हामिद ने मैदान मार लिया। उसका चिमटा रुस्तमे-हिंद है। अब इसमें मोहसिन, महमूद, नूरे, सम्मी किसी को भी आपत्ति नहीं हो सकती।

विजेता को हारने वालों से जो सत्कार मिलना स्वाभाविक है, वह हामिद को भी मिला। औरों ने तीन-तीन, चार-चार आने पैसे ख़र्च किए, पर कोई काम की चीज़ न ले सके। हामिद ने तीन पैसे में रंग जमा लिया। सच ही तो है, खिलौने का क्या भरोसा? टूट-फूट जाएँगे। हामिद का चिमटा तो बना रहेगा बरसों।

संधि की शर्तें तय होने लगीं। मोहसिन ने कहा, "ज़रा अपना चिमटा दो, हम भी देखें। तुम हमारा भिश्ती लेकर देखो।"

महमूद और नूरे ने भी अपने-अपने खिलौने पेश किए।

हामिद को इन शर्तों को मानने में कोई आपत्ति न थी। चिमटा बारी-बारी से सबके हाथ में गया, और उनके खिलौने बारी-बारी से हामिद के हाथ में आए। कितने ख़ूबसूरत खिलौने हैं।

हामिद ने हारने वालों के आँसू पोंछे, "मैं तुम्हे चिढ़ा रहा था, सच! यह लोहे का चिमटा भला, इन खिलौनों की क्या बराबरी करेगा, मालूम होता है, अब बोले, अब बोले।"

लेकिन मोहसिन की पार्टी को इस दिलासे से संतोष नहीं होता। चिमटे का सिक्का ख़ूब बैठ गया है। चिपका हुआ टिकट अब पानी से नहीं छूट रहा है।

मोहसिन, "लेकिन इन खिलौनों के लिए कोई हमें दुआ तो न देगा?"

महमूद, "दुआ को लिए फिरते हो। उल्टे मार न पड़े। अम्मा ज़रूर कहेंगी कि मेले में यही मिट्टी के खिलौने तुम्हें मिले?"

हामिद को स्वीकार करना पड़ा कि खिलौनों को देखकर किसी की माँ इतनी ख़ुश न होगी, जितनी दादी चिमटे को देखकर होंगी। तीन पैसों में ही तो उसे सब-कुछ करना था और उन पैसों के इस उपयोग पर पछतावे की बिल्कुल ज़रूरत न थी। फिर अब तो चिमटा रुस्तमे-हिन्द है और सभी खिलौनों का बादशाह।

रास्ते में महमूद को भूख लगी। उसके बाप ने केले खाने को दिए। महमूद ने केवल हामिद को साझी बनाया। उसके अन्य मित्र मुँह ताकते रह गए। यह उस चिमटे का प्रसाद था।

ग्यारह बजे गाँव में हलचल मच गई। मेले वाले आ गए। मोहसिन की छोटी बहन ने दौड़कर भिश्ती उसके हाथ से छीन लिया और मारे ख़ुशी के जो उछली, तो मियाँ भिश्ती नीचे आ रहे और सुरलोक सिधारे। इस पर भाई-बहन में मार-पीट हुई। दोनों ख़ूब रोए। उनकी अम्मा यह शोर सुनकर बिगड़ी और दोनों को ऊपर से दो-दो चाँटे और लगाए।

मियाँ नूरे के वकील का अंत उनके प्रतिष्ठानुकूल इससे ज़्यादा गौरवमय हुआ। वकील ज़मीन पर या ताक पर तो नहीं बैठ सकता। उसकी मर्यादा का विचार तो करना ही होगा। दीवार में खूँटियाँ गाड़ी गईं। उन पर लकड़ी का एक पटरा रखा गया। पटरे पर कागज़ का कालीन बिछाया गया। वकील साहब राजा भोज की भाँति सिंहासन पर विराजे। नूरे ने उन्हें पंखा झलना शुरू किया। अदालतों में खस की टट्टियाँ और बिजली के पंखे रहते हैं। क्या यहाँ मामूली पंखा भी न हो! कानून की गर्मी दिमाग पर चढ़ जाएगी कि नहीं? बाँस का पंखा आया और नूरे हवा करने लगे। मालूम नहीं, पंखे की हवा से या पंखे की चोट से वकील साहब स्वर्ग-लोक से मृत्यु-लोक में आ रहे और उनका माटी का चोला माटी में मिल गया! फिर बड़े ज़ोर-शोर से मातम हुआ और वकील साहब की अस्थि घूरे पर डाल दी गई।

अब रहा महमूद का सिपाही। उसे चटपट गाँव का पहरा देने का चार्ज मिल गया। लेकिन पुलिस का सिपाही कोई साधारण व्यक्ति तो था नहीं, जो अपने पैरों चले। वह पालकी पर चलेगा। एक टोकरी आई, उसमें कुछ लाल रंग के फटे-पुराने चिथड़े बिछाए गए जिसमें सिपाही साहब आराम से लेटे। महमूद ने यह टोकरी उठाई और अपने द्वार का चक्कर लगाने लगे। उनके दोनों छोटे भाई सिपाही की तरफ़ से 'छोने वाले, जागते लहो' पुकारते हैं। मगर रात तो अँधेरी ही होनी चाहिए।

महमूद को ठोकर लग जाती है। टोकरी उसके हाथ से छूटकर गिर पड़ती है और मियाँ सिपाही अपनी बन्दूक लिये ज़मीन पर आ जाते हैं, और उनकी एक टाँग में विकार आ जाता है। महमूद को आज ज्ञात हुआ कि वह अच्छा डाक्टर है। उसको ऐसा मरहम मिल गया है जिससे वह टूटी टाँग को आनन-फ़ानन में जोड़ सकता है। केवल गूलर का दूध चाहिए। गूलर का दूध आता है। टाँग जोड़ दी जाती है। शल्यक्रिया असफल हुई, तब उसकी दूसरी टाँग भी तोड़ दी जाती है। अब कम-से-कम एक जगह आराम से बैठ तो सकता है। एक टाँग से तो न चल सकता था, न बैठ सकता था। अब वह सिपाही संन्यासी हो गया है। अपनी जगह पर बैठा-बैठा पहरा देता है। कभी-कभी देवता भी बन जाता है। उसके सिर का झालरदार साफ़ा ख़ुरच दिया गया है। अब उसका जितना रूपांतर चाहो, कर सकते हो। कभी-कभी तो उससे बाट का काम भी लिया जाता है।

अब मियाँ हामिद का हाल सुनिए। अमीना उसकी आवाज़ सुनते ही दौड़ी और उसे गोद में उठाकर प्यार करने लगी। सहसा उसके हाथ में चिमटा देखकर वह चौंकी।

"यह चिमटा कहाँ था?"

"मैंने मोल लिया है।"

"कै पैसे में?"

"तीन पैसे दिये।"

अमीना ने छाती पीट ली। यह कैसा बेसमझ लड़का है कि दोपहर हुई, कुछ खाया न पिया। लाया क्या, चिमटा! बोली, "सारे मेले में तुझे और कोई चीज़ न मिली, जो यह लोहे का चिमटा उठा लाया?"

हामिद ने अपराधी-भाव से कहा, "तुम्हारी उँगलियाँ तवे से जल जाती थीं, इसलिए मैने इसे लिया।"

बुढ़िया का क्रोध तुरंत स्नेह में बदल गया, और स्नेह भी वह नहीं, जो प्रगल्भ होता है और अपनी सारी कसक शब्दों में बिख़ेर देता है। यह मूक स्नेह था, ख़ूब ठोस, रस और स्वाद से भरा हुआ। बच्चे में कितना त्याग, कितना सदभाव और कितना विवेक है! दूसरों को खिलौने लेते और मिठाई खाते देखकर इसका मन

कितना ललचाया होगा! इतना ज़ब्त इससे हुआ कैसे? वहाँ भी इसे अपनी बुढ़िया दादी की याद बनी रही। अमीना का मन गदगद हो गया।

और अब एक बड़ी विचित्र बात हुई। हामिद के इस चिमटे से भी विचित्र। बच्चे हामिद ने बूढ़े हामिद का पार्ट खेला था। बुढ़िया अमीना बालिका अमीना बन गई। वह रोने लगी। दामन फैलाकर हामिद को दुआएँ देती जाती थी और आँसू की बड़ी-बड़ी बूंदे गिराती जाती थी। हामिद इसका रहस्य क्या समझता!

2

पूस की रात

हल्कू ने आकर स्त्री से कहा, "सहना आया है, लाओ, जो रुपए रखे हैं, उसे दे दूँ। किसी तरह गला तो छूटे।"

मुन्नी झाड़ू लगा रही थी। पीछे फिर कर बोली, "तीन ही तो रुपए हैं, दे दोगे तो कंबल कहाँ से आवेगा? माघ-पूस की रात हार में कैसे कटेगी? उससे कह दो, फ़सल पर दे देंगे। अभी नहीं।"

हल्कू एक क्षण अनिश्चित दशा मे खड़ा रहा। पूस सिर पर आ गया, कंबल के बिना हार में रात को वह किसी तरह नहीं सो सकता। मगर सहना मानेगा नहीं, घुड़कियाँ जमावेगा, गालियाँ देगा। बला से जाड़ों में मरेंगे, बला तो सिर से टल जाएगी। यह सोचता हुआ वह अपना भारी-भरकम डील लिए हुए (जो उसके नाम को झूठा सिद्ध करता था) स्त्री के समीप आ गया और ख़ुशामद करके बोला, "ला दे दे, गला तो छूटे। कंबल के लिए कोई दूसरा उपाए सोचूँगा।"

मुन्नी उसके पास से दूर हट गई और आँखें तरेरती हुई बोली, "कर चुके दूसरा उपाए! ज़रा सुनूँ कौन-सा उपाए करोगे? कोई ख़ैरात दे देगा कंबल? न जाने कितनी बाकी है, जो किसी तरह चुकने में ही नहीं आती। मैं कहती हूँ, तुम क्यों नहीं खेती

छोड़ देते? मर-मर काम करो, उपज हो तो बाकी दे दो, चलो छुट्टी हुई। बाकी चुकाने के लिए ही तो हमारा जन्म हुआ है। पेट के लिए मजूरी करो। ऐसी खेती से बाज आए। मैं रुपए न दूँगी-न दूँगी।"

हल्कू उदास होकर बोला, "तो क्या गाली खाऊँ?"

मुन्नी ने तड़पकर कहा, "गाली क्यों देगा, क्या उसका राज है?"

मगर यह कहने के साथ ही उसकी तनी हुई भौंहें ढीली पड़ गईं। हल्कू के उस वाक्य में जो कठोर सत्य था, वह मानो एक भीषण जंतु की भाँति उसे घूर रहा था।

उसने जाकर आले पर से रुपए निकाले और लाकर हल्कू के हाथ पर रख दिए, फिर बोली, "तुम छोड़ दो, अबकी से खेती। मजूरी में सुख से एक रोटी खाने को तो मिलेगी। किसी की धौंस तो न रहेगी। अच्छी खेती है। मजूरी करके लाओ, वह भी उसी में झोंक दो, उस पर से धौंस।"

हल्कू ने रुपए लिये और इस तरह बाहर चला मानो अपना हृदय निकालकर देने जा रहा हो। उसने मजूरी से एक-एक पैसा काट-काटकर तीन रुपए कंबल के लिए जमा किए थे। वे आज निकले जा रहे थे। एक-एक पग के साथ उसका मस्तक अपनी दीनता के भार से दबा जा रहा था।

पूस की अंधेरी रात। आकाश पर तारे ठिठुरते हुए मालूम होते थे। हल्कू अपने खेत के किनारे ऊख के पत्तों की छतरी के नीचे बाँस के खटोले पर अपनी पुरानी गाढ़े की चादर ओढ़े पड़ा काँप रहा था। खाट के नीचे उसका संगी कुत्ता जबरा पेट में मुँह डाले सर्दी से कूँ-कूँ कर रहा था। दो में से एक को भी नींद ना आती थी।

हल्कू ने घुटनियों को गर्दन में चिपकाते हुए कहा, "क्यों जबरा, जाड़ा लगता है? कहता तो था, घर में पुआल पर लेटे रहो। यहाँ क्या लेने आये थे? अब खाओ ठंड, मैं क्या करूँ? जानते थे, मैं यहाँ हलवा-पूरी खाने आ रहा हूँ, दौड़े-दौड़े आगे-आगे चले आए। अब रोओ नानी के नाम को।"

जबरा ने पड़े-पड़े दुम हिलाई और अपनी कूँ-कूँ को दीर्घ बनाता हुआ, एक बार जम्हाई लेकर चुप हो गया। उसकी श्वान-बुद्धि ने शायद ताड़ लिया, स्वामी को मेरी कूँ-कूँ से नींद नहीं आ रही है।

हल्कू ने हाथ निकालकर जबरा की ठंडी पीठ सहलाते हुए कहा, "कल से मत आना मेरे साथ, नहीं तो ठंडे हो जाओगे। यह कमबख़्त पछुआ न जाने कहाँ से बर्फ़ लिए आ रही है। उठूँ, फिर एक चिलम भरूँ। किसी तरह रात तो कटे। आठ चिलम तो पी चुका। यह खेती का मज़ा है। और एक भागवान ऐसे पड़े हैं, जिनके पास जाड़ा जाए तो गर्मी से घबराकर भागे। मोटे-मोटे गद्दे, लिहाफ़, कंबल। मजाल है, जाड़े का गुज़र हो जाए। तकदीर की ख़ूबी! मजूरी हम करें, मज़ा दूसरे लूटें।"

हल्कू उठा और गड्ढे में से ज़रा-सी आग निकालकर चिलम भरी। जबरा भी उठ बैठा।

हल्कू ने चिलम पीते हुए कहा, "पियेगा चिलम, जाड़ा तो क्या जाता है, हाँ, ज़रा मन बहल जाता है।"

जबरा ने उसके मुँह की ओर प्रेम से छलकती हुई आँखों से देखा।

हल्कू आज और जाड़ा खा ले। कल से मैं यहाँ पुआल बिछा दूँगा। उसी में घुसकर बैठना, तब जाड़ा न लगेगा।

जबरा ने अगले पंजे उसकी घुटनियों पर रख दिए और उसके मुँह के पास अपना मुँह ले गया। हल्कू को उसकी गर्म साँस लगी।

चिलम पीकर हल्कू फिर लेटा और निश्चय करके लेटा की चाहे कुछ भी हो, अबकी सो जाऊँगा। पर एक ही क्षण में उसके हृदय में कंपन होने लगा। कभी इस करवट लेटता, कभी उस करवट, पर जाड़ा किसी पिशाच की भाँति उसकी छाती को दबाए हुए था।

जब किसी तरह न रहा गया तो उसने जबरा को धीरे से उठाया और उसके सिर को थपथपाकर उसे अपनी गोद में सुला लिया। कुत्ते की देह से न जाने कैसी दुर्गंध आ रही थी, पर उसे अपनी गोद में चिपटाए हुए वह ऐसे सुख का अनुभव कर रहा था, जो इधर महीनों से उसे न मिला था। जबरा शायद समझ रहा था, कि स्वर्ग यहाँ है, और हल्कू की पवित्र आत्मा में तो उस कुत्ते के प्रति घृणा की गंध तक न थी। अपने किसी अभिन्न मित्र या भाई को भी वह इतनी ही तत्परता से गले लगाता। वह अपनी दीनता से आहत न था, जिसने आज उसे इस दशा को पहुँचा दिया। नहीं, इस अनोखी मैत्री ने जैसे उसकी आत्मा के सब द्वार खोल दिए थे और उसका एक-एक अणु प्रकाश से चमक रहा था।

सहसा जबरा ने किसी जानवर की आहट पाई। इस विशेष आत्मीयता ने उसमें एक नई स्फूर्ति पैदा कर दी थी, जो हवा के ठंडे झोंको को तुच्छ समझती थी। वह झटपट उठा और छतरी के बाहर आकर भूँकने लगा। हल्कू ने उसे कई बार चुमकारकर बुलाया, पर वह उसके पास न आया। हार के चारों तरफ़ दौड़-दौड़कर भूँकता रहा। एक क्षण के लिए आ भी जाता तो तुरंत ही फिर दौड़ता। कर्त्तव्य हृदय में अरमान की भाँति उछल रहा था।

एक घंटा और गुज़र गया। रात ने शीत को हवा में धधकाना शुरू किया। हल्कू उठ बैठा और दोनों घुटनों को छाती से मिलाकर सिर को उसमें छिपा लिया, फिर भी ठंड कम न हुई। ऐसा जान पड़ता था, सारा रक्त जम गया है, धमनियों में रक्त की जगह हिम बह रहा है। उसने झुककर आकाश की ओर देखा, अभी कितनी रात बाकी है। सप्तर्षि अभी आकाश में आधे भी नहीं चढ़े। ऊपर आ जाएँगे, तब कहीं सवेरा होगा। अभी पहर से ऊपर रात है।

हल्कू के खेत से कोई एक गोली के टप्पे पर आमों का एक बाग था। पतझड़ शुरू हो गई थी। बाग में पत्तियों का ढेर लगा हुआ था। हल्कू ने सोचा, चलकर पत्तियाँ बटोरूँ और उन्हें जलाकर ख़ूब तापूँ। रात को कोई मुझे पत्तियाँ बटोरते देखे, तो समझे कोई भूत है। कौन जाने कोई जानवर ही छिपा बैठा हो, मगर अब तो बैठे नहीं रहा जाता।

उसने पास के अरहर के खेत में जाकर कई पौधे उखाड़ लिए और उनका एक झाड़ू बनाकर हाथ में सुलगता हुआ उपला लिये बगीचे की तरफ़ चला। जबरा ने उसे आते देखा, तो पास आया और दुम हिलाने लगा।

हल्कू ने कहा, "अब तो नहीं रहा जाता जबरू! चलो, बगीचे में पत्तियाँ बटोरकर तापें। टाँटे हो जाएँगे, तब फिर आकर सोएँगे। अभी तो रात बहुत है।"

जबरा ने कूँ-कूँ करके सहमति प्रकट की और आगे-आगे बगीचे की ओर चला।

बगीचे में ख़ूब अंधेरा छाया हुआ था और अंधकार में निर्दय पवन पत्तियों को कुचलता हुआ चला जाता था। वृक्षों से ओस की बूँदें नीचे टप-टप टपक रही थीं।

एकाएक एक झोंका मेहंदी के फूलों की ख़ुशबू लिए हुए आया।

हल्कू ने कहा, "कैसी अच्छी महक आई जबरू! तुम्हारी नाक में भी कुछ सुगंध आ रही है?"

जबरा को कहीं ज़मीन पर एक हड्डी पड़ी मिल गई थी। उसे झिंजोड़ रहा था।

हल्कू ने आग ज़मीन पर रख दी और पत्तियाँ बटोरने लगा। ज़रा देर में पत्तियों का एक ढेर लग गया। हाथ ठिठुरे जाते थे, नंगे पाँव गले जाते थे, और वह पत्तियों का पहाड़ खड़ा कर रहा था। इसी अलाव में वह ठंड को जलाकर भस्म कर देगा।

थोड़ी देर में अलाव जल उठा। उसकी लौ ऊपर वाले वृक्ष की पत्तियों को छू-छूकर भागने लगी। उस अस्थिर प्रकाश में बगीचे के विशाल वृक्ष ऐसे मालूम होते थे, मानो उस अथाह अंधकार को अपने सिरों पर संभाले हुए हों। अंधकार के उस अनंत सागर में यह प्रकाश एक नौका के समान हिलता, मचलता हुआ जान पड़ता था।

हल्कू अलाव के सामने बैठा आग ताप रहा था। एक क्षण में उसने दोहर उतारकर बगल में दबा ली और दोनों पाँव फैला दिये; मानों ठंड को ललकार रहा हो, तेरे जी में जो आए सो कर। ठंड की असीम शक्ति पर विजय पाकर वह विजय-गर्व को हृदय में छिपा न सकता था।

उसने जबरा से कहा, "क्यों जबरू, अब ठंड नहीं लग रही है?"

जबरा ने कूँ-कूँ करके मानो कहा, "अब क्या ठंड लगती ही रहेगी।"

"पहले से यह उपाय न सूझा, नहीं तो इतनी ठंड क्यों खाते।"

जबरा ने पूँछ हिलाई।

"अच्छा आओ, इस अलाव को कूदकर पार करें। देखें, कौन निकल जाता है। अगर जल गए बच्चा, तो मैं दवा न करूँगा।"

जबरा से इस अग्नि-राशि की ओर कातर नेत्रों से देखा।

"मुन्नी से कल न कह देना, नहीं तो लड़ाई करेगी।"

यह कहता हुआ वह उछला और उस अलाव के ऊपर से साफ़ निकल गया। पैरों में ज़रा लपटें लगीं, पर वह कोई बात न थी। जबरा आग के गिर्द घूमकर उसके पास आ खड़ा हुआ।

हल्कू ने कहा, "चलो-चलो इसकी सही नहीं। ऊपर से कूदकर आओ। वह फिर कूदा और अलाव के इस पार आ गया।"

पत्तियाँ जल चुकी थीं। बगीचे में फिर अंधेरा छाया था। राख़ के नीचे कुछ-कुछ आग बाकी थी, जो हवा का झोंका आ जाने पर जाग उठती थी, पर एक क्षण में फिर आँखें बंद कर लेती थी।

हल्कू ने फिर चादर ओढ़ ली और गर्म राख़ के पास बैठा एक गीत गुनगुनाने लगा। उसके बदन में गर्मी आ गई थी। ज्यों-ज्यों शीत बढ़ती जाती थी, उसे आलस्य दबाए लेता था।

जबरा ज़ोर से भूँककर खेत की ओर भागा। हल्कू को ऐसा मालूम हुआ कि जानवरों का एक झुंड उसके खेत में आया है। शायद नीलगायों का झुंड था। उनके कूदने-दौड़ने की आवाज़े साफ़ कान में आ रही थीं। फिर ऐसा मालूम हुआ की वे खेत में चर रही हैं। उनके चरने की आवाज़ चर-चर सुनाई देने लगी।

उसने दिल में कहा, "नहीं, जबरा के होते कोई जानवर खेत में नहीं आ सकता। नोच ही डाले। मुझे भ्रम हो रहा है। कहाँ? अब तो कुछ नहीं सुनाई देता। मुझे भी कैसा धोखा हुआ।"

उसने ज़ोर से आवाज़ लगाई, "जबरा, जबरा!"

जबरा भूँकता रहा। उसके पास न आया।

फिर खेत में चरे जाने की आहट मिली। अब वह अपने को धोखा न दे सका। उसे अपनी जगह से हिलना ज़हर लग रहा था। कैसा दमदाया हुआ बैठा था। इस जाड़े-पाले में खेत में जाना, जानवरों के पीछे दौड़ना, असहाय जान पड़ा। वह अपनी जगह से न हिला।

उसने ज़ोर में आवाज़ लगाई, "हिलो! हिलो! हिलो!!"

जबरा फिर भूँक उठा। जानवर खेत चर रहे थे। फ़सल तैयार है। कैसी अच्छी खेती थी, पर ये दुष्ट जानवर उसका सर्वनाश किए डालते हैं।

हल्कू पक्का इरादा करके उठा और दो-तीन कदम चला, एकाएक हवा का ऐसा ठंडा, चुभने वाला, बिच्छू के डंक का सा झोंका लगा कि वह फिर बुझते हुए अलाव के पास आ बैठा और राख़ को कुरेदकर अपनी ठंडी देह को गर्माने लगा।

जबरा अपना गला फाड़े डालता था, नीलगायें खेत का सफ़ाया किये डालती थीं और हल्कू गर्म राख़ के पास शांत बैठा हुआ था। अकर्मण्यता ने रस्सियों की भाँति उसे चारों तरफ़ से जकड़ रखा था।

वह उसी राख़ के पास गर्म ज़मीन पर चादर ओढ़कर सो गया।

सवेरे जब उसकी नींद खुली, तब चारों तरफ़ धूप फैल गई थी और मुन्नी कह रही थी, "क्या आज सोते ही रहोगे? तुम यहाँ आकर रम गए और उधर सारा खेत चौपट हो गया।"

हल्कू ने उठकर कहा, "क्या तू खेत से होकर आ रही है?"

मुन्नी बोली, "हाँ, सारे खेत का सत्यानाश हो गया। भला ऐसा भी कोई सोता है। तुम्हारे यहाँ मड़ैय्या डालने से क्या हुआ?"

हल्कू ने बहाना किया, "मैं मरते-मरते बचा, तुझे अपने खेत की पड़ी है। पेट में ऐसा दर्द हुआ की मैं ही जानता हूँ।"

दोनों फिर खेत की डाँड़ पर आए। देखा, सारा खेत रौंदा पड़ा हुआ है और जबरा मड़ैय्या के नीचे चित्त लेटा है, मानो प्राण ही न हों।

दोनों खेत की दशा देख रहे थे। मुन्नी के मुख पर उदासी छाई थी। पर हल्कू प्रसन्न था।

मुन्नी ने चिंतित होकर कहा, "अब मजूरी करके मालगुज़ारी भरनी पड़ेगी।"

हल्कू ने प्रसन्न मुख से कहा, "रात की ठंड में यहाँ सोना तो न पड़ेगा।"

3

नमक का दारोगा

जब नमक का नया विभाग बना और इश्वरप्रदत्त वस्तु के व्यवहार करने का निषेध हो गया तो लोग चोरी-छिपे इसका व्यापार करने लगे। अनेक प्रकार के छल-प्रपंचों का सूत्रपात हुआ। कोई घूस से काम निकालता था, तो कोई चालाकी से। अधिकारियों के पौ-बारह थे। पटवारीगिरी का सर्वसम्मानित पद छोड़-छोड़कर लोग इस विभाग की बरकंदाज़ी करते थे। इसके दारोगा पद के लिए तो वकीलों का भी जी ललचाता था। यह वह समय था, जब अँग्रेज़ी शिक्षा और ईसाई मत को लोग एक ही वस्तु समझते थे। फ़ारसी का प्राबल्य था। प्रेम की कथाएँ और श्रृंगार रस के काव्य पढ़कर फ़ारसीदाँ लोग सर्वोच्च पदों पर नियुक्त हो जाया करते थे। मुंशी वंशीधर भी 'ज़ुलेख़ा' की विरहकथा समाप्त करके 'शीरीं' और 'फ़रहाद' के प्रेम-वृत्तान्त को 'नल' और 'नील' की लड़ाई और अमेरिका के आविष्कार से अधिक महत्त्व की बातें समझते हुए रोज़गार की खोज में निकले। उनके पिता एक अनुभवी पुरुष थे। समझाने लगे, "बेटा! घर की दुर्दशा देख रहे हो। ऋण के बोझ से दबे हुए हैं। लड़कियाँ हैं, वे घास-फूस की तरह बढ़ती चली जाती हैं। मैं कगारे पर का वृक्ष हो रहा हूँ, न मालूम कब गिर पड़ूँ! अब तुम्हीं घर के मालिक-मुख़्तार हो। नौकरी में ओहदे की ओर ध्यान मत देना, यह तो पीर का मज़ार है। निगाह चढ़ावे और चादर

पर रखनी चाहिए। ऐसा काम ढूँढना जहाँ कुछ ऊपरी आय हो। मासिक वेतन तो पूर्णमासी का चाँद है, जो एक दिन दिखाई देता है और घटते-घटते लुप्त हो जाता है, ऊपरी आय बहता हुआ स्रोत है, जिससे सदैव प्यास बुझती है। वेतन मनुष्य देता है, इसी से उसमें वृद्धि नहीं होती। ऊपरी आमदनी ईश्वर देता है, इसी से उसकी बरकत होती है। तुम स्वयं विद्वान् हो, तुम्हें क्या समझाऊँ। इस विषय में विवेक की बड़ी आवश्यकता है। मनुष्य को देखो, उसकी आवश्यकता को देखो और अवसर को देखो, उसके उपरांत जो उचित समझो, करो। गरज़ वाले आदमी के साथ कठोरता करने में लाभ ही लाभ है। लेकिन बेगरज़ को दाँव पर पाना ज़रा कठिन है। इन बातों को गाँठ में बाँध लो। यह मेरी जन्म भर की कमाई है।"

इस उपदेश के बाद पिताजी ने आशीर्वाद दिया। वंशीधर आज्ञाकारी पुत्र थे। ये बातें ध्यान से सुनीं और तब घर से चल खड़े हुए। इस विस्तृत संसार में उनके लिए धैर्य अपना मित्र, बुद्धि अपनी पथप्रदर्शक और आत्मावलम्बन ही अपना सहायक था। लेकिन अच्छे शगुन से चले थे, जाते ही जाते नमक विभाग के दारोगा पद पर प्रतिष्ठित हो गए। वेतन अच्छा और ऊपरी आय का तो ठिकाना ही न था। वृद्ध मुंशीजी को सुख-संवाद मिला, तो फूले न समाए। महाजन कुछ नरम पड़े, पड़ोसियों के हृदय में शूल उठने लगे।

जाड़े के दिन थे और रात का समय। नमक के सिपाही, चौकीदार नशे में मस्त थे। मुंशी वंशीधर को यहाँ आए अभी छह महीनों से अधिक न हुए थे, लेकिन इस थोड़े समय में ही उन्होंने अपनी कार्यकुशलता और उत्तम आचार से अफ़सरों को मोहित कर लिया था। अफ़सर लोग उन पर बहुत विश्वास करने लगे। नमक के दफ़्तर से एक मील पूर्व की ओर जमुना बहती थी। उस पर नावों का एक पुल बना हुआ था। दारोगा जी किवाड़ बंद किए मीठी नींद सो रहे थे। अचानक आँख खुली, तो नदी के प्रवाह की जगह गाड़ियों की गड़गड़ाहट तथा मल्लाहों का कोलाहल सुनाई दिया। उठ बैठे। इतनी रात गये गाड़ियाँ क्यों नदी के पार जाती हैं? अवश्य कुछ न कुछ गोलमाल है। तर्क ने भ्रम को पुष्ट किया। वर्दी पहनी, तमंचा जेब में रखा और बात की बात में घोड़ा बढ़ाए हुए पुल पर आ पहुँचे। गाड़ियों की एक लम्बी कतार पुल के पार जाती देखी। डाँटकर पूछा, "किसकी गाड़ियाँ हैं?"

थोड़ी देर तक सन्नाटा रहा। आदमियों में कुछ कानाफूसी हुई, तब आगे वाले ने कहा, "पंडित अलोपीदीन की।"

"कौन पंडित अलोपीदीन!"

"दातागंज के।"

मुंशी वंशीधर चौंके। पंडित अलोपीदीन इस इलाके के सबसे प्रतिष्ठित ज़मींदार थे। लाखों रुपये का लेन-देन करते थे। इधर छोटे से बड़े कौन ऐसे थे, जो उनके ऋणी न हों। व्यापार भी बड़ा लम्बा-चौड़ा था। बड़े चलते-पुरजे आदमी थे। अँग्रेज़ अफ़सर उनके इलाक़े में शिकार खेलने आते और उनके मेहमान होते। बारहों मास सदाव्रत चलता था।

मुंशीजी ने पूछा, "गाड़ियाँ कहाँ जाएँगी?" उत्तर मिला, "कानपुर।" लेकिन इस प्रश्न पर कि इनमें क्या है, सन्नाटा छा गया। दारोगा साहब का संदेह और भी बढ़ा। कुछ देर तक उत्तर की बाट देखकर वह ज़ोर से बोले, "क्या गूँगे हो गये हो? हम पूछते हैं, इनमें क्या लदा है?"

जब इस बार भी कोई उत्तर न मिला, तो उन्होंने घोड़े को एक गाड़ी से मिलाकर बोरे को टटोला। भ्रम दूर हो गया। यह नमक के ढेले थे।

पंडित अलोपीदीन अपने सजीले रथ पर सवार, कुछ सोते, कुछ जागते चले आते थे। अचानक कई गाड़ीवानों ने घबराए हुए जगाया और बोले, "महाराज! दारोगा ने गाड़ियाँ रोक दी हैं और घाट पर खड़े आपको बुलाते हैं।"

पंडित अलोपीदीन का लक्ष्मी जी पर अखंड विश्वास था। वह कहा करते थे कि संसार का तो कहना ही क्या, स्वर्ग में भी लक्ष्मी का ही राज है। उनका यह कहना यथार्थ ही था। न्याय और नीति सब लक्ष्मी के ही खिलौने हैं। इन्हें वह जैसे चाहती हैं, नचाती हैं। लेटे ही लेटे गर्व से बोले, "चलो हम आते हैं।" यह कहकर पंडित जी ने बड़ी निश्चिंतता से पान के बीड़े लगाकर खाए। फिर लिहाफ़ ओढ़े हुए दारोगा के पास आकर बोले, "बाबूजी आशीर्वाद! कहिए, हमसे ऐसा कौन-सा अपराध हुआ कि गाड़ियाँ रोक दी गईं। हम ब्राह्मणों पर तो आपकी कृपा-दृष्टि रहनी चाहिए।"

वंशीधर रुखाई से बोले, "सरकारी हुक्म!"

पंडित अलोपीदीन ने हँसकर कहा, "हम सरकारी हुक्म को नहीं जानते और न सरकार को। हमारे सरकार तो आप ही हैं। हमारा और आपका तो घर का मामला है। हम कभी आपसे बाहर हो सकते हैं? आपने व्यर्थ का कष्ट उठाया। यह हो नहीं सकता कि हम इधर से जाएँ और इस घाट के देवता को भेंट न चढ़ावें। मैं तो आपकी सेवा में स्वयं ही आ रहा था।"

वंशीधर पर ऐश्वर्य की मोहिनी वंशी का कुछ प्रभाव न पड़ा। ईमानदारी की नई उमंग थी। कड़ककर बोले, "हम उन नमकहरामों में नहीं हैं, जो कौड़ियों पर अपना ईमान बेचते फिरते हैं। आप इस समय हिरासत में हैं। आपका कायदे के अनुसार चालान होगा। बस, मुझे अधिक बातों की फ़ुर्सत नहीं है। जमादार बदलू सिंह! तुम इन्हें हिरासत में ले चलो, मैं हुक्म देता हूँ।"

पंडित अलोपीदीन स्तम्भित हो गए। गाड़ीवानों में हलचल मच गई। पंडित जी के जीवन में कदाचित् यह पहला ही अवसर था कि पंडित जी को ऐसी कठोर बातें सुननी पड़ीं। बदलू सिंह आगे बढ़ा, किंतु रौब के मारे यह साहस न हुआ कि उनका हाथ पकड़ सके। पंडित जी ने धर्म को धन का ऐसा निरादर करते कभी न देखा था। विचार किया कि यह अभी उद्दंड लड़का है। माया-मोह के जाल में अभी नहीं पड़ा। अल्हड़ है, झिझकता है। बहुत दीनभाव से बोले, "बाबू साहब, ऐसा न कीजिए, हम मिट जाएँगे। इज़्ज़त धूल में मिल जाएगी। हमारा अपमान करने से आपके हाथ क्या आएगा। हम किसी तरह आपसे बाहर थोड़े ही हैं!"

वंशीधर ने कठोर स्वर में कहा, "हम ऐसी बातें नहीं सुनना चाहते।"

अलोपीदीन ने जिस सहारे को चट्टान समझ रखा था, वह पैरों के नीचे खिसकता हुआ मालूम हुआ। स्वाभिमान और धन-ऐश्वर्य को कड़ी चोट लगी। किंतु अभी तक धन की सांख्यिक-शक्ति का पूरा भरोसा था। अपने मुख़्तार से बोले, "लाला जी! एक हज़ार के नोट बाबू साहब की भेंट करो, आप इस समय भूखे सिंह हो रहे हैं।"

वंशीधर ने नरम होकर कहा, "एक हज़ार नहीं, एक लाख भी मुझे सच्चे मार्ग से नहीं हटा सकते।"

धर्म की इस बुद्धिमान दृढ़ता और देव-दुर्लभ त्याग पर मन बहुत झुँझलाया। अब दोनों शक्तियों में संग्राम होने लगा। धन ने उछल-उछलकर आक्रमण करने

शुरू किए। एक से पाँच, पाँच से दस, दस से पंद्रह और पंद्रह से बीस हज़ार तक नौबत पहुँची, किंतु धर्म अलौकिक वीरता के साथ इस बहुसंख्यक सेना के सम्मुख अकेला पर्वत की भाँति अटल, अविचलित खड़ा था।

अलोपीदीन निराश होकर बोले, "अब इससे अधिक मेरा साहस नहीं। आगे आपका अधिकार है।"

वंशीधर ने अपने जमादार को ललकारा। बदलू सिंह मन में दारोगा जी को गालियाँ देता हुआ पंडित अलोपीदीन की ओर बढ़ा। पंडित जी घबराकर दो-तीन कदम पीछे हट गए। अत्यंत दीनता से बोले, "बाबू साहब! ईश्वर के लिए मुझ पर दया कीजिए, मैं पच्चीस हज़ार पर निपटारा करने को तैयार हूँ।"

"असंभव बात है।"

"तीस हज़ार पर।"

"किसी तरह भी संभव नहीं।"

"क्या चालीस हज़ार पर भी नहीं?"

"चालीस हज़ार नहीं, चालीस लाख पर भी असंभव है।"

"बदलू सिंह! इस आदमी को अभी हिरासत में ले लो। अब मैं एक शब्द भी नहीं सुनना चाहता।"

धर्म ने धन को पैरों तले कुचल डाला। अलोपीदीन ने एक हृष्ट-पुष्ट मनुष्य को हथकड़ियाँ लिए हुए अपनी तरफ़ आते देखा। चारों ओर निराश और कातर दृष्टि से देखने लगे। इसके बाद मुर्च्छित होकर गिर पड़े।

दुनिया सोती थी, पर दुनिया की जीभ जागती थी। सवेरे देखिए तो बालक-वृद्ध सबके मुँह से यही बात सुनाई देती थी। जिसे देखिए वही पंडित के इस व्यवहार पर टीका-टिप्पणी कर रहा था, निंदा की बौछारें हो रही थीं, मानो संसार से अब पापी का पाप कट गया। पानी को दूध के नाम से बेचनेवाला ग्वाला, कल्पित रोज़नामचे भरने वाले अधिकारी वर्ग, रेल में बिना टिकट सफ़र करने वाले बाबू लोग, जाली दस्तावेज़ बनाने वाले सेठ और साहूकार यह सब के सब देवताओं की भाँति गर्दनें चला रहे थे। जब दूसरे दिन पंडित अलोपीदीन अभियुक्त होकर कांस्टेबलों के साथ, हाथों में हथकड़ियाँ, हृदय में ग्लानि और क्षोभ भरे, लज्जा से गर्दन झुकाए अदालत

की तरफ़ चले, तो सारे शहर में हलचल मच गई। मेलों में कदाचित् आँखें इतनी व्यग्र न होती होंगी। भीड़ के मारे छत और दीवार में कोई भेद न रहा।

किंतु अदालत में पहुँचने की देर थी। पंडित अलोपीदीन इस अगाध वन के सिंह थे। अधिकारी वर्ग उनके भक्त, अमले सेवक, वकील-मुख़्तार उनके आज्ञापालक और अरदली, चपरासी तथा चौकीदार तो उनके बिना मोल के गुलाम थे। उन्हें देखते ही लोग चारों तरफ़ दौड़े। सभी लोग विस्मित हो रहे थे। इसलिए नहीं कि अलोपीदीन ने यह कर्म किया बल्कि इसलिए कि वह क़ानून के पंजे में कैसे आए। ऐसा मनुष्य जिसके पास असाध्य साधन करने वाला धन और अनन्य वाचालता हो, वह क्यों क़ानून के पंजे में आए। प्रत्येक मनुष्य उनसे सहानुभूति प्रकट करता था। बड़ी तत्परता से इस आक्रमण को रोकने के निमित्त वकीलों की एक सेना तैयार की गई। न्याय के मैदान में धर्म और धन में युद्ध ठन गया। वंशीधर चुपचाप खड़े थे। उनके पास सत्य के सिवा न कोई बल था, न स्पष्ट भाषण के अतिरिक्त कोई शस्त्र। गवाह थे, किंतु लोभ से डावाँडोल।

यहाँ तक कि मुंशीजी को न्याय भी अपनी ओर से कुछ खिंचा हुआ दीख पड़ता था। वह न्याय का दरबार था, परंतु उसके कर्मचारियों पर पक्षपात का नशा छाया हुआ था। किंतु पक्षपात और न्याय का क्या मेल? जहाँ पक्षपात हो, वहाँ न्याय की कल्पना भी नहीं की जा सकती। मुक़दमा शीघ्र ही समाप्त हो गया। डिप्टी मजिस्ट्रेट ने अपनी तजवीज़ में लिखा, "पंडित अलोपीदीन के विरुद्ध दिए गए प्रमाण निर्मूल और भ्रमात्मक (भ्रामक) हैं। वह एक बड़े भारी आदमी हैं। यह बात कल्पना के बाहर है कि उन्होंने थोड़े लाभ के लिए ऐसा दुस्साहस किया हो। यद्यपि नमक के दारोगा मुंशी वंशीधर का अधिक दोष नहीं, लेकिन यह बड़े खेद की बात है कि उसकी उद्दंडता और विचारहीनता के कारण एक भलेमानुस को कष्ट झेलना पड़ा। हम प्रसन्न हैं कि वह अपने काम में सजग और सचेत रहता है, किंतु नमक के मुक़दमे की बढ़ी हुई नमक से हलाली ने उसके विवेक और बुद्धि को भ्रष्ट कर दिया। भविष्य में उसे होशियार रहना चाहिए।"

वकीलों ने यह फ़ैसला सुना और उछल पड़े। पंडित अलोपीदीन मुस्कराते हुए बाहर निकले। स्वजन बांधवों ने रुपयों की लूट की। उदारता का सागर उमड़ पड़ा। उसकी लहरों ने अदालत की नींव तक हिला दी। जब वंशीधर बाहर निकले, तो चारों ओर उनके ऊपर व्यंग्यबाणों की वर्षा होने लगी। चपरासियों ने झुक-झुक कर

सलाम किए। किंतु इस समय एक-एक कटु वाक्य, एक-एक संकेत उनकी गर्वाग्नि को प्रज्वलित कर रहा था। कदाचित् इस मुक़दमे में सफल होकर वह इस तरह अकड़ते हुए न चलते। आज उन्हें संसार का एक खेदजनक विचित्र अनुभव हुआ। न्याय और विद्वत्ता, लम्बी-चौड़ी उपाधियाँ, बड़ी-बड़ी दाढ़ियाँ, ढीले चोगे, एक भी सच्चे आदर का पात्र नहीं हैं।

वंशीधर ने धन से वैर मोल लिया था, उसका मूल्य चुकाना अनिवार्य था। कठिनता से एक सप्ताह बीता होगा कि मुअत्तली का परवाना आ पहुँचा। कार्य-परायणता का दंड मिला। बेचारे भग्नहृदय, शोक और खेद से व्यथित घर को चले। बूढ़े मुंशीजी तो पहले ही से कुड़बुड़ा रहे थे कि चलते-चलते इस लड़के को इतना समझाया था, लेकिन इसने एक न सुनी। सब मनमानी करता है। हम तो लोगों के तगादे सहें, बुढ़ापे में भगत बनकर बैठें और वहाँ बस वही सूखी तनख़्वाह! हमने भी तो नौकरी की है और कोई ओहदेदार नहीं थे। लेकिन काम किया, दिल खोल कर किया और आप ईमानदार बनने चले हैं। घर में चाहे अंधेरा हो, मंदिर में अवश्य दिया जलाएँगे। खेद है, ऐसी समझ पर। पढ़ना-लिखना सब अकारथ गया। इसके थोड़े ही दिनों बाद, जब मुंशी वंशीधर इस दुरावस्था में घर पहुँचे और बूढ़े पिताजी ने समाचार सुना, तो सिर पीट लिया। बोले, "जी चाहता है कि तुम्हारा और अपना सिर फोड़ लूँ।" बहुत देर तक पछता-पछताकर हाथ मलते रहे। क्रोध में कुछ कठोर बातें भी कहीं और यदि वंशीधर वहाँ से टल न जाते, तो अवश्य ही यह क्रोध विकट रूप धारण करता। वृद्धा माता को भी दुख हुआ। जगन्नाथ और रामेश्वर-यात्रा की कामनाएँ मिट्टी में मिल गईं। पत्नी ने तो कई दिन तक सीधे मुँह बात भी नहीं की।

इसी प्रकार एक सप्ताह बीत गया। संध्या का समय था। बूढ़े मुंशीजी बैठे राम-नाम की माला जप रहे थे। इसी समय उनके द्वार पर एक सजा हुआ रथ आकर रुका। हरे और गुलाबी परदे, पछहिये बैलों की जोड़ी, उनकी गर्दनों में नीले धागे, सींगें पीतल से जड़ी हुईं। कई नौकर लाठियाँ कंधों पर रखे साथ थे। मुंशीजी अगवानी को दौड़े। देखा तो पंडित अलोपीदीन हैं। झुककर दंडवत् की और लल्लो-चप्पो की बातें करने लगे, "हमारा भाग्य उदय हुआ, जो आपके चरण इस द्वार पर आए। आप हमारे पूज्य देवता हैं, आपको कौन-सा मुँह दिखावें, मुँह में तो कालिख लगी हुई है। किंतु क्या करें, लड़का अभागा कपूत है, नहीं तो आपसे क्यों मुँह छिपाना पड़ता? ईश्वर चाहे निस्संतान रखे पर ऐसी संतान न दे।"

अलोपीदीन ने कहा, "नहीं भाई साहब, ऐसा न कहिए।"

मुंशीजी ने चकित होकर कहा, "ऐसी संतान को और क्या कहूँ।"

अलोपीदीन ने वात्सल्यपूर्ण स्वर में कहा, "कुलतिलक और पुरखों की कीर्ति उज्ज्वल करने वाले संसार में ऐसे कितने धर्मपरायण मनुष्य हैं, जो धर्म पर अपना सब कुछ अर्पण कर सकें?"

पंडित अलोपीदीन ने वंशीधर से कहा, "दारोगा जी! इसे ख़ुशामद न समझिए। ख़ुशामद करने के लिए मुझे इतना कष्ट उठाने की ज़रूरत न थी। उस रात को आपने अपने अधिकार-बल से मुझे अपनी हिरासत में लिया था, किंतु आज मैं स्वेच्छा से आपकी हिरासत में आया हूँ। मैंने हज़ारों रईस और अमीर देखे, हज़ारों उच्च पदाधिकारियों से काम पड़ा, किंतु मुझे परास्त किया तो आपने। मैंने सबको अपना और अपने धन का गुलाम बनाकर छोड़ दिया। मुझे आज्ञा दीजिए कि आपसे कुछ विनय करूँ।"

वंशीधर ने अलोपीदीन को आते देखा, तो उठकर सत्कार किया, किंतु स्वाभिमान सहित। समझ गए कि यह महाशय मुझे लज्जित करने और जलाने आए हैं। क्षमा-प्रार्थना की चेष्टा नहीं की, वरन् उन्हें अपने पिता की यह ठकुरसुहाती की बात असह्य-सी प्रतीत हुई। पर पंडित जी की बातें सुनीं, तो मन की मैल मिट गई। पंडित जी की ओर उड़ती हुई दृष्टि से देखा। सदभाव झलक रहा था। गर्व ने अब लज्जा के सामने सिर झुका दिया। शर्माते हुए बोले, "यह आपकी उदारता है, जो ऐसा करते हैं। मुझसे जो कुछ अविनय हुई है, उसे क्षमा कीजिए। मैं धर्म की बेड़ी में जकड़ा हुआ था, नहीं तो वैसे मैं आपका दास हूँ। जो आज्ञा होगी, वह मेरे सिर-माथे पर।"

अलोपीदीन ने विनीत भाव से कहा, "नदी तट पर आपने मेरी प्रार्थना नहीं स्वीकार की थी, किंतु आज स्वीकार करनी पड़ेगी।"

वंशीधर बोले, "मैं किस योग्य हूँ, किंतु जो कुछ सेवा मुझसे हो सकती है, उसमें त्रुटि न होगी।"

अलोपीदीन ने एक स्टांप लगा हुआ पत्र निकाला और उसे वंशीधर के सामने रखकर बोले, "इस पद को स्वीकार कीजिए और अपने हस्ताक्षर कर दीजिए। मैं ब्राह्मण हूँ, जब तक यह सवाल पूरा न कीजिएगा, द्वार से न हटूँगा।"

मुंशी वंशीधर ने उस काग़ज़ को पढ़ा, तो कृतज्ञता से आँखों में आँसू भर आए। पंडित अलोपीदीन ने उनको अपनी सारी जायदाद का स्थाई मैनेजर नियत किया था। छह हज़ार वार्षिक वेतन के अतिरिक्त रोज़ाना ख़र्च अलग, सवारी के लिए घोड़ा, रहने को बंगला, नौकर-चाकर मुफ़्त। कंपित स्वर में बोले, "पंडित जी! मुझमें इतनी सामर्थ्य नहीं है कि आपकी उदारता की प्रशंसा कर सकूँ। किंतु ऐसे उच्च पद के योग्य नहीं हूँ।"

अलोपीदीन हँसकर बोले, "मुझे इस समय एक अयोग्य मनुष्य की ही ज़रूरत है।"

वंशीधर ने गंभीर भाव से कहा, "यों मैं आपका दास हूँ। आप जैसे कीर्तिवान, सज्जन पुरुष की सेवा करना मेरे लिए सौभाग्य की बात है। किंतु मुझमें न विद्या है, न बुद्धि, न वह स्वभाव जो इन त्रुटियों की पूर्ति कर देता है। ऐसे महान् कार्य के लिए एक बड़े मर्मज्ञ, अनुभवी मनुष्य की ज़रूरत है।"

अलोपीदीन ने कलमदान से कलम निकाली और उसे वंशीधर के हाथ में देकर बोले, "न मुझे विद्वत्ता की चाह है, न अनुभव की, न मर्मज्ञता की, न कार्यकुशलता की। इन गुणों के महत्त्व का परिचय ख़ूब पा चुका हूँ। अब सौभाग्य और सुअवसर ने मुझे वह मोती दे दिया है, जिसके सामने योग्यता और विद्वत्ता की चमक फीकी पड़ जाती है। यह कलम लीजिए, अधिक सोच-विचार न कीजिए, दस्तख़त कर दीजिए। परमात्मा से यही प्रार्थना है कि वह आपको सदैव वही नदी के किनारे वाला बेमुरौवत, उद्दंड, कठोर, परंतु धर्मनिष्ठ दारोगा बनाए रखे।"

वंशीधर की आँखे डबडबा आईं। हृदय के संकुचित पात्र में इतना एहसान न समा सका। एक बार फिर पंडित जी की ओर भक्ति और श्रद्धा की दृष्टि से देखा और काँपते हुए हाथ से मैनेजरी पर हस्ताक्षर कर दिए।

अलोपीदीन ने प्रफुल्लित होकर उन्हें गले लगा लिया।

4

ग़रीब की हाय

मुंशी रामसेवक भौंहें चढ़ाए हुए घर से निकले और बोले, "इस जीने से तो मरना भला है। मृत्यु को प्रायः इस तरह से जितने निमंत्रण दिए जाते हैं, यदि वह सबको स्वीकार करती तो आज सारा संसार उजाड़ दिखाई देता।"

मुंशी रामसेवक चाँदपुर गाँव के एक बड़े रईस थे। रईसों के सभी गुण इनमें भरपूर थे। मानव चरित्र की दुर्बलताएँ उनके जीवन का आधार थीं। वह नित्य मुंसिफ़ी कचहरी के हाते में एक नीम के पेड़ के नीचे कागज़ों का बस्ता खोले एक टूटी सी चौकी पर बैठे दिखाई देते थे, किसी ने कभी उन्हें किसी इजलास पर क़ानूनी बहस या मुक़दमे की पैरवी करते नहीं देखा। परंतु उन्हें सब मुख़्तार साहब कहकर पुकारते थे। चाहे तूफ़ान आए, पानी बरसे, ओले गिरें, पर मुख़्तार साहब वहाँ से टस-से-मस न होते। जब वह कचहरी चलते तो देहातियों के झुंड के झुंड उनके साथ हो लेते। चारों ओर से उन पर विश्वास और आदर की दृष्टि पड़ती। सबसे प्रसिद्ध था कि उनकी जीभ पर सरस्वती विराजती है। इसे वकालत कहो या मुख़्तारी, परंतु वह केवल कुल-मर्यादा की प्रतिष्ठा का पालन था। आमदनी अधिक न होती थी। चाँदी के सिक्कों की तो चर्चा ही क्या, कभी-कभी ताँबे के सिक्के भी निर्भय उनके पास आने में हिचकते थे, मुंशी जी की कानूनदानी में कोई संदेह न था। परंतु पास के

बखेड़े ने उन्हें विवश कर दिया था। ख़ैर जो हो, उनका यह पेशा केवल प्रतिष्ठा-पालन के निमित्त था। नहीं तो उनके निर्वाह का मुख्य साधन आस-पास की अनाथ, पर खाने-पीने में सुखी विधवाओं और भोले-भाले किंतु धनी वृद्धों की श्रद्धा थी। विधवाएँ अपना रुपया उनके यहाँ अमानत रखतीं। बूढे अपने कपूतों के डर से अपना धन उन्हें सौंप देते। पर रुपया एक बार मुट्ठी में जाकर फिर निकलना भूल जाता था। वह ज़रूरत पड़ने पर कभी-कभी कर्ज़ ले लेते थे। भला बिना कर्ज़ लिये किसी का काम चल सकता है? भोर की साँझ के करार पर रुपया लेते, पर साँझ कभी नहीं आती थी। सारांश ये की मुंशीजी कर्ज़ लेकर देना सीखे नहीं थे। यह उनकी कुल प्रथा थी। यही सब मामले बहुधा मुंशीजी के सुख-चैन मे विघ्न डालते थे। कानून और अदालत का तो उन्हें कोई डर न था। इस मैदान में उनका सामना करना पानी में मगर से लड़ना था। परंतु जब कोई दुष्ट उनसे भिड़ जाता, उनकी ईमानदारी पर संदेह करता और उनके मुँह पर बुरा-भला कहने पर उतारू हो जाता, तब मुंशीजी के हृदय पर बड़ी चोट लगती। इस प्रकार की दुर्घटनाएँ प्रायः होती रहती थीं। हर जगह ऐसे ओछे रहते हैं, जिन्हें दूसरों को नीचा दिखाने में आनंद आता है। ऐसे ही लोगों का सहारा पाकर कभी-कभी छोटे आदमी मुंशीजी के मुँह लग जाते थे। नहीं तो, कुंजड़िन की इतनी मजाल नहीं थी कि उनके आँगन में जाकर उन्हें बुरा-भला कहे। मुंशीजी उसके पुराने ग्राहक थे, बरसों तक उससे साग-भाजी ली थी। यदि दाम न दिया तो कुंजड़िन को संतोष करना चाहिए था। दाम जल्दी या देर से मिल ही जाता। परंतु वह मुँहफट कुंजड़िन दो ही बरसों में घबरा गई और उसने कुछ आने-पैसों के लिए प्रतिष्ठित आदमी का पानी उतार लिया। झुँझलाकर मुंशीजी अपने को मृत्यु का कलेवा बनाने पर उतारू हो गए तो इसमें उनका कुछ दोष न था।

इसी गाँव में मूँगा नाम की एक विधवा ब्राह्मणी रहती थी। उसका पति बर्मा की काली पलटन में हवलदार था और लड़ाई में वहीं मारा गया। सरकार की ओर से उसके अच्छे कामों के बदले मूँगा को पाँच सौ रुपए मिले थे। विधवा स्त्री, ज़माना नाज़ुक था, बेचारी ने ये सब रुपए मुंशी रामसेवक को सौंप दिए, और महीने-महीने थोड़ा-थोड़ा उसमें से माँगकर अपना निर्वाह करती रही।

मुंशीजी ने यह कर्तव्य वर्ष तक तो बड़ी ईमानदारी के साथ पूरा किया, पर जब बूढ़ी होने पर भी मूँगा नहीं मरी और मुंशीजी को यह चिंता हुई की शायद उसमें से

आधी रक़म भी स्वर्ग-यात्रा के लिए नहीं छोड़ना चाहती तो एक दिन उन्होंने कहा, "मूँगा! तुम्हें मरना है या नहीं? साफ़ साफ़ कह दो कि मैं ही अपने मरने की फ़िक्र करूँ।" उस दिन मूँगा की आँखें खुलीं, उसकी नींद टूटी, बोली, "मेरा हिसाब कर दो।" हिसाब का चिट्ठा तैयार था। अमानत में अब एक कौड़ी बाकी न थी। मूँगा ने बड़ी कड़ाई से मुंशीजी का हाथ पकड़ लिया और कहा, "अभी मेरे ढाई सौ रुपए तुमने दबा रखे हैं। मैं एक कौड़ी भी न छोड़ूँगी।"

परंतु अनाथों का क्रोध पटाखे की आवाज़ है, जिससे बच्चे डर जाते हैं और असर कुछ नहीं होता। अदालत में उसका कुछ ज़ोर न था। न लिखा-पढ़ी थी, न हिसाब-किताब। हाँ, पंचायत से कुछ आसरा था। पंचायत बैठी। कई गाँव के लोग इकट्ठे हुए। मुंशीजी नीयत और मामले के साफ़ थे! सभा में खड़े होकर पंचों से कहा, "भाइयो! आप सब लोग सत्यपरायण और कुलीन हैं। मैं आप सब साहबों का दास हूँ। आप सब साहबों की उदारता और कृपा से, दया और प्रेम से, मेरा रोम-रोम कृतज्ञ है। क्या आप लोग सोचते हैं कि मैं अनाथिनी और विधवा स्त्री के रुपए हड़प कर गया हूँ?"

पंचों ने एक स्वर में कहा, "नहीं, नहीं! आपसे ऐसा नहीं हो सकता।"

रामसेवक, "यदि आप सब सज्जनों का विचार हो कि मैंने रुपया दबा लिया, तो मेरे लिए डूब मरने के सिवा और कोई उपाय नहीं। मैं धनाढ्य नहीं हूँ, न मुझे उदार होने का घमंड है। पर अपनी कलम की कृपा से, आप लोगों की कृपा से किसी का मोहताज नहीं हूँ। क्या मैं ऐसा ओछा हो जाऊँगा कि एक अनाथिनी के रुपए पचा लूँ?"

पंचों ने एक स्वर में कहा, "नहीं-नहीं, आपसे ऐसा नहीं हो सकता। मुँह देखकर टीका काढ़ा जाता है।" पंचों ने मुंशी को छोड़ दिया। पंचायत उठ गई। मूँगा ने आह भर संतोष किया और मन में कहा, 'अच्छा! यहाँ न मिला तो न सही, वहाँ कहाँ जाएगा।'

अब कोई मूँगा का दुःख सुननेवाला और सहायक न था। दरिद्रता से जो कुछ दुःख भोगने पड़ते हैं, वह उसे झेलने पड़े। वह शरीर से पुष्ट थी, चाहती तो परिश्रम कर सकती थी। पर जिस दिन पंचायत पूरी हुई, उसी दिन से उसने काम न करने की कसम खा ली। अब उसे रात-दिन रुपए की रट लगी रहती। उठते-बैठते, सोते,

जागते उसे केवल एक काम था, और वह मुंशी रामसेवक का भला मानना। झोंपड़े के दरवाज़े पर बैठी हुई रात-दिन उन्हें सच्चे मन से असीसा करती; बहुधा अपनी असीस के वाक्यों में ऐसे कविता के भाव और उपमाओं का व्यवहार करती कि लोग सुनकर अचंभे में आ जाते। धीरे-धीरे मूँगा पगली हो चली। नंगे सिर, नंगे शरीर, हाथ में एक कुल्हाड़ी लिये हुए सुनसान स्थानों में जा बैठती। झोंपड़े के बदले अब वह मरघट पर नदी के किनारे खँडरहों में घूमती दिखाई देती। बिखरी हुई लटें, लाल-लाल आँखें, पागलों सा चेहरा, सूखे हुए हाथ-पाँव। उसका यह स्वरूप देखकर लोग डर जाते थे। अब कोई उसे हँसी में भी नहीं छेड़ता। यदि वह कभी गाँव में निकल आती तो स्त्रियाँ घरों के किवाड़ बंद कर लेतीं। पुरुष कतराकर इधर-उधर से निकल जाते और बच्चे चीख़ मारकर भागते। यदि कोई लड़का भागता न था तो वह मुंशी रामसेवक का सुपुत्र रामगुलाम था। बाप में जो कुछ कोर-कसर रह गई थी, वह बेटे में पूरी हो गई थी। लड़कों का उसके मारे नाक में दम था। गाँव के काने और लँगड़े आदमी उसकी सूरत से चिढ़ते थे और गालियाँ खाने में तो शायद ससुराल में आने वाले दामाद को भी इतना आनंद न आता हो। वह मूँगा के पीछे तालियाँ बजाता, कुत्तों को साथ लिये उस समय तक भागता रहता जब तक वह बेचारी तंग आकर गाँव से निकल न जाती। रुपया-पैसा, होशोहवास खोकर उसे पगली की पदवी मिली और अब वह सचमुच पगली थी। अकेली बैठी अपने आप घंटों बातें किया करती, जिसमें रामसेवक के मांस, हड्डी, चमड़े, आँखें, कलेजा आदि को खाने, मसलने, नोचने-खसोटने की बड़ी उत्कृट इच्छा प्रकट की जाती थी और जब उसकी यह इच्छा सीमा तक पहुँच जाती तो वह रामसेवक के घर की ओर मुँह करके ख़ूब चिल्लाकर और डरावने शब्दों में हाँक लगाती, "तेरा लहू पीऊँगी।"

प्रायः रात के सन्नाटे में यह गुजरती हुई आवाज़ सुनकर स्त्रियाँ चौंक पड़ती थीं। परंतु इस आवाज़ से भयानक उसका ठठाकर हँसना था। वह मुंशीजी के लहू पीने की कल्पित ख़ुशी में ज़ोर से हँसा करती थी। इस ठठान से ऐसी आसुरिक उद्दंडता, ऐसी पाशविक उग्रता टपकती थी कि रात को सुनकर लोगों का ख़ून ठंडा हो जाता था। मालूम होता, मानो सैकड़ों उल्लू एक साथ हँस रहे हैं। मुंशी रामसेवक बड़े हौसले और कलेजे के आदमी थे। न उन्हें दीवानी का डर था, न फ़ौजदारी का, परंतु मूँगा के इन डरावने शब्दों को सुन वह भी सहम जाते। हमें मनुष्य के न्याय का डर न हो, परंतु ईश्वर के न्याय का डर प्रत्येक मनुष्य के मन में स्वभाव से

रहता है। मूँगा का भयानक रात का घूमना रामसेवक के मन में कभी-कभी ऐसी ही भावना उत्पन्न कर देता और उनसे अधिक उनकी स्त्री के मन में। उनकी स्त्री बड़ी चतुर थी। वह इनको इन सब बातों में प्रायः सलाह दिया करती थी। उन लोगों की भूल थी, जो कहते थे कि मुंशीजी की जीभ पर सरस्वती बिराजती है। वह गुण तो उनकी स्त्री को प्राप्त था। बोलने में वह इतनी ही तेज़ थी, जितना मुंशी लिखने में थे। और यह दोनों स्त्री-पुरुष प्रायः अपनी अवश दशा में सलाह करते कि अब क्या करना चाहिए।

आधी रात का समय था। मुंशीजी नित्य नियम के अनुसार अपनी चिंता दूर करने के लिए शराब के दो-चार घूँट पीकर सो गए थे। यकायक मूँगा ने उनके दरवाज़े पर आकर ज़ोर से हाँक लगाई, "तेरा लहू पीऊँगी" और ख़ूब खिलखिलाकर हँसी।

मुंशीजी यह भयावना स्वर सुनकर चौंक पड़े। डर के मारे पैर थर-थर काँपने लगे। कलेजा धक्-धक् करने लगा। दिल पर बहुत ज़ोर डालकर उन्होंने दरवाज़ा खोला, जाकर नागिन को जगाया। नागिन ने झुँझलाकर कहा, "क्या कहते हो?" मुंशीजी ने दबी आवाज़ में कहा, "वह दरवाज़े पर आकर खड़ी है।"

नागिन उठ बैठी, "क्या कहती है?"

"तुम्हारा सिर।"

"क्या दरवाज़े पर आ गई?"

"हाँ, आवाज़ नहीं सुनती हो।"

नागिन मूँगा से नहीं, परंतु उसके ध्यान से बहुत डरती थी, तो भी उसे विश्वास था कि मैं बोलने में उसे ज़रूर नीचा दिखा सकती हूँ। सँभलकर बोली, "कहो तो मैं उससे दो-दो बाते कर लूँ।" परंतु मुंशीजी ने मना कर दिया।

दोनों आदमी पैर दबाए हुए ड्योढ़ी में गए और दरवाज़े से झाँककर देखा, मूँगा की धुँधली मूरत धरती पर पड़ी थी और उसकी साँस तेज़ी से चलती सुनाई देती थी। रामसेवक के लहू और मांस की भूख से वह अपना लहू और मांस सुखा चुकी थी। एक बच्चा भी उसे गिरा सकता था, परंतु उससे सारा गाँव थर-थर काँपता। हम जीते मनुष्य से नहीं डरते, पर मुरदे से डरते हैं। रात गुज़री। दरवाज़ा बंद था,

पर मुंशीजी और नागिन ने बैठकर रात काटी। मूँगा भीतर नहीं घुस सकती थी, पर उसकी आवाज़ को कौन रोक सकता था। मूँगा से अधिक डरावनी उसकी आवाज़ थी।

भोर को मुंशीजी बाहर निकले और मूँगा से बोले, "यहाँ क्यों पड़ी है?"

मूँगा बोली, "तेरा लहू पीऊँगी।"

नागिन ने बल खाकर कहा, "तेरा मुँह झुलस दूँगी।"

पर नागिन के विष ने मूँगा पर कुछ असर न किया। उसने ज़ोर से ठहाका लगाया, नागिन खिसियानी सी हो गई। हँसी के सामने मुँह बंद हो जाता है। मुंशीजी फिर बोले, "यहाँ से उठ जा।"

"न उठूँगी।"

"कब तक पड़ी रहेगी?"

"तेरा लहू पीकर जाऊँगी।"

मुंशीजी की प्रखर लेखनी का यहाँ कुछ ज़ोर न चला और नागिन की आग भरी बातें यहाँ सर्द हो गईं। दोनों घर में जाकर सलाह करने लगे, यह बला कैसे टलेगी, इस आपत्ति से कैसे छुटकारा होगा?

देवी आती है तो बकरे का ख़ून पीकर चली जाती है, पर यह डायन मनुष्य का ख़ून पीने आई है। वह ख़ून जिसकी अगर एक बूँद भी कलम बनाने के समय निकल पड़ती थी तो अठवारों और महीनों सारे कुनबे को अफ़सोस रहता, और यह घटना गाँव में घर-घर फैल जाती थी। क्या यही लहू पीकर मूँगा का सूखा शरीर हरा हो जाएगा।

गाँव में यह चर्चा फैल गई, मूँगा मुंशीजी के दरवाज़े पर धरना दिए बैठी है। मुंशीजी के अपमान में गाँव वालों को बड़ा मज़ा आता था। देखते-देखते सैकड़ों आदमियों की भीड़ लग गई। इस दरवाज़े पर कभी-कभी भीड़ लगी रहती थी। यह भीड़ रामगुलाम को पसंद न थी। मूँगा पर उसे ऐसा क्रोध आ रहा था कि यदि उसका बस चलता तो वह उसे कुएँ में धकेल देता। इस तरह का विचार उठते ही रामगुलाम के मन में गुदगुदी समा गई और वह बड़ी कठिनता से अपनी हँसी रोक सका। अहा! वह कुएँ में गिरती तो क्या मज़े की बात होती। परंतु यह चुड़ैल यहाँ से टलती ही नहीं, क्या करूँ? मुंशीजी के घर में एक गाय थी, जिसे खली, दाना और भूसा तो ख़ूब खिलाया जाता, पर वह सब उसकी हड्डियों में मिल जाता, उसका ढाँचा पुष्ट

हो जाता था। रामगुलाम ने उसी गाय का गोबर एक हाँड़ी में घोला और सबका सब बेचारी मूँगा पर उड़ेल दिया। उसके थोड़े-बहुत छींटे दर्शकों पर भी डाल दिए। बेचारी मूँगा लदफ़द हो गई और लोग भाग खड़े हुए। कहने लगे, यह मुंशी रामगुलाम का दरवाज़ा है। यहाँ इसी प्रकार का शिष्टाचार किया जाता है। जल्द भाग चलो, नहीं तो अबके इससे भी बढ़कर ख़ातिर की जाएगी। इधर भीड़ कम हुई, उधर रामगुलाम घर में जाकर ख़ूब हँसा और तालियाँ बजाईं। मुंशीजी ने व्यर्थ की भीड़ को ऐसे सहज में और ऐसे सुंदर रूप से हटा देने के उपाय पर अपने सुशील लड़के की पीठ ठोंकी। सब लोग तो चंपत हो गए, पर बेचारी मूँगा ज्यों की त्यों बैठी रह गई।

दोपहर हुई। मूँगा ने कुछ नहीं खाया। साँझ हुई, हज़ार कहने-सुनने से भी उसने खाना नहीं खाया। गाँव के चौधरी ने बड़ी ख़ुशामद की। यहाँ तक कि मुंशीजी ने हाथ तक जोड़े, पर देवी प्रसन्न न हुई। निदान, मुंशीजी उठकर भीतर चले गए। वह कहते थे कि रूठने वाले को भूख आप ही मना लिया करती है। मूँगा ने यह रात भी बिना दाना-पानी के काट दी। लालाजी और ललाइन ने आज फिर जाग-जागकर भोर किया। आज मूँगा की गरज और हँसी बहुत कम सुनाई पड़ती थी। घरवालों ने समझा, बला टली। सवेरा होते ही जो दरवाज़ा खोलकर देखा तो वह अचेत पड़ी है, मुँह पर मक्खियाँ भिनभिना रही हैं और उसके प्राणपखेरू उड़ चुके हैं। वह इस दरवाज़े पर मरने ही आई थी। जिसने उसके जीवन की जमा-पूँजी हर ली थी, उसी को अपनी जान भी सौंप दी, अपने शरीर की मिट्‌टी तक उसकी भेंट कर दी। धन से मनुष्य को कितना प्रेम होता है। धन अपनी जान से भी प्यारा होता है। विशेषकर बुढ़ापे में ऋण चुकाने के बाद दिन ज्यों-ज्यों पास आते जाते हैं, त्यों-त्यों उसका ब्याज बढ़ता जाता है।

यह कहना यहाँ व्यर्थ है कि गाँव में इस घटना से कैसी हलचल मची और मुंशी रामसेवक कैसे अपमानित हुए। एक छोटे से गाँव में ऐसी असाधारण घटना होने पर जितनी हलचल हो सकती, उससे अधिक ही हुई। मुंशीजी का अपमान जितना होना चाहिए था, उससे बाल बराबर भी कम न हुआ। उनका बचा-खुचा पानी भी इस घटना से चला गया। अब गाँव का चमार भी उनके हाथ का पानी पीने या उन्हें छूने का रवादार न था। यदि किसी घर में कोई गाय खूँटे पर मर जाती है तो वह आदमी महीनों द्वार-द्वार भीख़ माँगता फिरता है। न नाई उसकी हजामत बनाए,

न कहार उसका पानी भरे, न कोई उसे छुए, यह गो-हत्या का प्रायश्चित्त है। ब्रह्महत्या का दंड तो इससे भी कड़ा है और इसमें अपमान भी बहुत है। मूँगा यह जानती थी और इसीलिए इस दरवाज़े पर आकर मरी थी। वह जानती थी कि मैं जीते जी जो कुछ नहीं कर सकती, मरकर बहुत कुछ कर सकती हूँ। गोबर का उपला जब जलकर ख़ाक हो जाता है, तब साधु-संत उसे माथे पर चढ़ाते हैं। पत्थर का ढेला आग में जलकर आग से अधिक तीखा और मारक हो जाता है।

मुंशी रामसेवक क़ानूनदां थे। क़ानून ने उन पर कोई दोष नहीं लगाया था। मूँगा किसी क़ानूनी दफ़ा के अनुसार न मरी थी। ताजीराते-हिंद में उसका कोई उदाहरण नहीं मिलता था, इसलिए जो लोग उनसे प्रायश्चित्त करवाना चाहते थे, उनकी भारी भूल थी। कुछ हर्ज नहीं, कहार पानी न भरे न सही, वह आप पानी भर लेंगे। अपना काम करने में भला लाज ही क्या? बला से नाई बाल न बनाएगा। हजामत बनाने का काम ही क्या है? दाढ़ी बहुत सुंदर वस्तु है। दाढ़ी मर्द की शोभा और सिंगार है। और जो फिर बालों से ऐसी घिन होगी तो एक-एक आने में अस्तुरे मिलते हैं। धोबी कपड़े न धोवेगा, इसकी भी कुछ परवाह नहीं। साबुन तो गली-गली कौड़ियों के मोल आता है। एक बट्टी साबुन में दर्जनों कपड़े ऐसे साफ़ हो जाते हैं, जैसे बगुले के पर। धोबी क्या खाकर ऐसा साफ़ कपड़ा धोवेगा? पत्थर पर पटक-पटककर कपड़ों का लत्ता निकाल लेता है। आप पहने, दूसरे को भाड़े पर पहनाए, भट्ठी में चढ़ावे, रेह में भिगावे, कपड़ों की तो दुर्गत कर डालता है। तभी तो कुरते दो-तीन साल से अधिक नहीं चलते। नहीं तो दादा हर पाँचवें बरस दो अचकन और दो कुरते बनवाया करते थे। मुंशी रामसेवक और उनकी स्त्री ने दिन भर तो यों ही कहकर अपने मन को समझाया। साँझ होते ही तर्कनाएँ शिथिल हो गईं।

अब उनके मन पर भय ने चढ़ाई की। जैसे-जैसे रात बीतती थी, भय भी बढ़ता जाता था। बाहर का दरवाज़ा भूल से खुला रह गया था, पर किसी की हिम्मत न पड़ती थी कि जाकर बंद कर आए। निदान, नागिन ने हाथ में दीया लिया, मुंशीजी ने कुल्हाड़ा, रामगुलाम ने गँड़ासा, इस ढंग से तीनों चौंकते-हिचकते दरवाज़े पर आए। यहाँ मुंशीजी ने बड़ी बहादुरी से काम लिया। उन्होंने निधड़क दरवाज़े से बाहर निकलने की कोशिश की। काँपते हुए, पर ऊँची आवाज़ में नागिन से बोले, "तुम व्यर्थ डरती हो, वह क्या यहाँ बैठी है?" पर उनकी प्यारी नागिन ने उन्हें खींच लिया

और झुँझलाकर बोली, "तुम्हारा यही लड़कपन तो अच्छा नहीं।" यह दंगल जीतकर तीनों आदमी रसोई के कमरे में आए और खाना पकने लगा।

मूँगा उनकी आँखों में घुसी हुई थी। अपनी परछाईं को देखकर मूँगा का भय होता था। अँधेरे कोनों में बैठी मालूम होती थी। वही हड्डियों का ढाँचा, वही बिखरे बाल, वही पागलपन, वही डरावनी आँखें, मूँगा का नख-शिख दिखाई देता था। इसी कोठरी में आटे-दाल के मटके रखे हुए थे, वहीं कुछ पुराने चिथड़े भी पड़े हुए थे। एक चूहे को भूख ने बेचैन किया (मटकों ने कभी अनाज की सूरत नहीं देखी थी, पर सारे गाँव में मशहूर था कि इस घर के चूहे ग़ज़ब के डाकू हैं) तो वह उन दोनों की खोज में जो मटकों से कभी नहीं गिरे थे, रेंगता हुआ इस चिथड़े के नीचे आ निकला। कपड़े में खड़खड़ाहट हुई। फैले हुए चिथड़े मूँगा की पतली टाँगें बन गईं, नागिन देखकर झिझकी और चीख़ उठी। मुंशीजी बदहवास होकर दरवाज़े की ओर लपके, रामगुलाम दौड़कर इनकी टाँगों से लिपट गया। चूहा बाहर निकल आया। उसे देखकर इन लोगों के होश ठिकाने हुए। अब मुंशीजी साहस करके मटके की ओर चले। नागिन ने कहा, "रहने भी दो, देख ली तुम्हारी मर्दानगी।"

मुंशीजी अपनी प्रिय नागिन के इस अनादर पर बहुत बिगड़े, "क्या तुम समझती हो, मैं डर गया? भला डर की क्या बात थी। मूँगा मर गई। क्या वह बैठी है? मैं कल नहीं दरवाज़े के बाहर निकल गया था–तुम रोकती रहीं, मैं न माना।" मुंशीजी की इस दलील ने नागिन को निरुत्तर कर दिया। कल दरवाज़े के बाहर निकल जाना या निकलने की कोशिश करना साधारण काम न था। जिसके साहस का ऐसा प्रमाण मिल चुका है, उसे डरपोक कौन कह सकता है? यह नागिन की हठधर्मी थी। खाना खाकर तीनों आदमी सोने के कमरे में आए, परंतु मूँगा ने यहाँ भी पीछा न छोड़ा। वे बातें करते थे, दिल बहलाते थे। नागिन ने राजा हरदौल और रानी सारंधा की कहानियाँ कहीं। मुंशीजी ने फ़ौजदारी के कई मुक़दमों का हाल कह सुनाया। परंतु इन उपायों से भी मूँगा की मूर्ति उनकी आँखों के सामने से न हटती थी। ज़रा भी खटखटाहट होती कि तीनों चौंक पड़ते। इधर पत्तियों में सनसनाहट हुई कि उधर तीनों के रोंगटे खड़े हो गए! रह-रहकर धीमी आवाज़ धरती के भीतर से उनके कानो में आती थी, 'तेरा लहू पीऊँगी।'

आधी रात को नागिन नींद से चौंक पड़ी। वह इन दिनों गर्भवती थी। लाल-लाल आँखों वाली, तेज़ और नुकीले दाँतों वाली मूँगा उसकी छाती पर बैठी हुई जान

पड़ती थी। नागिन चीख़ उठी। बावली की तरह आँगन में भाग आई और यकायक धरती पर चित्त गिर पड़ी। सारा शरीर पसीने-पसीने हो गया। मुंशीजी भी उसकी चीख़ सुनकर चौंके, पर डर के मारे आँखें न खुलीं। अंधों की तरह दरवाज़ा टटोलते रहे। बहुत देर के बाद उन्हें दरवाज़ा मिला। आँगन में आए। नागिन ज़मीन पर पड़ी हाथ-पाँव पटक रही थी। उसे उठाकर भीतर लाए, पर रात भर उसने आँखें न खोलीं। भोर को अक-बक बकने लगी। थोड़ी देर बाद ज्वर हो आया। बदन लाल तवा सा हो गया। सांझ होते-होते उसे सन्निपात हो गया और आधी रात के समय जब संसार में सन्नाटा छाया हुआ था, नागिन इस संसार से चल बसी। मूँगा के डर ने उसकी जान ले ली। जब तक मूँगा जीती रही, वह नागिन की फुफकार से सदा डरती रही। पगली होने पर भी उसने कभी नागिन का सामना नहीं किया, पर अपनी जान देकर उसने आज नागिन की जान ली। भय में बड़ी शक्ति है। मनुष्य हवा में एक गिरह भी नहीं लगा सकता, पर इसने हवा में एक संसार रच डाला है।

रात बीत गई। दिन चढ़ता आता था, पर गाँव का कोई आदमी नागिन की लाश उठाने को आता न दिखाई दिया। मुंशीजी घर-घर घूमे, पर कोई न निकला। भला हत्यारे के दरवाज़े पर कौन जाए? हत्यारे की लाश कौन उठावे? इस समय मुंशीजी का रोब-दाब, उनकी प्रबल लेखनी का भय और उनकी क़ानूनी प्रतिभा, एक भी काम न आई। चारों ओर से हारकर मुंशीजी फिर घर आए। यहाँ उन्हें अंधकार-ही-अंधकार दीखता था। दरवाज़े तक तो आए पर भीतर पैर नहीं रखा जाता था, न बाहर ही खड़े रह सकते थे। बाहर मूँगा थी, भीतर नागिन। जी को कड़ा करके हनुमान चालीसा का पाठ करते हुए घर में घुसे। उस समय उनके मन पर जो बीतती थी, वही जानते थे, उसका अनुमान करना कठिन है। घर में लाश पड़ी हुई, न कोई आगे, न पीछे। दूसरा ब्याह तो हो सकता था। अभी इसी फागुन में तो पचासवाँ लगा है, पर ऐसी सुयोग्य और मीठी बोल वाली स्त्री कहाँ मिलेगी? अफ़सोस! अब तगादा करने वालों से बहस कौन करेगा, कौन उन्हें निरुत्तर करेगा? किसकी कड़ी आवाज़ तीर की तरह तगादेदारों की छाती में चुभेगी? यह नुकसान अब पूरा नहीं हो सकता। दूसरे दिन मुंशीजी लाश को ठेलेगाड़ी पर लादकर गंगाजी की तरफ़ चले।

शव के साथ जाने वालों की संख्या कुछ भी न थी। एक स्वयं मुंशीजी, दूसरे उनके पुत्ररत्न रामगुलामजी! इस बेइज़्ज़ती से मूँगा की लाश भी न उठी थी। मूँगा ने

नागिन की जान लेकर भी मुंशीजी का पिंड न छोड़ा। उनके मन में हर घड़ी मूँगा की मूर्ति विराजमान रहती थी। कहीं रहते, उनका ध्यान इसी ओर रहा करता था। यदि दिल-बहलाव का कोई उपाय होता तो शायद वह इतने बेचैन न होते, पर गाँव का एक पुतला भी उनके दरवाज़े की ओर न झाँकता। बेचारे अपने हाथों पानी भरते, आप ही बरतन धोते। सोच और क्रोध, चिंता और भय, इतने शत्रुओं के सामने एक दिमाग़ कब तक ठहर सकता था। विशेषकर वह दिमाग़, जो रोज़ क़ानून की बहसों में ख़र्च हो जाता था।

अकेले कैदी की तरह उनके दस-बारह दिन तो ज्यों-त्यों कर कटे। चौदहवें दिन मुंशीजी ने कपड़े बदले और बोरिया-बस्ता लिये हुए कचहरी चले। आज उनका चेहरा कुछ खिला हुआ था। जाते ही मेरे मुवक्किल मुझे घेर लेंगे, मेरी मातमपुरसी करेंगे। मैं आँसुओं की दो-चार बूँदें गिरा दूँगा, फिर बैनामों, रेहननामों और सुलहनामों की भरमार हो जाएगी। मुट्ठी गरम होगी, शाम को ज़रा नशे-पानी का रंग जम जाएगा, जिसके छूट जाने से जी और भी उचट रहा था। इन्हीं विचारों में मग्न मुंशीजी कचहरी पहुँचे।

पर वहाँ रेहननामों की भरमार और बैनामों की बाढ़ और मुवक्किलों की चहल-पहल के बदले निराशा की रेतीली भूमि नज़र आई। बस्ता खोले घंटों बैठे रहे, पर कोई नज़दीक भी न आया। किसी ने इतना भी न पूछा कि आप कैसे हैं? नए मुवक्किल तो ख़ैर, बड़े-बड़े पुराने मुवक्किल जिनका मुंशीजी से कई पीढ़ियों से सरोकार था, आज उनसे मुँह छिपाने लगे। वह नालायक और अनाड़ी रमज़ान, जिसकी मुंशीजी हँसी उड़ाते थे और जिसे शुद्ध लिखना भी न आता था, आज गोपियों का कन्हैया बना हुआ था। वाह रे भाग्य! मुवक्किल यों मुँह फेरे चले जाते हैं मानो किसी की जान-पहचान ही नहीं। दिन भर कचहरी की ख़ाक छानने के बाद मुंशीजी घर चले, निराशा और चिंता में डूबे हुए। ज्यों-ज्यों घर के निकट आते थे, मूँगा का चित्र सामने आता जाता था। यहाँ तक कि जब घर का द्वार खोला और दो कुत्ते, जिन्हें रामगुलाम ने बंद कर रखा था, झपटकर बाहर निकले तो मुंशीजी के होश उड़ गए, एक चीख़ मारकर ज़मीन पर गिर पड़े।

मनुष्य के मन और मस्तिष्क पर भय का जतिना प्रभाव होता है, उतना और कसिी शक्त‍ि का नहीं। प्रेम, चति‍ा, हान‍ि यह सब मन को अवश्य दुखति करते हैं, पर यह हवा के हल्के झोंके हैं और भय प्रचंड आँधी है। मुंशीजी पर इसके

बाद क्या बीती, मालूम नहीं। कई दनिों तक लोगों ने उन्हें कचहरी जाते और वहाँ से मुरझाए हुए लौटते देखा। कचहरी जाना उनका कर्तव्य था और यद्यपि वहाँ मुवक्कलिों का अकाल था, तो भी तगादेवालों से गला छुड़ाने और उनको भरोसा दलिाने के लिए अब यही एक लटका रह गया था। इसके बाद कई महीनों तक दखिाई न पड़े, बदरीनाथ चले गए।

एक दिन गाँव में एक साधु आया। भभूत रमाए, लंबी जटाएँ, हाथ में कमंडल। उसका चेहरा मुंशी रामसेवक से बहुत मिलता-जुलता था। बोलचाल में भी अधिक भेद न था। वह एक पेड़ के नीचे धूनी रमाए बैठा रहा। उसी रात को मुंशी रामसेवक के घर से धुआँ उठा, फिर आग की ज्वाला दिखने लगी और आग भड़क उठी। गाँव के सैकड़ों आदमी दौड़े, आग बुझाने के लिए नहीं, तमाशा देखने के लिए। एक ग़रीब की हाय में कितना प्रभाव है! रामगुलाम मुंशीजी के गायब हो जाने पर अपने मामा के यहाँ चला गया और वहाँ कुछ दिनों रहा, पर वहाँ उसकी चाल-ढाल किसी को पसंद न आई।

एक दिन उसने किसी के खेत में मूली नोची। उसने दो-चार धौल लगाए। उस पर वह इस क़दर बिगड़ा कि जब उसके चने खलिहान में आए तो उसने आग लगा दी। सारा का सारा खलिहान जलकर ख़ाक हो गया। हज़ारों रुपयों का नुकसान हुआ। पुलिस ने तहक़ीकात की, रामगुलाम पकड़ा गया। इसी अपराध में वह चुनार के रिफ़ारमेटरी स्कूल में मौजूद है।

5

सुजान भगत

सीधे-सादे किसान धन हाथ आते ही धर्म और कीर्ति की ओर झुकते हैं। दिव्य समाज की भाँति वह पहले अपने भोग-विलास की ओर नहीं दौड़ते। सुजान की खेती में कई साल से कंचन बरस रहा था। मेहनत तो गाँव के सभी किसान करते थे, पर सुजान के चंद्रमा बली थे, ऊसर में भी दाना छींट आता तो कुछ-न-कुछ पैदा हो जाता था। तीन वर्ष लगातार ईख लगती गई। उधर गुड़ का भाव तेज़ था। कोई दो-ढाई हज़ार हाथ में आ गए, बस चित्त की वृत्ति धर्म की ओर झुक पड़ी। साधु-संतों का आदर-सत्कार होने लगा, द्वार पर धूनी जलने लगी, क़ानूनगो इलाक़े में आते तो सुजान महतो के चौपाल में ठहरते। हलके के हैड कांस्टेबिल, थानेदार, शिक्षा-विभाग का अफ़सर, एक-न-एक उस चौपाल में पड़ा रहता। महतो मारे ख़ुशी के फूले न समाते। धन्य भाग! उसके द्वार पर अब इतने बड़े-बड़े हाकिम आकर ठहरते हैं, जिन हाकिमों के सामने उसका मुँह न खुलता था, उन्हीं की अब 'महतो–महतो' करते ज़ुबान सूखती थी। कभी-कभी भजन-भाव हो जाता। एक महात्मा ने डौल अच्छा देखा तो गाँव में आसन जमा दिया। गाँजे और चरस की बहार उड़ने लगी। एक ढोलक आई, मंजीरे मँगाए गए, सत्संग होने लगा। यह सब सुजान के दम का जलूस था।

घर में सेरों दूध होता था, मगर सुजान के कंठ तले एक बूँद भी जाने की कसम थी। कभी हाकिम लोग चखते, कभी महात्मा लोग। किसान को दूध-घी से क्या मतलब? उसे रोटी और साग चाहिए। सुजान की नम्रता का अब पारावार न था। सबके सामने सिर झुकाए रहता, कहीं लोग यह न कहने लगें कि धन पाकर उसे घमंड हो गया। गाँव में कुल तीन कुएँ थे, बहुत से खेतों मे पानी न पहुँचता था, खेती मारी जाती थी। सुजान ने पक्का कुआँ बनवा दिया। कुएँ का विवाह हुआ, यज्ञ हुआ, ब्रह्मभोज हुआ। जिस दिन पहली बार पुर चला, सुजान को मानो चारों पदार्थ मिल गए। जो काम गाँव में किसी ने न किया था, वह बाप-दादा के पुण्य-प्रताप से सुजान ने कर दिखाया।

एक दिन गाँव में गया के यात्री आकर ठहरे। सुजान ही के द्वार पर उनका भोजन बना। सुजान के मन में भी गया करने की बहुत दिनों से इच्छा थी। यह अच्छा अवसर देखकर वह भी चलने को तैयार हो गया।

उसकी स्त्री बुलाकी ने कहा, "अभी रहने दो, अगले साल चलेंगे।"

सुजान ने गंभीर भाव से कहा, "अगले साल क्या होगा, कौन जानता है? धर्म के काम में मीन-मेख़ निकालना अच्छा नहीं, ज़िंदगी का क्या भरोसा?"

बुलाकी, "हाथ ख़ाली हो जाएगा।"

सुजान, "भगवान् की इच्छा होगी तो फिर रुपए हो जाएँगे। उनके यहाँ किस बात की कमी है?"

बुलाकी इसका क्या जवाब देती? सत्कार्य में बाधा डालकर अपनी मुक्ति क्यों बिगाड़ती? प्रातःकाल स्त्री और पुरुष गया करने चले। वहाँ से लौटे तो यज्ञ और ब्रह्मभोज की ठहरी। सारी बिरादरी निमंत्रित हुई, ग्यारह गाँवों में सुपारी बँटी। इस धूमधाम से यह लाभ हुआ कि चारों ओर वाह-वाह मच गई। सब यही कहते थे कि भगवान् धन दे तो दिल भी ऐसा दे। घमंड तो छू नहीं गया, अपने हाथ से पत्तल उठाता फिरता, कुल का नाम जगा दिया। बेटा हो तो ऐसा हो। बाप मरा तो भूनी-भाँग भी नहीं थी। अब लक्ष्मी घुटने तोड़कर आ बैठी है।

एक द्वेषी ने कहा, "कहीं गड़ा हुआ धन पास आ गया है।"

इस पर चारों ओर से उस पर बौछारें पड़ने लगीं, "हाँ, तुम्हारे बाप-दादा जो ख़ज़ाना छोड़ गए थे, वही उसके हाथ लग गया है। अरे भैया, यह धर्म की

कमाई है। तुम भी तो छाती फाड़कर काम करते हो, क्यों ऐसी ईख नहीं लगती? क्यों ऐसी फ़सल नहीं होती? भगवान् आदमी का दिल देखते हैं। जो ख़र्च करता है, उसी को देते हैं।"

सुजान महतो सुजान भगत हो गए। भगतों के आचार-विचार कुछ और होते हैं, वह बिना स्नान किए कुछ नहीं खाता। गंगाजी अगर घर से दूर हों और वह रोज़ स्नान करके दोपहर तक घर न लौट सकता तो पर्वों के दिन तो उसे अवश्य ही नहाना चाहिए। भजन-भाव उसके घर अवश्य होना चाहिए। पूजा-अर्चना उसके लिए अनिवार्य है। खान-पान में भी उसे बहुत विचार करना पड़ता है। सबसे बड़ी बात यह है कि झूठ का त्याग करना पड़ता है। भगत झूठ नहीं बोल सकता। साधारण मनुष्य को अगर झूठ का दंड एक मिले तो भगत को एक लाख से कम नहीं मिल सकता। अज्ञान की अवस्था में कितने ही अपराध क्षम्य हो जाते हैं। ज्ञानी के लिए क्षमा नहीं है, प्रायश्चित्त नहीं है, यदि है तो बहुत कठिन। सुजान को भी अब भगतों की मर्यादा को निभाना पड़ा। अब तक उसका जीवन मजूर का जीवन था। उसका कोई आदर्श, कोई मर्यादा उसके सामने न थी। अब उसके जीवन में विचार का उदय हुआ, जहाँ तक मार्ग काँटों से भरा हुआ था। स्वार्थ-सेवा ही पहले उसके जीवन का लक्ष्य था, इसी काँटे से वह परिस्थितियों को तौलता था। वह अब उन्हें औचित्य के काँटों पर तौलने लगा। यों कहो कि जड़-जगत से निकलकर उसने चेतन-जगत में प्रवेश किया। उसने कुछ लेन-देन करना शुरू किया था। अब उसे ब्याज लेते हुए आत्मग्लानि-सी होती थी। यहाँ तक कि गउओं को दुहते समय उसे बछड़ों का ध्यान बना रहता था। कहीं बछड़ा भूखा न रह जाए, नहीं तो उसका रोयाँ दुःखी होगा। वह गाँव का मुखिया था, कितने ही मुकदमों में उसने झूठी शहादतें बनवाई थीं, कितनों से डाँड लेकर मामले को रफ़ा-दफ़ा करा दिया था। अब इन व्यापारों से उसे घृणा होती थी। झूठ और प्रपंच से कोसों दूर भागता था। पहले उसकी यह चेष्टा होती थी कि मजूरों से जितना काम लिया जा सके, लो और मजूरी जितनी कम दी जा सके, दो, पर अब उसे मजूर के काम की कम, मजूरी की अधिक चिंता रहती थी, कहीं बेचारे मजूर का रोयाँ दुःखी हो जाए। उसके दोनों जवान बेटे बात-बात में उस पर फ़ब्तियाँ कसते, यहाँ तक कि बुलाकी भी अब उसे कोरा भगत समझने लगी थी,

जिसे घर के भले-बुरे से कोई प्रयोजन न था। चेतन-जगत में आकर सुजान भगत कोरे भगत रह गए।

सुजान के हाथों से धीरे-धीरे अधिकार छीने जाने लगे। किस खेत में क्या बोना है, किसको क्या देना है, किससे क्या लेना है, किस भाव क्या चीज़ बिकी, ऐसी-ऐसी महत्त्वपूर्ण बातों में भी भगतजी की सलाह न ली जाती थी। भगत के पास कोई जाने ही न पाता। दोनों लड़के या स्वयं बुलाकी दूर ही से मामला तय कर लिया करती। गाँव भर में सुजान का मान-सम्मान बढ़ता था, अपने घर में घटता था। लड़के उसका सत्कार अब बहुत करते। हाथ से चारपाई उठाते देख लपककर ख़ुद उठा लाते, चिलम न भरने देते, यहाँ तक कि उसकी धोती छाँटने के लिए भी आग्रह करते थे, मगर अधिकार उसके हाथ में न था। वह अब घर का स्वामी नहीं, मंदिर का देवता था।

एक दिन बुलाकी ओखली में दाल छाँट रही थी। एक भिक्षुक द्वार पर आकर चिल्लाने लगा। बुलाकी ने सोचा, दाल छाँट लूँ तो उसे कुछ दे दूँ। इतने में बड़ा लड़का भोला आकर बोला, "अम्मा, एक महात्मा द्वार पर खड़े गला फाड़ रहे हैं? कुछ दे दो, नहीं तो उनका रोयाँ दु:खी हो जाएगा।"

बुलाकी ने उपेक्षा के भाव से कहा, "भगत के पाँव में क्या मेहँदी लगी है, क्यों कुछ ले जाकर नहीं देते? क्या मेरे चार हाथ हैं? किस-किस का रोयाँ सुखी करूँ? दिन भर तो ताँता लगा रहता है।"

भोला, "चौपट करने पर लगे हुए हैं, क्यों क्या? अभी महगू बेंग (रुपए) देने आया था। हिसाब से 7 मन हुआ। तोला तो पौने सात मन ही निकले।"

मैंने कहा, "दस सेर और ला, तो आप बैठे-बैठे कहते हैं, अब इतनी दूर कहाँ जाएगा। भरपाई लिख दो, नहीं तो उसका रोयाँ दु:खी होगा। मैंने भरपाई नहीं लिखी। दस सेर बाकी लिख दी।"

बुलाकी, "बहुत अच्छा किया तुमने, बकने दिया करो। दस-पाँच दफ़े मुँह की खा जाएँगे, तो आप ही बोलना छोड़ देंगे।"

भोला, "दिन भर एक-न-एक खुचड़ निकालते हैं। सौ दफ़े कह दिया कि तुम घर-गृहस्थी के मामले में न बोला करो, पर इनसे बिना बोले रहा ही नहीं जाता।"

बुलाकी, "अगर मैं जानती कि इनका यह हाल होगा तो गुरुमंत्र न लेने देती।"

भोला, "भगत क्या हुए कि दीन-दुनिया दोनों से गए। सारा दिन पूजा-पाठ में उड़ जाता है। अभी ऐसे बूढे नहीं हो गए कि कोई काम ही न कर सकें।"

बुलाकी ने आपत्ति की, "भोला, यह तुम्हारा कुन्याय है। फावड़ा, कुदाल अब उनसे नहीं हो सकता, लेकिन कुछ-न-कुछ तो करते ही रहते हैं। बैलों को सानी-पानी देते हैं, गाय दुहते हैं, और भी जो कुछ हो सकता है, करते हैं।"

भिक्षुक अभी तक खड़ा चिल्ला रहा था। सुजान ने जब घर में से किसी को कुछ लाते न देखा, तो उठकर अंदर गया और कठोर स्वर में बोला, "तुम लोगों को कुछ सुनाई नहीं देता कि द्वार पर कौन घंटे भर से खड़ा भीख माँग रहा है? अपना काम तो दिन भर करना ही है, एक क्षण भगवान् का काम भी तो किया करो।"

बुलाकी, "तुम तो भगवान् का काम करने को बैठे ही हो, क्या घर-भर भगवान् ही का काम करेगा?"

सुजान, "कहाँ, आटा रखा है, लाओ, मैं ही निकाल कर दे आऊँ। तुम रानी बनकर बैठो।"

बुलाकी, "आटा मैंने मर-मरकर पीसा है, अनाज दे दो। ऐसे मुड़चिरों के लिए पहर रात से उठकर चक्की नहीं चलाती हूँ।"

सुजान भंडार-घर में गए और एक छोटी सी छबड़ी में जौ भरे हुए निकले। जौ सेर भर से कम न था। सुजान ने जान-बूझकर केवल बुलाकी और भोला को चिढ़ाने के लिए, भिक्षा परंपरा का उल्लंघन किया था। तिस पर भी यह दिखाने के लिए कि छबड़ी में बहुत ज़्यादा जौ नहीं हैं, वह उसे चुटकी से पकड़े हुए थे। चुटकी इतना बोझ न सँभाल सकती थी। हाथ काँप रहा था। एक क्षण विलंब होने से छबड़ी के हाथ से छूटकर गिर पड़ने की संभावना थी। इसलिए वह जल्दी से बाहर निकल जाना चाहते थे। सहसा भोला ने छबड़ी उनके हाथ से छीन ली और त्योरियाँ बदलकर बोला, "सेंत का माल नहीं है, जो लुटाने चले हो। छाती फाड़-फाड़कर काम करते हैं, तब दाना घर में आता है।"

सुजान ने खिसियाकर कहा, "मैं भी तो बैठा नहीं रहता।"

भोला, "भीख भीख की तरह ही दी जाती है, लुटाई नहीं जाती। हम तो एक बेला खाकर दिन काटते हैं कि दाना-पानी बना रहे, और तुम्हें लुटाने की सूझी। तुम्हें क्या मालूम कि घर में क्या हो रहा है?"

सुजान ने इसका कोई जवाब न दिया। बाहर आकर भिखारी से कह दिया, "बाबा, इस समय जाओ, किसी का हाथ ख़ाली नहीं है," और पेड़ के नीचे बैठकर विचारों में मग्न हो गया। अपने ही घर में उसका यह अनादर! अभी वह अपाहिज नहीं है, हाथ-पाँव थके नहीं हैं। घर का कुछ-न-कुछ काम करता ही रहता है। उस पर यह अनादर? उसी ने घर बनाया, यह सारी विभूति उसी के श्रम का फल है, पर अब इस घर पर उसका कोई अधिकार नहीं रहा। अब वह द्वार का कुत्ता है, पड़ा रहे और घर वाले जो रूखा दे दें, वह खाकर पेट भर लिया करे। ऐसे जीवन को धिक्कार है। सुजान ऐसे घर में नहीं रह सकता।

संध्या हो गई थी। भोला का छोटा भाई शंकर नारियल भरकर लाया। सुजान ने नारियल दीवार से टिकाकर रख दिया। धीरे-धीरे तंबाकू जल गया। ज़रा देर में भोला ने द्वार पर चारपाई डाल दी। सुजान पेड़ के नीचे से न उठा।

कुछ देर और गुज़री, भोजन तैयार हुआ, भोला बुलाने आया। सुजान ने कहा, "भूख नहीं है।" बहुत मनावन करने पर भी न उठा।

तब बुलाकी ने आकर कहा, "खाना खाने क्यों नहीं चलते? जी तो अच्छा है?"

सुजान को सबसे अधिक क्रोध बुलाकी पर था। यह भी लड़कों के साथ है। यह बैठी देखती रही और भोला ने मेरे हाथ से अनाज छीन लिया। इसके मुँह से इतना न निकला कि ले जाते हैं तो ले जाने दो। लड़कों को न मालूम हो कि मैंने कितने श्रम से यह गृहस्थी जोड़ी है, पर यह तो जानती है। दिन को दिन और रात को रात नहीं समझा। भादों की अँधेरी रात में मड़ैया लगा के जुआर की रखवाली करता था।

जेठ-बैसाख की दोपहरी में भी दम न लेता था, और अब मेरा घर पर इतना भी अधिकार नहीं है कि भीख तक दे सकूँ। माना कि भीख इतनी नहीं दी जाती, लेकिन इनको तो चुप रहना चाहिए था, चाहे मैं घर में आग ही क्यों न लगा देता। क़ानून से भी मेरा कुछ होता है। मैं अपना हिस्सा नहीं खाता, दूसरों को खिला देता हूँ, इसमें किसी के बाप का क्या साझा? अब इस वक़्त मनाने आई है, जिसने खसम की लातें न खाई हों, कभी कड़ी निगाह से देखा तक नहीं। रुपए जमा कर

लिए हैं, तो मुझी से घमंड करती है। अब इसे बेटे प्यारे हैं, मैं तो निखट्टू, लुटाऊ, घर-फूँकू, घोंघा हूँ। मेरी इसे क्या परवाह? तब लड़के न थे, जब बीमार पड़ी थी और मैं गोद में उठाकर वैद्य के घर ले गया था। आज इसके बेटे हैं और यह उनकी माँ है। मैं तो बाहर का आदमी हूँ। मुझे घर से मतलब ही क्या?

बोला, "अब खा-पीकर क्या करूँगा, हल जोतने से रहा, फावड़ा चलाने से रहा। मुझे खिलाकर दाने को क्यों खराब करेगी? रख दे, बेटे दूसरी बार खाएँगे?"

बुलाकी, "तुम तो ज़रा-ज़रा सी बात पर तिनक जाते हो। सच कहा है, बुढ़ापे में आदमी की बुद्धि मारी जाती है। भोला ने इतना ही तो कहा था कि इतनी भीख मत ले जाओ या और कुछ?"

सुजान, "हाँ, बेचारा इतना कहकर रह गया। तुम्हें तो मज़ा तब आता, जब वह ऊपर से दो-चार डंडे लगा देता। क्यों? अगर यही अभिलाषा है तो पूरी कर लो। भोला खा चुका होगा, बुला लाओ। नहीं, भोला को क्यों बुलाती हो, तुम्हीं न जमा दो दो-चार हाथ। इतनी कसर है, वह भी पूरी हो जाए।"

बुलाकी, "हाँ, और क्या, यही तो नारी का धर्म है। अपने भाग सराहो कि मुझ जैसी सीधी औरत पा ली। जिस बल चाहते हो, बिठाते हो। ऐसी मुँहज़ोर होती तो घर में एक दिन भी निबाह न होता।"

सुजान, "हाँ भाई, वह तो मैं ही कह रहा हूँ कि देवी थी और हो। मैं तब भी राक्षस था और अब भी दैत्य हो गया हूँ। बेटे कमाऊ हैं, उनकी सी न कहोगी तो क्या मेरी सी कहोगी, मुझसे अब क्या लेना-देना है?"

बुलाकी, "तुम झगड़ा करने पर तुले बैठे हो और मैं झगड़ा बचाती हूँ कि चार आदमी हँसेंगे। चलकर खाना खा लो सीधे से, नहीं तो मैं जाकर सो रहूँगी।"

सुजान, "तुम भूखी क्यों सो रहोगी? तुम्हारे बेटों की तो कमाई है। हाँ, मैं बाहरी आदमी हूँ।"

बुलाकी, "बेटे तुम्हारे भी तो हैं।"

सुजान, "नहीं, मैं ऐसे बेटों से बाज़ आया। किसी और के बेटे होंगे। मेरे बेटे होते तो क्या मेरी दुर्गति होती?"

बुलाकी, "गालियाँ दोगे तो मैं भी कुछ कह बैठूँगी। सुनती थी, मर्द बड़े समझदार होते हैं, पर तुम सबसे न्यारे हो। आदमी को चाहिए कि जैसा समय देखे

वैसा ही काम करे। अब हमारा और तुम्हारा निबाह इसी में है कि नाम के मालिक बने रहें और वही करें जो लड़कों को अच्छा लगे। मैं यह बात समझ गई, तुम क्यों नहीं समझ पाते? जो कमाता है, उसी का घर में राज होता है, यही दुनिया का दस्तूर है। मैं बिना लड़कों से पूछे कोई काम नहीं करती, तुम क्यों अपने मन की करते हो? इतने दिनों तक तो राज कर लिया, अब क्यों इस माया में पड़े हो? आधी रोटी खाओ, भगवान् का भजन करो और पड़े रहो। चलो, खाना खा लो।"

सुजान, "तो अब मैं द्वार का कुत्ता हूँ?"

बुलाकी, "बात जो थी, वह मैंने कह दी। अब अपने को जो चाहो समझो।"

सुजान न उठा। बुलाकी हारकर चली गई।

सुजान के सामने अब एक नई समस्या खड़ी हो गई थी। वह बहुत दिनों से घर का स्वामी था और अब भी ऐसा ही समझता रहा। परिस्थिति में कितना उलट-फेर हो गया था, इसकी उसे ख़बर न थी। लड़के उसका सेवा-सम्मान करते हैं, यह बात उसे भ्रम में डाले हुए थी। लड़के उसके सामने चिलम नहीं पीते, खाट पर नहीं बैठते, क्या यह सब उसके गृहस्वामी होने का प्रमाण न था? पर आज उसे यह ज्ञात हुआ कि यह केवल श्रद्धा थी, उसके स्वामित्व का प्रमाण नहीं। अब तक जिस घर में राज किया, उसी घर में पराधीन बनकर वह नहीं रह सकता। उसको श्रद्धा की चाह नहीं, सेवा की भूख नहीं। उसे अधिकार चाहिए। वह इस घर पर दूसरों का अधिकार नहीं देख सकता, मंदिर का पुजारी बनकर वह नहीं रह सकता।

न जाने कितनी रात बाकी थी। सुजान ने उठकर गँड़ासे से बैलों का चारा काटना शुरू किया। सारा गाँव सोता था, पर सुजान चारा काट रहा था। इतना श्रम उन्होंने अपने जीवन में कभी न किया था। जब से उन्होंने काम करना छोड़ दिया था, बराबर चारे के लिए हाय-हाय पड़ी रहती थी। शंकर भी काटता था, भोला भी काटता था, पर चारा पूरा न पड़ता था। आज वह इन लौंडों को दिखा देंगे, चारा कैसे काटना चाहिए, उसके सामने कटिया का पहाड़ खड़ा हो गया और टुकड़े कितने महीन और सुडौल थे, मानो साँचे में ढाले गए हों।

मुँह-अँधेरे बुलाकी उठी तो कटिया का ढेर देखकर दंग रह गई और बोली, "क्या भोला आज रात भर कटिया को काटता रह गया? कितना कहा कि बेटा, जी से जहान है, पर मानता ही नहीं। रात को सोया ही नहीं।"

सुजान भगत ने ताने से कहा, "वह सोता ही कब है? जब देखता हूँ, काम ही काम करता रहता है। ऐसा कमाऊ संसार में और कौन होगा?"

इतने में भोला आँखें मलते हुए बाहर निकला। उसे भी यह ढेर देखकर आश्चर्य हुआ। माँ से बोला, "क्या शंकर आज बड़ी रात को उठा था अम्मा?"

बुलाकी, "वह तो पड़ा सो रहा है। मैंने तो समझा, तुमने काटी होगी।"

भोला, "मैं तो सवेरे उठ ही नहीं पाता। दिन भर चाहे जितना काम कर लूँ, पर रात को मुझसे नहीं उठा जाता।"

बुलाकी, "तो क्या तुम्हारे दादा ने काटी है?"

भोला, "हाँ, मालूम होता है रात भर सोए नहीं। मुझसे कल बड़ी भूल हुई। अरे, वो तो हल लेकर जा रहे हैं। जान देने पर उतारू हो गए हैं क्या?"

बुलाकी, "क्रोधी तो सदा के हैं। अब किसी की सुनेंगे थोड़े ही।"

भोला, "शंकर को जगा दो, मैं भी जल्दी से मुँह-हाथ धोकर हल ले जाऊँ।"

जब और किसानों के साथ भोला हल लेकर खेत में पहुँचा तो सुजान आधा खेत जोत चुका था। भोला ने चुपके से काम करना शुरू किया। सुजान से कुछ बोलने की हिम्मत न पड़ी।

दोपहर हुई। सभी किसानों ने हल छोड़ दिया, पर सुजान भगत अपने काम में मग्न रहा। भोला थक गया था। उसकी बार-बार इच्छा होती कि बैलों को खोल दे, मगर डर के मारे कुछ कह नहीं सकता। सबको आश्चर्य हो रहा है कि दादा कैसे इतनी मेहनत कर रहे हैं?

आख़िर डरते-डरते बोला, "दादा, अब तो दोपहर हो गई। हल खोल दें न?"

सुजान, "हाँ, खोल दो। तुम बैलों को लेकर चलो, मैं डाँड फेंककर आता हूँ।"

भोला, "मैं सांझ को डाँड फेंक दूँगा।"

सुजान, "तुम क्या फेंक दोगे। देखते नहीं हो, खेत कटोरे की तरह गहरा हो गया है। तभी तो बीच में पानी जम जाता है। इस गोइँड़ के खेत में बीस मन का बीघा होता था। तुम लोगों ने इसका सत्यानाश कर दिया।"

बैल खोल दिए गए। भोला बैलों को लेकर घर चला गया, पर सुजान डाँड फेंकते रहे। आध घंटे बाद डाँड फेंककर वह घर आए, मगर थकान का नाम न था। नहा-खाकर आराम करने के बदले उन्होंने बैलों को सहलाना शुरू किया, उनकी पीठ पर हाथ फेरा, उनके पैर मले, पूँछ सहलाई। बैलों की पूँछें खड़ी थीं। सुजान की गोद में सिर रखे उन्हें अकथनीय सुख मिल रहा था। बहुत दिनों के बाद आज उन्हें यह आनंद प्राप्त हुआ था। उनकी आँखों में कृतज्ञता भरी हुई थी, मानो वे कह रहे थे, हम तुम्हारे साथ रात-दिन काम करने को तैयार हैं।

अन्य कृषकों की भाँति भोला अभी कमर सीधी कर रहा था कि सुजान ने फिर हल उठाया और खेत की ओर चले। दोनों बैल उमंग से भरे दौड़े चले जाते थे, मानो उन्हें स्वयं खेत में पहुँचने की जल्दी थी।

भोला ने मड़ैया में लेटे-लेटे पिता को हल लिए जाते देखा, पर उठ न सका। उसकी हिम्मत छूट गई। उसने कभी इतना परिश्रम न किया था। उसे बनी-बनाई गृहस्थी मिल गई थी, उसे ज्यों-त्यों चला रहा था। इन दामों वह घर का स्वामी बनने का इच्छुक न था। जवान आदमी को बीस धंधे होते हैं। हँसने-बोलने के लिए, गाने-बजाने के लिए भी तो उसे कुछ समय चाहिए। पड़ोस के गाँव में दंगल हो रहा है। जवान आदमी कैसे अपने को वहाँ जाने से रोकेगा? किसी गाँव में बारात है? वृद्धजनों के लिए ये बाधाएँ नहीं। उन्हें न नाच-गाने से मतलब, न खेल-तमाशे से गरज़, केवल अपने काम से काम है।

बुलाकी ने कहा, "भोला, तुम्हारे दादा हल लेकर गए।"

भोला, "जाने दो अम्मा, मुझसे यह नहीं हो सकता।"

सुजान भगत के इस नवीन उत्साह पर गाँव में टीकाएँ हुईं, "निकल गई सारी भगती। भगत बना हुआ था, माया में फँसा हुआ है। आदमी काहे को, भूत है।"

मगर भगतजी के द्वार पर अब फिर साधु-संत आसन जमाए देखे जाते हैं। उनका आदर-सत्कार होता है। अबकी उसकी खेती ने सोना उगल दिया है। बुखारी में अनाज

रखने की जगह नहीं मिलती। जिस खेत में पाँच मन मुश्किल से होता था, उसी खेत में अबकी दस मन की उपज हुई है।

चैत का महीना था। खलिहानों में सतयुग का राज था। जगह-जगह अनाज के ढेर लगे हुए थे। यही समय है, जब कृषकों को भी थोड़ी देर के लिए अपना जीवन सफ़ल मालूम होता है, जब गर्व से उनका हृदय उछलने लगता है। सुजान भगत टोकरे में अनाज भर-भर कर देते थे और दोनों लड़के टोकरे लेकर घर में अनाज रख आते थे। कितने ही भाट और भिक्षुक भगतजी को घेरे हुए थे। उनमें वह भिक्षुक भी था, जो आज से आठ महीने पहले भगत के द्वार से निराश होकर लौट गया था।

सहसा भगत ने उस भिक्षुक से पूछा, "क्यों बाबा, आज कहाँ-कहाँ चक्कर लगा आए?"

भिक्षुक, "अभी तो कहीं नहीं गया भगतजी, पहले तुम्हारे ही पास आया हूँ।"

भगत, "अच्छा, तुम्हारे सामने यह ढेर है। इसमें से जितना अनाज उठाकर ले जा सको, ले जाओ।"

भिक्षुक ने क्षुब्ध नेत्रों से ढेर को देखकर कहा, "जितना अपने हाथ से उठाकर दे दोगे, उतना ही लूँगा।"

भगत, "नहीं, तुमसे जितना उठ सके, उठा लो।"

भिक्षुक के पास एक चादर थी, उसने कोई दस सेर अनाज उसमें भरा और उठाने लगा। संकोच के मारे और अधिक भरने का साहस न हुआ।

भगत उसके मन का भाव समझकर आश्वासन देते हुए बोले, "बस, इतना तो एक बच्चा भी उठा ले जाएगा।"

भिक्षुक ने भोला की ओर संदिग्ध नेत्रों से देखकर कहा, "मेरे लिए इतना ही काफ़ी है।"

भगत, "नहीं, तुम सकुचाते हो। अभी और भरो।"

भिक्षुक ने एक पँसेरी अनाज और भरा, और फिर भोला की ओर सशंक दृष्टि से देखने लगा।

भगत, "उसकी ओर क्या देखते हो, बाबाजी? मैं जो कहता हूँ, वह करो। तुमसे जितना उठाया जा सके, उठा लो।"

भिक्षुक डर रहा था कि कहीं उसने अनाज भर लिया और भोला ने गठरी न उठाने दी तो कितनी भद्द होगी, और भिक्षुकों को हँसने का अवसर मिल जाएगा। सब यही कहेंगे कि भिक्षुक कितना लोभी है? उसे अनाज भरने की हिम्मत न पड़ी।

तब सुजान भगत ने चादर लेकर उसमें अनाज भरा और गठरी बाँधकर बोले, "इसे उठा ले जाओ।"

भिक्षुक, "बाबा, इतना तो मुझसे उठ न सकेगा।"

भगत, "अरे! इतना भी न उठ सकेगा। बहुत होगा तो मन भर, भला ज़ोर तो लगाओ, देखूँ, उठा सकते हो या नहीं।"

भिक्षुक ने गठरी को आज़माया। भारी थी, जगह से हिली भी नहीं, फिर बोला, "भगतजी, यह मुझसे न उठ सकेगी।"

भगत, "अच्छा, बताओ किस गाँव में रहते हो?"

भिक्षुक, "बड़ी दूर है भगतजी, अमोला का नाम तो सुना होगा।"

भगत, "अच्छा, आगे-आगे चलो, मैं पहुँचा दूँगा।"

यह कहकर भगत ने ज़ोर लगाकर गठरी उठाई और सिर पर रखकर भिक्षुक के पीछे हो लिये। देखने वाले भगत का पौरुष देखकर चकित हो गए। उन्हें क्या मालूम था कि भगत पर इस समय कौन सा नशा था। आठ महीने के निरंतर अविरल परिश्रम का आज उन्हें फल मिला था। आज उन्होंने अपना खोया अधिकार फिर पाया था। वही तलवार, जो केले को नहीं काट सकती, सान पर चढ़कर लोहे को काट देती है। मानव-जीवन में लाग बड़े महत्त्व की वस्तु है। जिसमें लाग है, वह बूढ़ा भी हो तो जवान है। जिसमें लाग नहीं, गैरत नहीं, वह जवान भी मृतक है। सुजान भगत में लाग थी और उसी ने उन्हें अमानुषीय बल प्रदान कर दिया था। चलते समय उन्होंने भोला की ओर सगर्व नेत्रों से देखा और बोले, "ये भाट और भिक्षुक खड़े हैं, कोई ख़ाली हाथ न लौटने पाए।"

भोला सिर झुकाए खड़ा था, कुछ बोलने का हौसला न हुआ। वृद्ध पिता ने उसे परास्त कर दिया था।

6

रामलीला

इधर एक मुद्दत से रामलीला देखने नहीं गया। बंदरों के भद्दे चेहरे लगाए, आधी टाँगों का पजामा और काले रंग का ऊँचा कुर्ता पहने आदमियों को दौड़ते, हू-हू करते देखकर अब हँसी आती है, मज़ा नहीं आता। काशी की रामलीला जगद्विख्यात है। सुना है, लोग दूर-दूर से देखने आते हैं। मैं भी बड़े शौक से गया, पर मुझे तो वहाँ की लीला और किसी वज्र देहात की लीला में कोई अंतर न दिखाई दिया। हाँ, रामनगर की लीला में कुछ साज़-सामान अच्छे हैं। राक्षसों और बंदरों के चेहरे पीतल के हैं, गदाएँ भी पीतल की हैं, कदाचित् वनवासी भ्राताओं के मुकुट सच्चे काम के हों, लेकिन साज़-सामान के सिवा वहाँ भी वही हू-हू के सिवा और कुछ नहीं। फिर भी लाखों आदमियों की भीड़ लगी रहती है।

लेकिन एक ज़माना वह था, जब मुझे भी रामलीला में आनंद आता था। आनंद तो बहुत हल्का सा शब्द है। वह आनंद उन्माद से कम न था। संयोगवश उन दिनों मेरे घर से बहुत थोड़ी दूर रामलीला का मैदान था और जिस घर में लीला पात्रों का रूप-रंग भरा जाता था, वह तो मेरे घर से बिलकुल मिला हुआ था। दो बजे दिन से पात्रों की सजावट होने लगती थी। मैं दोपहर ही से वहाँ जा बैठता और जिस उत्साह से दौड़-दौड़कर छोटे-मोटे काम करता, उस उत्साह से तो आज अपनी पेंशन लेने

भी नहीं जाता। एक कोठरी में राजकुमारों का श्रृंगार होता था। उनकी देह में रामरज पीसकर पोती जाती, मुँह पर पाउडर लगाया जाता और पाउडर के ऊपर लाल, हरे, नीले रंग की बुंदकियाँ लगाई जाती थीं। सारा माथा, भौंहें, गाल, ठोड़ी बुंदकियों से रच उठती थीं। एक ही आदमी इस काम में कुशल था। वही बारी-बारी से तीनों पात्रों का श्रृंगार करता था। रंग की प्यालियों में पानी लाना, रामरज पीसना, पंखा झलना मेरा काम था।

जब इन तैयारियों के बाद विमान निकलता, तो उस पर रामचंद्रजी के पीछे बैठकर मुझे जो उल्लास, जो गर्व, जो रोमांच होता था, अब वह लाट साहब के दरबार में कुर्सी पर बैठकर भी नहीं होता। एक बार होम-मेंबर साहब ने व्यवस्थापक-सभा में मेरे एक प्रस्ताव का अनुमोदन किया था, उस वक़्त मुझे कुछ उसी तरह का उल्लास, गर्व और रोमांच हुआ था। हाँ, एक बार जब मेरा ज्येष्ठ पुत्र नायब-तहसीलदारी में नामज़द हुआ, तब भी ऐसी ही तरंगें मन में उठी थीं, पर इनमें और उस बाल-विह्वलता में बड़ा अंतर है। तब ऐसा मालूम होता था कि मैं स्वर्ग में बैठा हूँ।

निषाद नौका-लीला का दिन था। मैं दो-चार लड़कों के बहकाने में आकर गुल्ली-डंडा खेलने गया था। आज श्रृंगार देखने न गया। विमान भी निकला, पर मैंने खेलना न छोड़ा। मुझे अपना दाँव लेना था। अपना दाँव छोड़ने के लिए उससे कहीं बढ़कर आत्मत्याग की ज़रूरत थी, जितना मैं कर सकता था। अगर दाँव देना होता तो मैं कब का भाग खड़ा होता; लेकिन पदाने में कुछ और ही बात होती है। ख़ैर, दाँव पूरा हुआ। अगर मैं चाहता तो धाँधली करके दस-पाँच मिनट और पदा सकता था, इसकी काफ़ी गुंजाइश थी, लेकिन अब इसका मौका न था। मैं सीधे नाले की तरफ़ दौड़ा। विमान जल-पट पर पहुँच चुका था। मैंने दूर से देखा, मल्लाह किश्ती लिए आ रहा है। दौड़ा, लेकिन आदमियों की भीड़ में दौड़ना कठिन था। आख़िर जब मैं भीड़ हटाता, प्राण-पण से आगे बढ़ता घाट पर पहुँचा तो निषाद अपनी नौका खोल चुका था।

रामचंद्र पर मेरी कितनी श्रद्धा थी! अपने पाठ की चिंता न करके उन्हें पढ़ा दिया करता था, जिससे वह फ़ेल न हो जाएँ। मुझसे उम्र ज़्यादा होने पर भी वह नीची कक्षा में पढ़ते थे, लेकिन वही रामचंद्र नौका पर बैठे इस तरह मुँह फेरे चले जाते थे, मानो मुझसे जान-पहचान ही नहीं। नक़ल में भी असल की कुछ-न-कुछ बू आ ही जाती है। भक्तों पर जिनकी निगाह सदा ही तीख़ी रही है, वह मुझे क्यों उबारते!

मैं विकल होकर उस बछड़े की भाँति कूदने लगा, जिसकी गरदन पर पहली बार जुआ रखा गया हो। कभी लपककर नाले की ओर जाता, कभी किसी सहायक की खोज में पीछे की तरफ़ दौड़ता, पर सब-के-सब अपनी धुन में मस्त थे, मेरी चीख़-पुकार किसी के कानों तक न पहुँची। तब से बड़ी-बड़ी विपत्तियाँ झेलीं, पर उस समय जितना दुःख हुआ, उतना फिर कभी न हुआ।

मैंने निश्चय किया था कि अब रामचंद्र से न कभी बोलूँगा, न कभी खाने की कोई चीज़ ही दूँगा; लेकिन ज्यों ही नाले को पार करके वह पुल की ओर लौटे, मैं दौड़कर विमान पर चढ़ गया और ऐसा ख़ुश हुआ, मानो कोई बात ही न हुई थी।

रामलीला समाप्त हो गई थी। राजगद्दी होने वाली थी, पर न जाने क्यों देर हो रही थी। शायद चंदा कम वसूल हुआ था। रामचंद्र की इन दिनों कोई बात भी न पूछता था। न ही घर जाने की छुट्टी मिलती थी और न ही भोजन का प्रबंध होता था। चौधरी साहब के यहाँ से सीदा कोई तीन बजे दिन को मिलता था, बाक़ी सारे दिन कोई पानी को नहीं पूछता। लेकिन मेरी श्रद्धा अभी तक ज्यों-की-त्यों थी। मेरी दृष्टि में वह अब भी रामचंद्र ही थे। घर पर मुझे खाने की कोई चीज़ मिलती, वह लेकर रामचंद्र को दे आता। उन्हें खिलाने में मुझे जितना आनंद मिलता था, उतना आप खा जाने में भी न मिलता। कोई मिठाई या फल पाते ही मैं बेतहाशा चौपाल की ओर दौड़ता। अगर रामचंद्र वहाँ न मिलते तो चारों ओर तलाश करता और जब तक वह चीज़ उन्हें न खिला देता, चैन न आता था।

ख़ैर, राजगद्दी का दिन आया। रामलीला के मैदान में एक बड़ा सा शामियाना ताना गया। उसकी ख़ूब सजावट की गई। वेश्याओं के दल भी आ पहुँचे। शाम को रामचंद्र की सवारी निकली और प्रत्येक द्वार पर उनकी आरती उतारी गई। श्रद्धानुसार किसी ने रुपए दिए, किसी ने पैसे। मेरे पिता पुलिस के आदमी थे, इसलिए उन्होंने बिना कुछ दिए ही आरती उतारी। उस वक़्त मुझे जितनी लज्जा आई, उसे बयान नहीं कर सकता। मेरे पास उस वक़्त संयोग से एक रुपया था। मेरे मामाजी दशहरे के पहले आए थे और मुझे एक रुपया दे गए थे। उस रुपए को मैंने रख छोड़ा था। दशहरे के दिन भी उसे ख़र्च न कर सका। मैंने तुरंत वह रुपया लाकर आरती की थाली में डाल दिया। पिताजी मेरी ओर कुपित नेत्रों से देखकर रह गए। उन्होंने कुछ कहा तो नहीं, लेकिन मुँह ऐसा बना लिया, जिससे प्रकट होता था कि मेरी इस

धृष्टता से उनके रोब में बट्टा लग गया। रात के दस बजते-बजते यह परिक्रमा पूरी हुई। आरती की थाली रुपयों और पैसों से भरी हुई थी। ठीक तो नहीं कह सकता, मगर अब ऐसा अनुमान होता है कि चार-पाँच सौ रुपयों से कम न थे। चौधरी साहब इनसे कुछ ज़्यादा ही ख़र्च कर चुके थे। उन्हें इसकी बड़ी फ़िक्र हुई कि किसी तरह कम-से-कम दो सौ रुपए और वसूल हो जाएँ और इसकी सबसे अच्छी तरकीब उन्हें यही मालूम हुई कि वेश्याओं द्वारा महफ़िल में वसूली हो। जब लोग आकर बैठ जाएँ और महफ़िल का रंग जम जाए, तो आबादीजान रसिकजनों की कलाइयाँ पकड़-पकड़कर ऐसे हाव-भाव दिखाएँ कि लोग शरमाते-शरमाते भी कुछ-न-कुछ दे ही मरें। आबादीजान और चौधरी साहब में सलाह होने लगी। मैं संयोग से उन दोनों प्राणियों की बातें सुन रहा था। चौधरी साहब ने समझा होगा कि यह लौंडा क्या मतलब समझेगा। पर यहाँ ईश्वर की दया से अक़ल के पुतले थे। सारी दास्तान समझ में आती जाती थी।

चौधरी, "सुनो आबादीजान, यह तुम्हारी ज़्यादती है। हमारा और तुम्हारा कोई पहला साबका तो है नहीं। ईश्वर ने चाहा तो हमेशा तुम्हारा आना-जाना लगा रहेगा। अब की चंदा बहुत कम आया, नहीं तो मैं तुमसे इतना इसरार न करता।"

आबादीजान, "आप मुझसे भी ज़मींदारी चालें चलते हैं, क्यों? मगर यहाँ हुज़ूर की दाल न गलेगी। वाह! रुपए तो मैं वसूल करूँ और मूँछों पर ताव आप दें। कमाई का अच्छा ढंग निकाला है। इस कमाई से तो वाकई आप थोड़े दिनों में राजा हो जाएगें। उसके सामने ज़मींदारी झक मारेगी! बस कल ही से एक चकला खोल दीजिए! ख़ुदा की कसम, मालामाल हो जाइएगा।"

चौधरी, "तुम दिल्लगी करती हो और यहाँ काफ़िया तंग हो रहा है।"

आबादीजान, "तो आप भी तो मुझी से उस्तादी करते हैं। यहाँ आप जैसे कइयों को रोज़ उँगलियों पर नचाती हूँ।"

चौधरी, "आख़िर तुम्हारी मंशा क्या है?"

आबादीजान, "जो कुछ वसूल करूँ, उसमें आधा मेरा, आधा आपका। लाइए, हाथ मारिए!"

चौधरी, "यही सही।"

आबादीजान, "तो पहले मेरे सौ रुपए गिन दीजिए। पीछे से आप अलसेट करने लगेंगे।"

चौधरी, "वह भी लोगी और यह भी।"

आबादीजान, "अच्छा! तो क्या आप समझते थे कि अपनी उजरत छोड़ दूँगी? वाह री आपकी समझ! ख़ूब, क्यों न हो। दीवाना बकारे दरवेश हुशियार!"

चौधरी, "तो क्या तुमने दोहरी फ़ीस लेने की ठानी है?"

आबादीजान, "अगर आपको सौ दफ़े गरज़ हो तो। वरना मेरे सौ रुपए तो कहीं गए ही नहीं। मुझे क्या कुत्ते ने काटा है, जो लोगों की जेब में हाथ डालती फिरूँ?"

चौधरी की एक न चली। आबादीजान के सामने दबना पड़ा। नाच शुरू हुआ। आबादीजान बला की शोख़ औरत थी। एक तो कमसिन, उस पर हसीन और उसकी अदाएँ तो इस ग़ज़ब की थीं कि मेरी तबीयत भी मस्त हुई जाती थी। आदमियों को पहचानने का गुण भी उसमें कुछ कम न था। जिसके सामने बैठ गई, उससे कुछ-न-कुछ ले ही लिया। पाँच रुपए से कम तो शायद ही किसी ने दिए हों। पिताजी के सामने भी वह बैठी। मैं मारे शरम के गड़ गया। जब उसने उनकी कलाई पकड़ी, तब तो मैं सहम उठा। मुझे यक़ीन था कि पिताजी उसका हाथ झटक देंगे और शायद दुत्कार भी दें, किंतु यह क्या हो रहा है ईश्वर! मेरी आँखें धोखा तो नहीं खा रही हैं। पिताजी मूँछों में हँस रहे हैं। ऐसी मृदु हँसी उनके चेहरे पर मैंने कभी नहीं देखी थी। उनकी आँखों से अनुराग टपका पड़ता था। उनका एक-एक रोम पुलकित हो रहा था, मगर ईश्वर ने मेरी लाज रख ली। वह देखो, उन्होंने धीरे से आबादीजान के कोमल हाथों से अपनी कलाई छुड़ा ली। अरे! यह फिर क्या हुआ? आबादी तो उनके गले में बाँहें डाले देती है। अब पिताजी उसे ज़रूर पीटेंगे। चुड़ैल को ज़रा भी शरम नहीं।

एक महाशय ने मुस्कुराकर कहा, "यहाँ तुम्हारी दाल न गलेगी, आबादीजान! और दरवाज़ा देखो।"

बात तो इन महाशय ने मेरे मन की कही और बहुत ही उचित कही, लेकिन न जाने क्यों पिताजी ने उसकी ओर कुपित नेत्रों से देखा और मूँछों पर ताव दिया। मुँह से तो वह कुछ न बोले, पर उनके मुख की आकृति चिल्लाकर सरोष शब्दों में कह रही थी, 'तू बनिया, मुझे समझता क्या है? यहाँ ऐसे अवसर पर जान तक निसार करने को तैयार हैं। रुपए की हक़ीकत ही क्या! तेरा जी चाहे, आज़मा ले।

तुझसे दूनी रकम न डालूँ तो मुँह न दिखाऊँ!' महान् आश्चर्य! घोर अनर्थ! अरे, ज़मीन तू फट क्यों नहीं जाती। आकाश, तू फट क्यों नहीं पड़ता? अरे, मुझे मौत क्यों नहीं आ जाती! पिताजी जेब में हाथ डाल रहे हैं। कोई चीज़ निकाली और सेठजी को दिखाकर आबादीजान को दे डाली। आह! यह तो अशरफ़ी है।

चारों ओर तालियाँ बजने लगीं। सेठजी उल्लू बन गए। पिताजी ने मुँह की खाई, इसका निश्चय मैं नहीं कर सकता। मैंने केवल इतना देखा कि पिताजी ने एक अशरफ़ी निकालकर आबादीजान को दी। उनकी आँखों में इस समय इतना गर्वयुक्त उल्लास था मानो उन्होंने हातिम की कब्र पर लात मारी हो। यही पिताजी हैं, जिन्होंने मुझे आरती में एक रुपया डालते देखकर मेरी ओर इस तरह से देखा था, मानो मुझे फाड़ ही खाएँगे। मेरे उस परमोचित व्यवहार से उनके रोब में फ़र्क आता था और इस समय इस घृणित, कुत्सित और निंदित व्यापार पर गर्व और आनंद से फूले न समाते थे।

आबादीजान ने एक मनोहर मुस्कान के साथ पिताजी को सलाम किया और आगे बढ़ी, मगर मुझसे वहाँ न बैठा गया। मारे शरम के मेरा मस्तक झुका जाता था, अगर मेरी आँखों देखी बात न होती, तो मुझे इस पर कभी ऐतबार भी न होता। मैं बाहर जो कुछ देखता-सुनता था, उसकी रिपोर्ट अम्मा से ज़रूर करता था। पर इस मामले को मैंने उनसे छिपा रखा। मैं जानता था, उन्हें यह बात सुनकर बड़ा दु:ख होगा।

रात भर गाना होता रहा, तबले की धमक मेरे कानों में आ रही थी। जी चाहता था, चलकर देखूँ, पर साहस न था। मैं किसी को मुँह कैसे दिखाऊँगा? कहीं किसी ने पिताजी का ज़िक्र छेड़ दिया तो मैं क्या करूँगा?

प्रात:काल रामचंद्र की विदाई होने वाली थी। मैं चारपाई से उठते ही आँखें मलता हुआ चौपाल की ओर भागा। डर रहा था कि कहीं रामचंद्र चले न गए हों। पहुँचा तो देखा, तवायफ़ों की सवारियाँ जाने को तैयार हैं। बीसों आदमी हसरत नाक-मुँह बनाए उन्हें घेरे खड़े हैं। मैंने उनकी ओर आँख तक न उठाई। सीधा रामचंद्र के पास पहुँचा। लक्ष्मण और सीता बैठे रो रहे थे और रामचंद्र खड़े काँधे पर लुटिया-डोर डाले उन्हें समझा रहे थे। मेरे सिवा वहाँ और कोई न था। मैंने कुंठित स्वर में रामचंद्र से पूछा, "क्या तुम्हारी विदाई हो गई?"

रामचंद्र, "हाँ, हो तो गई। हमारी विदाई ही क्या? चौधरी साहब ने कह दिया, जाओ, चले जाते हैं।"

"क्या रुपया और कपड़े नहीं मिले?"

"अभी नहीं मिले। चौधरी साहब कहते हैं, "इस वक़्त बचत में रुपए नहीं हैं, फिर आकर ले जाना।"

"कुछ नहीं मिला?"

"एक पैसा भी नहीं। कहते हैं, कुछ बचत नहीं हुई। मैंने सोचा था कि कुछ रुपए मिल जाएँगे तो पढ़ने की किताबें ले लूँगा। सो कुछ न मिला। राह ख़र्च भी नहीं दिया। कहते हैं, कौन दूर है, पैदल चले जाओ!"

मुझे ऐसा क्रोध आया कि चलकर चौधरी को ख़ूब आड़े हाथों लूँ। वेश्याओं के लिए रुपए, सवारियाँ, सब कुछ, पर बेचारे रामचंद्र और उनके साथियों के लिए कुछ भी नहीं। जिन लोगों ने रात को आबादीजान पर दस-दस, बीस-बीस रुपए न्योछावर किए थे, उनके पास क्या उनके लिए दो-दो, चार-चार आने पैसे भी नहीं? पिताजी ने भी आबादीजान को एक अशरफ़ी दी थी। देखूँ, इनके नाम पर क्या देते हैं। मैं दौड़ा हुआ पिताजी के पास गया। वह कहीं तफ़्तीश पर जाने को तैयार खड़े थे। मुझे देखकर बोले, "कहाँ घूम रहे हो? पढ़ने के वक़्त तुम्हें घूमने की सूझती है!"

मैंने कहा, "गया था चौपाल। रामचंद्र विदा हो रहे थे। उन्हें चौधरी साहब ने कुछ नहीं दिया।"

"तो तुम्हें इसकी क्या फ़िक्र पड़ी है?"

"वह जाएँगे कैसे? उनके पास राह-ख़र्च भी तो नहीं है!"

"क्या कुछ ख़र्च भी नहीं दिया? यह चौधरी साहब की बेइनसाफ़ी है।"

"आप अगर दो रुपया दे दें तो मैं उन्हें दे आऊँ। इतने में शायद वह घर पहुँच जाएँ।"

पिताजी ने तीव्र दृष्टि से देखकर कहा, "जाओ अपनी किताब देखो, मेरे पास रुपए नहीं हैं।"

यह कहकर वह घोड़े पर सवार हो गए। उसी दिन से पिताजी पर से मेरी श्रद्धा उठ गई। मैंने फिर कभी उनकी डाँट-डपट की परवाह नहीं की। मेरा दिल कहता, 'आपको मुझे उपदेश देने का कोई अधिकार नहीं है।' मुझे उनकी सूरत से चिढ़ हो गई। वह जो कहते, मैं ठीक उसका उल्टा करता। यद्यपि इसमें मेरी हानि हुई। लेकिन मेरा अंत:करण उस समय विप्लवकारी विचारों से भरा हुआ था।

मेरे पास दो आने पड़े हुए थे। मैंने उठा लिए और जाकर शरमाते-शरमाते रामचंद्र को दे दिए। उन पैसों को देखकर रामचंद्र को जितना हर्ष हुआ, वह मेरे लिए आशातीत था। टूट पड़े, मानो प्यासे को पानी मिल गया।

यही दो आने पैसे लेकर तीनो मूर्तियाँ विदा हुईं। केवल मैं ही उनके साथ कस्बे के बाहर तक पहुँचाने आया।

उन्हें विदा करके लौटा तो मेरी आँखें सजल थीं, पर हृदय आनंद से उमड़ा हुआ था।

7

धोखा

सतीकुंड में खिले हुए कमल वसंत के धीमे-धीमे झोंकों से लहरा रहे थे और प्रात:काल की मंद-मंद सुनहरी किरणें उनसे मिल-मिलकर मुस्कुराती थीं। राजकुमारी प्रभा कुंड के किनारे हरी-भरी घास पर खड़ी सुंदर पक्षियों का कलरव सुन रही थी। उसका कनकवर्ण तन इन्हीं फूलों की भाँति दमक रहा था, मानो प्रभात की साक्षात् सौम्य मूर्ति है, जो भगवान् अंशुमाली के किरण-करों द्वारा निर्मित हुई थी।

प्रभा ने मौलसिरी के वृक्ष पर बैठी हुई एक श्यामा की ओर देखकर कहा, "मेरा जी चाहता है कि मैं भी एक चिड़िया होती।"

उसकी सहेली उमा ने मुस्कुराकर पूछा, "क्यों?"

प्रभा ने कुंड की ओर ताकते हुए उत्तर दिया, "वृक्ष की हरी-भरी डालियों पर बैठी हुई चहचहाती, मेरे कलरव से सारा बाग गूँज उठता।"

उमा ने छेड़कर कहा, "नौगढ़ की रानी ऐसे कितने ही पक्षियों का गाना जब चाहे सुन सकती है।"

प्रभा ने संकुचित होकर कहा, "मुझे नौगढ़ की रानी बनने की अभिलाषा नहीं है। मेरे लिए किसी नदी का सुनसान किनारा चाहिए। एक वीणा और ऐसी ही सुंदर सुहावने पक्षियों के संगीत की मधुर ध्वनि में मेरे लिए सारे संसार का ऐश्वर्य भरा हुआ है।"

प्रभा का संगीत पर अपरिमित प्रेम था। वह बहुधा ऐसे ही सुख-स्वप्न देखा करती थी। उमा उत्तर देना ही चाहती थी कि इतने में बाहर से किसी के गाने की आवाज़ आई, "कर गए थोड़े दिन की प्रीति।"

प्रभा ने एकाग्र मन होकर सुना और अधीर होकर कहा, "बहिन, इस वाणी में जादू है। मुझसे अब बिना सुने नहीं रहा जाता, इसे भीतर बुला लाओ।"

उस पर भी गीत का जादू असर कर रहा था। वह बोली, "निःसंदेह, ऐसा राग मैंने आज तक नहीं सुना, खिड़की खोलकर बुलाती हूँ।"

थोड़ी देर में रागिया भीतर आया, "सुंदर-सजीले बदन का नौजवान था। नंगे पैर, नंगे सिर कंधे पर एक मृगचर्म, शरीर पर एक गेरुआ वस्त्र, हाथों में एक सितार। मुखारविंद से तेज़ छिटक रहा था। उसने दबी हुई दृष्टि से दोनों कोमलांगी रमणियों को देखा और सिर झुकाकर बैठ गया।

प्रभा ने झिझकती हुई आँखों से देखा और दृष्टि नीचे कर ली। उमा ने कहा, "योगीजी, हमारे बड़े भाग्य थे कि आपके दर्शन हुए, हमको भी कोई पद सुनाकर कृतार्थ कीजिए।"

योगी ने सिर झुकाकर उत्तर दिया, "हम योगी लोग नारायण का भजन करते हैं। ऐसे-ऐसे दरबारों में हम भला क्या गा सकते हैं, पर आपकी इच्छा है तो सुनिए,

"कर गए थोड़े दिन की प्रीति।
कहाँ वह प्रीति, कहाँ यह बिछरन,
कहाँ मधुवन की रीति,
कर गए थोड़े दिन की प्रीति।"

योगी का रसीला करुण स्वर, सितार का सुमधुर निनाद, उस पर गीत का माधुर्य प्रभा को बेसुध किए देता था। इसका रसज्ञ स्वभाव और उसका मधुर रसीला गान, अपूर्व संयोग था। जिस भाँति सितार की ध्वनि गगनमंडल में प्रतिध्वनित हो रही थी, उस भाँति प्रभा के हृदय में लहरों की हिलोरें उठ रही थीं। वे भावनाएँ जो अब तक शांत थीं, जाग पड़ीं। हृदय सुख-स्वप्न देखने लगा। सतीकुंड के कमल तिलिस्म की परियाँ बन-बनकर मँडराते हुए भौंरों से कर जोड़ सजल नयन हो, कहते थे–

"कर गए थोड़े दिन की प्रीति।"

सुर्ख और हरी पत्तियों से लदी हुई डालियाँ सिर झुकाए चहचहाते हुए पक्षियों से रो-रोकर कहती थीं–

"कर गए थोड़े दिन की प्रीति।"

और राजकुमारी प्रभा का हृदय भी सितार की मस्तानी तान के साथ गूँजता था–

"कर गए थोड़े दिन की प्रीति।"

प्रभा बघौली के राव देवीचंद की इकलौती कन्या थी। राव पुराने विचारों के रईस थे। कृष्ण की उपासना में लवलीन रहते थे, इसलिए इनके दरबार में दूर-दूर के कलावंत और गवैये आया करते और इनाम-एकराम पाते थे। राव साहब को गानों से प्रेम था, वे स्वयं भी इस विद्या में निपुण थे। यद्यपि अब वृद्धावस्था के कारण यह शक्ति निःशेष हो चली थी, पर फिर भी विद्या के गूढ तत्त्वों के पूर्ण जानकार थे। प्रभा बाल्यकाल से ही इनकी सोहबत में बैठने लगी। कुछ तो पूर्वजन्म का संस्कार और कुछ रात-दिन गाने की ही चर्चाओं ने उसे भी इस फ़न में अनुरक्त कर दिया था। इस समय उसके सौंदर्य की ख़ूब चर्चा थी। राव साहब ने नौगढ़ के नवयुवक और सुशील राजा हरिश्चंद्र से उसकी शादी तजवीज़ की थी। उभय पक्ष में तैयारियाँ हो रही थीं। राजा हरिश्चंद्र 'मेयो कॉलिज', अजमेर के विद्यार्थी और नई रोशनी के भक्त थे। उनकी आकांक्षा थी कि उन्हें एक बार राजकुमारी प्रभा से साक्षात्कार होने और प्रेमालाप करने का अवसर दिया जाए, किंतु राव साहब इस प्रथा को दूषित समझते थे।

प्रभा राजा हरिश्चंद्र के नवीन विचारों की चर्चा सुनकर इस संबंध से बहुत संतुष्ट न थी। पर जब से उसने इस प्रेममय युवा योगी का गाना सुना था, तब से तो वह उसी के ध्यान में डूबी रहती। उमा उसकी सहेली थी। इन दोनों के बीच कोई पर्दा न था। परंतु इस भेद को प्रभा ने उससे भी गुप्त रखा। उमा उसके स्वभाव से परिचित थी, ताड़ गई। परंतु उसने उपदेश करके इस अग्नि को भड़काना उचित न समझा। उसने सोचा कि थोड़े दिनों में ये अग्नि आप से आप शांत हो जाएगी। ऐसी लालसाओं का अंत प्रायः इसी तरह हो जाया करता है; किंतु उसका अनुमान ग़लत सिद्ध हुआ। योगी की वह मोहिनी मूर्ति कभी प्रभा की आँखों से न उतरती, उसका मधुर राग प्रतिक्षण उसके कानों में गूँजा करता। उसी कुंड के किनारे वह सिर झुकाए सारे दिन बैठी रहती। कल्पना में वही मधुर हृदयग्राही राग सुनती और वही योगी की मनोहरणी मूर्ति देखती। कभी-कभी उसे ऐसा आभास होता कि बाहर से यह आवाज़ आ रही है। वह चौंक पड़ती और तृष्णा से प्रेरित होकर वाटिका की

चारदीवारी तक जाती और वहाँ से निराश होकर लौट आती। फिर आप ही विचार करती, "यह मेरी क्या दशा है! मुझे यह क्या हो गया है! मैं हिंदू कन्या हूँ, माता-पिता जिसे सौंप दें, उसकी दासी बनकर रहना धर्म है। मुझे तन-मन से उसकी सेवा करनी चाहिए। किसी अन्य पुरुष का ध्यान तक मन में लाना मेरे लिए पाप है! आह! यह कलुषित हृदय लेकर मैं किस मुँह से पति के पास जाऊँगी! इन कानों से क्योंकर प्रणय की बातें सुन सकूँगी, जो मेरे लिए व्यंग्य से भी अधिक कर्णकटु होंगी! इन पापी नेत्रों से वह प्यारी-प्यारी चितवन कैसे देख सकूँगी, जो मेरे लिए वज्र से भी हृदयभेदी होंगी। इस गले में वे मृदुल प्रेमबाहु पड़ेंगे जो लौहदंड से भी अधिक भारी और कठोर होंगे। प्यारे, तुम मेरे हृदय-मंदिर से निकल जाओ। यह स्थान तुम्हारे योग्य नहीं। मेरा वश होता तो तुम्हें हृदय की सेज पर सुलाती; परंतु मैं धर्म की रस्सियों में बँधी हूँ।"

इस तरह एक महीना बीत गया। ब्याह के दिन निकट आते जाते थे और प्रभा का कमल-सा मुख कुम्हलाया जाता था। कभी-कभी विरह-वेदना एवं विचार-विप्लव से व्याकुल होकर उसका चित्त चाहता कि सतीकुंड की गोद में शांति लूँ, किंतु राव साहब इस शोक में जान ही दे देंगे, यह विचार कर वह रुक जाती। सोचती, मैं उनकी जीवन-सर्वस्व हूँ, मुझ अभागिनी को उन्होंने किस लाड़-प्यार से पाला है; मैं ही उनके जीवन का आधार और अंतकाल की आशा हूँ। नहीं, यों प्राण देकर उनकी आशाओं की हत्या न करूँगी। मेरे हृदय पर चाहे जो बीते, उन्हें न कुढ़ाऊँगी! प्रभा का एक योगी गवैये के पीछे उन्मत्त हो जाना कुछ शोभा नहीं देता। योगी का गान तानसेन के गानों से भी अधिक मनोहर क्यों न हो, पर एक राजकुमारी का उसके हाथों बिक जाना हृदय की दुर्बलता प्रकट करता है; राव साहब के दरबार में विद्या की, शौर्य की और वीरता से प्राण हवन करने की चर्चा न थी। यहाँ तो रात-दिन राग-रंग की धूम रहती थी। यहाँ इसी शास्त्र के आचार्य प्रतिष्ठा के मसनद पर विराजित थे और उन्हीं पर प्रशंसा के बहुमूल्य रत्न लुटाए जाते थे। प्रभा ने प्रारंभ ही से इसी जलवायु का सेवन किया था और उस पर इनका गाढ़ा रंग चढ़ गया था। ऐसी अवस्था में उसकी गान-लिप्सा ने यदि भीषण रूप धारण कर लिया तो आश्चर्य ही क्या है!

शादी बड़ी धूमधाम से हुई। राव साहब ने प्रभा को गले लगाकर विदा किया। प्रभा बहुत रोई। उमा को वह किसी तरह छोड़ती न थी।

नौगढ़ एक बड़ी रियासत थी और राजा हरिश्चंद्र के सुप्रबंध से उन्नति पर थी। प्रभा की सेवा के लिए दासियों की एक पूरी फ़ौज थी। उसके रहने के लिए वह आनंद-भवन सजाया गया था, जिसके बनाने में शिल्प-विशारदों ने अपूर्व कौशल का परिचय दिया था। श्रृंगार-चतुराओं ने दुलहिन को ख़ूब सँवारा। रसीले राजा साहब अधरामृत के लिए विह्वल हो रहे थे। अंत:पुर में गए। प्रभा ने हाथ जोड़कर, सिर झुकाकर, उनका अभिवादन किया। उसकी आँखों से आँसू की नदी बह रही थी। पति ने प्रेम के मद में मत्त होकर घूँघट हटा दिया, दीपक था, पर बुझा हुआ। फूल था, पर मुरझाया हुआ।

दूसरे दिन से राजा साहब की यह दशा हुई कि भौंरे की तरह प्रति क्षण इस फूल पर मँडराया करते। न राज-पाट की चिंता थी, न सैर-शिकार की परवाह। प्रभा की वाणी रसीला राग थी, उसकी चितवन सुख का सागर और उसका मुख-चंद्र आमोद का सुहावना कुंज। बस, प्रेम-मद में राजा साहब बिल्कुल मतवाले हो गए थे, उन्हें क्या मालूम था कि दूध में मक्खी है।

यह असंभव था कि राजा साहब के हृदयहारी और सरस व्यवहार का, जिसमें अनुराग भरा हुआ था, प्रभा पर कोई प्रभाव न पड़ता। प्रेम का प्रकाश अँधेरे हृदय को भी चमका देता है। प्रभा मन में बहुत लज्जित होती। वह अपने को इस निर्मल और विशुद्ध प्रेम के योग्य न पाती थी, इस पवित्र प्रेम के बदले में उसे अपने कृत्रिम, रँगे हुए भाव प्रकट करते हुए मानसिक कष्ट होता था। जब तक राजा साहब उसके साथ रहते, वह उनके गले लता की भाँति लिपटी हुई घंटों प्रेम की बातें किया करती। वह उनके साथ सुमन-वाटिका में चुहल करती, उनके लिए फूलों का हार गूँथती और उनके गले में हार डालकर कहती, "प्यारे, देखना ये फूल मुरझा न जाएँ, इन्हें सदा ताज़ा रखना।" वह चाँदनी रात में उनके साथ नाव पर बैठकर झील की सैर करती और उन्हें प्रेम का राग सुनाती। यदि उन्हें बाहर से आने में ज़रा भी देर हो जाती, तो वही मीठा-मीठा उलाहना देती, उन्हें निर्दयी तथा निष्ठुर कहती। उनके सामने वह स्वयं हँसती, उसकी आँखें हँसती और आँखों का काजल भी हँसता था। किंतु आह! जब वह अकेली होती, उसका चंचल चित्त उड़कर उसी कुंड के तट पर जा पहुँचता; कुंड का वह नीला-नीला पानी, उस पर तैरते हुए कमल और मौलसिरी

की वृक्ष-पंक्तियों का सुंदर दृश्य आँखों के सामने आ जाता। उमा मुस्कुराती और नज़ाकत से लचकती हुई आ पहुँचती, तब रसीले योगी की मोहिनी छवि आँखों में आ बैठती और सितार से सुललित सुर गूँजने लगते–

"कर गए थोड़े दिन की प्रीति।"

तब वह एक दीर्घ निःश्वास लेकर उठ बैठती और बाहर निकलकर पिंजरे में चहकते हुए पक्षियों के कलरव में शांति प्राप्त करती। इस भाँति यह स्वप्न तिरोहित हो जाता।

इस तरह कई महीने बीत गए। एक दिन राजा हरिश्चंद्र प्रभा को अपनी चित्रशाला में ले गए। उसके प्रथम भाग में ऐतिहासिक चित्र थे। सामने ही शूरवीर महाराणा प्रतापसिंह का चित्र नज़र आया। मुखारविंद से वीरता की ज्योति स्फुटित हो रही थी। तनिक और आगे बढ़कर दाहिनी ओर स्वामिभक्त जगमल, वीरवर साँगा और दिलेर दुर्गादास विराजमान थे। बाईं ओर उदार भीमसिंह बैठे हुए थे। राणा प्रताप के सम्मुख महाराष्ट्र केसरी वीर शिवाजी का चित्र था। दूसरे भाग में कर्मयोगी कृष्ण और मर्यादा पुरुषोत्तम राम विराजते थे। चतुर चित्रकारों ने चित्र-निर्माण में अपूर्व कौशल दिखाया था। प्रभा ने प्रताप के पाद-पदमों को चूमा और वह कृष्ण के सामने देर तक नेत्रों में प्रेम और श्रद्धा के आँसू भरे, मस्तक झुकाए खड़ी रही। उसके हृदय पर इस समय कलुषित प्रेम का भय खटक रहा था। उसे मालूम होता था कि यह उन महापुरुषों के चित्र नहीं, उनकी पवित्र आत्माएँ हैं। उन्हीं के चरित्र से भारतवर्ष का इतिहास गौरवान्वित है। वीरता के बहुमूल्य जातीय रत्न उच्चकोटि के जातीय स्मारक और गगनभेदी जातीय तुमुल ध्वनि है। ऐसी उच्च आत्माओं के सामने खड़े होते उसे संकोच होता था। वह आगे बढ़ी, दूसरा भाग सामने आया। यहाँ ज्ञानमय बुद्ध योगसाधना में बैठे हुए दीख पड़े। उनकी दाहिनी ओर शास्त्रज्ञ शंकर थे और दार्शनिक दयानंद। एक दीवार पर गुरु गोविंद अपने देश और जाति पर बलि चढ़ने वाले दोनों बच्चों के साथ विराजमान थे। दूसरी दीवार पर वेदांत की ज्योति फैलाने वाले स्वामी रामतीर्थ और विवेकानंद विराजमान थे। चित्रकारों की योग्यता एक-एक अवयव से टपकती थी। प्रभा ने इनके चरणों पर मस्तक टेका। वह उनके सामने सिर न उठा सकी। उसे अनुभव होता था कि दिव्य आँखें उसके दूषित हृदय में चुभी जाती हैं।

इसके बाद तीसरा भाग आया। यह प्रतिभाशाली कवियों की सभा थी। सर्वोच्च स्थान पर आदिकवि वाल्मीकि और महर्षि वेदव्यास सुशोभित थे। दाहिनी ओर श्रृंगार रस के अद्वितीय कवि कालीदास थे, बाईं तरफ़ गंभीर भावों से पूर्ण भवभूति। निकट ही भर्तृहरि अपने संतोषाश्रम में बैठे हुए थे।

दक्षिण की दीवार पर राष्ट्रभाषा हिंदी के कवियों का सम्मेलन था। सहृदय कवि, सूर, तेजस्वी तुलसी, सुकवि केशव और रसिक बिहारी यथाक्रम विराजमान थे। सूरदास से प्रभा का अगाध प्रेम था। वह समीप जाकर उनके चरणों पर मस्तक रखना ही चाहती थी कि अकस्मात् उन्हीं चरणों के सम्मुख सर झुकाए उसे एक छोटा सा चित्र दिखाई पड़ा। प्रभा उसे देखकर चौंक पड़ी। यह वही चित्र था, जो उसके हृदय-पट पर खिंचा हुआ था। वह खुलकर उसकी तरफ़ ताक न सकी, दबी हुई आँखों से देखने लगी। राजा हरिश्चंद्र ने मुस्कुराकर पूछा, "इस व्यक्ति को तुमने कहीं देखा है?"

इस प्रश्न से प्रभा का हृदय काँप उठा। जिस तरह मृग-शावक व्याध के सामने व्याकुल होकर इधर-उधर देखता है, उसी तरह प्रभा अपनी बड़ी-बड़ी आँखों से दीवार की ओर ताकने लगी, 'क्या उत्तर दूँ? इसको कहीं देखा है, उन्होंने यह प्रश्न मुझसे क्यों किया? कहीं ताड़ तो नहीं गए? हे नारायण! मेरा ताप तुम्हारे हाथ है, क्योंकर इन्कार करूँ?' मुँह पीला हो गया। सिर झुकाकर क्षीण स्वर में बोली, "हाँ, ध्यान आता है कि कहीं देखा है।"

हरिश्चंद्र ने कहा, "कहाँ देखा है?"

प्रभा के सिर में चक्कर सा आने लगा। बोली, "शायद एक बार यह गाता हुआ मेरी वाटिका के सामने जा रहा था। उमा ने बुलाकर इसका गाना सुना था।"

हरिश्चंद्र ने पूछा, "कैसा गाना था?"

प्रभा के होश उड़े हुए थे। सोचती थी, राजा के इन सवालों में ज़रूर कोई बात है। देखूँ, लाज रहती है या नहीं। बोली, "उसका गाना ऐसा बुरा न था।"

हरिश्चंद्र ने मुस्कुराकर कहा, "क्या गाता था?"

प्रभा ने सोचा, इन प्रश्न का उत्तर दे दूँ तो बाक़ी क्या रहता है। उसे विश्वास हो गया कि आज कुशल नहीं है, वह छत की ओर निरखती हुई बोली, "सूरदास का कोई पद था।"

हरिश्चंद्र ने कहा, "यह तो नहीं,

"कर गए थोड़े दिन की प्रीति।"

प्रभा की आँखों के सामने अँधेरा छा गया। सिर घूमने लगा, वह खड़ी न रह सकी, बैठ गई और हताश होकर बोली, "हाँ, यह पद था।" फिर उसने कलेजा मज़बूत करके पूछा, "आपको कैसे मालूम हुआ?"

हरिश्चंद्र बोले, "वह योगी मेरे यहाँ अक्सर आया-जाया करता है। मुझे भी उसका गाना पसंद है। उसी ने मुझे यह हाल बताया था, किंतु वह तो कहता था कि राजकुमारी ने मेरे गानों को बहुत पसंद किया और पुनः आने के लिए आदेश किया।"

प्रभा को अब सच्चा क्रोध दिखाने का अवसर मिल गया। वह बिगड़कर बोली, "यह बिल्कुल झूठ है। मैंने उससे कुछ नहीं कहा।"

हरिश्चंद्र बोले, "यह तो मैं पहले ही समझ गया था कि उन महाशय की चालाकी है। डींग मारना गवैयों की आदत है; परंतु इसमें तो तुम्हें इन्कार नहीं कि उसका गान बुरा न था?"

प्रभा बोली, "ना! अच्छी चीज़ को बुरा कौन कहेगा?"

हरिश्चंद्र ने पूछा, "फिर सुनना चाहो तो उसे बुलवाऊँ। सिर के बल दौड़ा आएगा।"

क्या उनके दर्शन फिर होंगे? इस आशा से प्रभा का मुखमंडल विकसित हो गया। परंतु इन कई महीनों की लगातार कोशिश से जिस बात को भुलाने में वह किंचित् सफल हो चुकी थी, उसके फिर नवीन हो जाने का भय हुआ। बोली, "इस समय गाना सुनने को मेरा जी नहीं चाहता।"

राजा ने कहा, "यह मैं न मानूँगा कि तुम और गाना नहीं सुनना चाहतीं, मैं उसे अभी बुलाए लाता हूँ।"

यह कहकर राजा हरिश्चंद्र तीर की तरह कमरे से बाहर निकल गए। प्रभा उन्हें रोक न सकी। वह बड़ी चिंता में डूबी खड़ी थी। हृदय में ख़ुशी और रंज की लहरें बारी-बारी से उठती थीं। मुश्किल से दस मिनट बीते होंगे कि उसे सितार के मस्ताने सुर के साथ योगी की रसीली तान सुनाई दी–

"कर गए थोड़े दिन की प्रीति।"

वह हृदयग्राही राग था, वही हृदय-भेदी प्रभाव, वही मनोहरता और वही सब कुछ, जो मन को मोह लेता है। एक क्षण में योगी की मोहिनी मूर्ति दिखाई दी।

वही मस्तानापन, वही मतवाले नेत्र, वही नयनाभिराम देवताओं का सा स्वरूप। मुखमंडल पर मंद-मंद मुस्कान थी। प्रभा ने उसकी तरफ़ सहमी हुई आँखों से देखा। एकाएक उसका हृदय उछल पड़ा। उसकी आँखों के आगे से एक पर्दा हट गया। प्रेम-विह्वल हो, आँखों में आँसू भरे वह अपने पति के चरणारविंदों पर गिर पड़ी और गदगद कंठ से बोली, "प्यारे प्रियतम!"

राजा हरिश्चंद्र को आज सच्ची विजय प्राप्त हुई। उन्होंने प्रभा को उठाकर छाती से लगा लिया। दोनों आज एक प्राण हो गए।

राजा हरिश्चंद्र ने कहा, "जानती हो, मैंने यह स्वाँग क्यों रचा था? गाने का मुझे सदा से व्यसन है और सुना है तुम्हें भी इसका शौक है। तुम्हें अपना हृदय भेंट करने से प्रथम एक बार तुम्हारा दर्शन करना आवश्यक प्रतीत हुआ और उसके लिए सबसे सुगम उपाय यही सूझ पड़ा।"

प्रभा ने अनुराग से देखकर कहा, "योगी बनकर तुमने जो कुछ पा लिया, वह राजा रहकर कदापि न पा सकते। अब तुम मेरे पति हो और प्रियतम भी हो; पर तुमने मुझे बड़ा धोखा दिया और मेरी आत्मा को कलंकित किया। इसका उत्तरदाता कौन होगा?"

8

जुगनू की चमक

पंजाब के सिंह राजा रणजीत सिंह संसार से चल चुके थे और राज्य के वे प्रतिष्ठित पुरुष, जिनके द्वारा उनका उत्तम प्रबंध चल रहा था, परस्पर के द्वेष और अनबन के कारण मर मिटे थे। राणा रणजीत सिंह का बनाया हुआ सुंदर किंतु खोखला भवन अब नष्ट हो चुका था। कुँवर दिलीप सिंह अब इंग्लैंड में थे और रानी चंद्रकुँवरि चुनार के दुर्ग में। रानी चंद्रकुँवरि ने विनष्ट होते हुए राज्य को बहुत सँभालना चाहा किंतु शासन-प्रणाली न जानती थी और कूटनीति ईर्ष्या की आग भड़काने के सिवा और क्या करती?

रात के बारह बज चुके थे। रानी चंद्रकुँवरि अपने निवास-भवन के ऊपर छत पर खड़ी गंगा की ओर देख रही थी और सोचती थी, "लहरें क्यों इस प्रकार स्वतंत्र हैं? उन्होंने कितने गाँव और नगर डुबोए हैं, कितने जीव-जंतु तथा द्रव्य निगल गई हैं, किंतु फिर भी वे स्वतंत्र हैं। कोई उन्हें बंद नहीं करता। इसीलिए न कि वे बंद नहीं रह सकतीं? वे गरजेंगी, बल खाएँगी और बाँध के ऊपर चढ़कर उसे नष्ट कर देंगी, अपने ज़ोर से उसे बहा ले जाएँगी।"

यह सोचते-सोचते रानी गादी (गद्दी) पर लेट गई, उसकी आँखों के सामने पूर्वावस्था की स्मृतियाँ मनोहर स्वप्न की भाँति आने लगीं। कभी उसकी भौंह की

मरोड़ तलवार से भी अधिक तीव्र थी और उसकी मुस्कुराहट वसंत की सुगंधित समीर से भी अधिक प्राण-पोषक, किंतु हाय! अब इनकी शक्ति हीनावस्था को पहुँच गई। रोए तो अपने को सुनाने के लिए, हँसे तो अपने को बहलाने के लिए। यदि बिगड़े तो किसी का क्या बिगाड़ सकती है और प्रसन्न हो तो किसी का क्या बना सकती है? रानी और बाँदी में कितना अंतर है? रानी की आँखों से आँसू की बूँदें झरने लगीं, जो कभी विष से अधिक प्राणनाशक और अमृत से अधिक अनमोल थीं। वह इसी भाँति अकेली, निराश, कितनी बार रोई, जबकि आकाश के तारों के सिवा और कोई देखने वाला न था।

इसी प्रकार रोते-रोते रानी की आँखें लग गईं। उसका प्यारा, कलेजे का टुकड़ा, कुँवर दिलीप सिंह, जिसमें उसके प्राण बसते थे, उदास मुख आकर खड़ा हो गया। जैसे गाय दिन भर जंगलों में रहने के पश्चात् संध्या को घर आती हैं और अपने बछड़े को देखते ही प्रेम और उमंग से मतवाली होकर स्तनों में दूध भरे, पूँछ उठाए दौड़ती हैं, उसी भाँति चंद्रकुँवरि अपने दोनों हाथ फैलाए कुँवर को छाती से लिपटाने के लिए दौड़ी। परंतु आँखें खुल गईं और जीवन की आशाओं की भाँति वह स्वप्न विनष्ट हो गया। रानी ने गंगा की ओर देखा और कहा, "मुझे भी अपने साथ लेती चलो।" इसके बाद रानी तुरंत छत से उतरी। कमरे में लालटेन जल रही थी। उसके उजाले में उसने एक मैली साड़ी पहनी, गहने उतार दिए, रत्नों के एक छोटे से बक्से को और एक तीव्र कटार को कमर में रखा। जिस समय वह बाहर निकली, नैराश्यपूर्ण साहस की मूर्ति थी।

संतरी ने पुकारा, "कौन?"

रानी ने उत्तर दिया, "मैं हूँ झंगी।"

"कहाँ जाती है?"

"गंगाजल लाऊँगी। सुराही टूट गई है, रानी जी पानी माँग रही हैं।"

संतरी कुछ समीप आकर बोला, "चल, मैं भी तेरे साथ चलता हूँ, ज़रा रुक जा।"

झंगी बोली, "मेरे साथ मत आओ। रानी कोठे पर हैं, देख लेंगी।"

संतरी को धोखा देकर चंद्रकुँवरि गुप्त द्वार से होती हुई अँधेरे में काँटों से उलझती, चट्टानों से टकराती गंगा के किनारे पर जा पहुँची।

रात आधी से अधिक बीत चुकी थी। गंगाजी में संतोषदायिनी शांति विराज रही थी। तरंगें तारों को गोद में लिए सो रही थीं। चारों ओर सन्नाटा था। रानी नदी के किनारे-किनारे चली जाती थी और मुड़-मुड़कर पीछे देखती थी। एकाएक एक डोंगी खूँटे से बँधी हुई दिखाई पड़ी। रानी ने उसे ध्यान से देखा तो मल्लाह सोया हुआ था। उसे जगाना काल को जगाना था। वह तुरंत रस्सी खोलकर नाव पर सवार हो गई। नाव धीरे-धीरे धार के सहारे चलने लगी, शोक और अंधकारमय स्वप्न की भाँति, जो ध्यान को तरंगों के साथ बहाता चला जाता हो। नाव के हिलने से मल्लाह चौंककर उठ बैठा। आँखें मलते-मलते उसने सामने देखा तो पटरे पर एक स्त्री हाथ में डाँडा लिए बैठी है। घबराकर पूछा, "तू कौन है रे? नाव कहाँ लिए जाती है?"

रानी हँस पड़ी। भय के अंत को साहस कहते हैं। बोली, "सच बताऊँ या झूठ?"

मल्लाह कुछ भयभीत सा होकर बोला, "सच बताया जाए।"

रानी बोली, "अच्छा तो सुनो। मैं लाहौर की रानी चंद्रकुँवरि हूँ। इसी किले में कैदी थी। आज भागी जाती हूँ। मुझे जल्दी बनारस पहुँचा दे, तुझे निहाल कर दूँगी और शरारत करेगा तो देख, कटार से सिर काट दूँगी। सवेरा होने से पहले मुझे बनारस पहुँचना चाहिए।"

यह धमकी काम कर गई। मल्लाह ने विनीत भाव से अपना कंबल बिछा दिया और तेज़ी से डाँड चलाने लगा। किनारे के वृक्ष और ऊपर जगमगाते हुए तारे साथ-साथ दौड़ने लगे।

प्रातःकाल चुनार के दुर्ग में प्रत्येक मनुष्य अचंभित और व्याकुल था। संतरी, चौकीदार और लौंडियाँ सब सिर नीचे किए दुर्ग के स्वामी के सामने उपस्थित थे। अन्वेषण हो रहा था, परंतु कुछ पता न चलता था।

उधर रानी बनारस पहुँची, परंतु वहाँ पहले से ही पुलिस और सेना का जाल बिछा हुआ था, नगर के नाके बंद थे। रानी का पता लगाने वाले के लिए एक महमूल्य पारितोषिक की सूचना दी गई थी।

बंदीगृह से निकलकर रानी को ज्ञात हो गया कि वह और दृढ़ कारागार में है। दुर्ग में प्रत्येक मनुष्य उसका आज्ञाकारी था, दुर्ग का स्वामी भी उसे सम्मान की दृष्टि से देखता था, किंतु आज स्वतंत्र होकर भी उसके होंठ बंद थे। उसे सभी स्थानों में शत्रु दीख पड़ते थे। पंखरहित पक्षी को पिंजरे के कोने में ही सुख है।

पुलिस के अफ़सर प्रत्येक आने-जाने वालों को ध्यान से देखते थे; किंतु उस भिखारिन की ओर किसी का ध्यान नहीं जाता था, जो एक फटी हुई साड़ी पहने, यात्रियों के पीछे-पीछे, धीरे-धीरे सिर झुकाए गंगा की ओर चली आ रही थी। न वह चौंकती है, न हिचकती है, न घबराती है। इस भिखारिन की नसों में रानी का रक्त है।

यहाँ से भिखारिन ने अयोध्या की राह ली। वह दिन भर विकट मार्गों से चलती और रात को किसी सुनसान स्थान पर लेट जाती थी। मुख पीला पड़ गया था। पैरों में छाले थे। फूल सा बदन कुम्हला गया था।

वह प्राय: गाँवों में लाहौर की रानी के चरचे सुनती। कभी-कभी पुलिस के आदमी भी उसे रानी की टोह में दत्तचित्त दीख पड़ते। उन्हें देखते ही भिखारिनी के हृदय में सोई हुई रानी जाग उठती। वह आँखें उठाकर उन्हें घृणा-दृष्टि से देखती और शोक तथा क्रोध से उसकी आँखें जलने लगतीं। एक दिन अयोध्या के समीप पहुँचकर रानी एक वृक्ष के नीचे बैठी हुई थी। उसने कमर से कटार निकालकर सामने रख दी थी। वह सोच रही थी कि कहाँ जाऊँ? मेरी यात्रा का अंत कहाँ है? क्या इस संसार में अब मेरे लिए कहीं ठिकाना नहीं है? वहाँ से थोड़ी दूर पर आमों का एक बहुत बड़ा बाग था। उसमें बड़े-बड़े डेरे और तंबू गड़े हुए थे। कई संतरी चमकीली वरदियाँ पहने टहल रहे थे, कई घोड़े बँधे हुए थे।

रानी ने इस राजसी ठाट-बाट को शोक की दृष्टि से देखा। एक बार वह भी कभी कश्मीर गई थी। उसका पड़ाव इससे कहीं बड़ा था।

बैठे-बैठे संध्या हो गई। रानी ने वहीं रात काटने का निश्चय किया। इतने में एक बूढ़ा मनुष्य टहलता हुआ आया और उसके समीप खड़ा हो गया। ऐंठी हुई दाढ़ी थी, शरीर में सटी हुई अचकन थी, कमर में तलवार लटक रही थी। इस मनुष्य को देखते ही रानी ने तुरंत कटार उठाकर कमर में खोंस ली। सिपाही ने उसे तीव्र दृष्टि से देखकर पूछा, "बेटी, कहाँ से आई हो?"

रानी ने कहा, "बहुत दूर से।"

"कहाँ जाओगी?"

"यह नहीं कह सकती, बहुत दूर।"

सिपाही ने रानी की ओर फिर ध्यान से देखा और कहा, "ज़रा अपनी कटार दिखाओ।" रानी कटार सँभालकर खड़ी हो गई और तीव्र स्वर में बोली, "मित्र हो

या शत्रु?" सिपाही ने कहा, "मित्र।" सिपाही के बातचीत करने के ढंग में और चेहरे में कुछ ऐसी विलक्षणता थी, जिससे रानी को विवश होकर विश्वास करना पड़ा।

वह बोली, "विश्वासघात न करना। यह देखो।"

सिपाही ने कटार हाथ में ली। उसको उलट-पुलटकर देखा और बड़े नम्र भाव से उसे आँखों से लगाया। तब रानी के आगे विनीत भाव से सिर झुकाकर वह बोला, "महारानी चंद्रकुँवरि?"

रानी ने करुण स्वर में कहा, "नहीं, अनाथ भिखारिनी। तुम कौन हो?" सिपाही ने उत्तर दिया, "आपका एक सेवक?"

रानी ने उसकी ओर निराश दृष्टि से देखा और कहा, "दुर्भाग्य के सिवा इस संसार में मेरा कोई नहीं।"

सिपाही ने कहा, "महारानीजी, ऐसा न कहिए। पंजाब के सिंह की महारानी के वचन पर अब भी सैकड़ों सिर झुक सकते हैं। देश में ऐसे लोग विद्यमान हैं, जिन्होंने आपका नमक खाया है और उसे भूले नहीं हैं।"

रानी, "अब इसकी इच्छा नहीं। केवल एक शांत स्थान चाहती हूँ, जहाँ पर एक कुटी के सिवा कुछ न हो।"

सिपाही, "ऐसा स्थान पहाड़ों में ही मिल सकता है। हिमालय की गोद में चलिए, वहीं आप उपद्रव से बच सकती हैं।"

रानी, "(आश्चर्य से) शत्रुओं में जाऊँ? नेपाल कब हमारा मित्र रहा है?"

सिपाही, "राणा जंगबहादुर दृढ़प्रतिज्ञ राजपूत हैं।"

रानी, "किंतु वही जंगबहादुर तो है, जो अभी-अभी हमारे विरुद्ध लॉर्ड डलहौजी को सहायता देने पर उद्यत था?"

सिपाही (कुछ लज्जित सा होकर), "तब आप महारानी चंद्रकुँवरि थीं, आज आप भिखारिन हैं। ऐश्वर्य के द्वेषी और शत्रु चारों ओर होते हैं। लोग जलती हुई आग को पानी से बुझाते हैं, पर राख माथे पर लगाई जाती है। आप ज़रा भी सोच-विचार न करें, नेपाल में अभी धर्म का लोप नहीं हुआ है। आप भय-त्याग करें, हिमालय की ओर चलें। देखिए, वह आपको किस भाँति सिर और आँखों पर बिठाता है?"

रानी ने रात इसी वृक्ष की छाया में काटी। सिपाही भी वहीं सोया। प्रातःकाल वहाँ दो तीव्रगामी घोड़े दिखाई पड़े। एक पर सिपाही सवार था और दूसरे पर एक अत्यंत रूपवान युवक। यह रानी चंद्रकुँवरि थी, जो अपने रक्षास्थान की खोज में नेपाल जाती थी। कुछ देर बाद रानी ने पूछा, "यह पड़ाव किसका है?"

सिपाही ने कहा, "राणा जंगबहादुर का। वे तीर्थयात्रा करने आए हैं, किंतु हमसे पहले पहुँच जाएँगे।"

रानी, "तुमने उनसे मुझे यहीं क्यों न मिला दिया? उनका हार्दिक भाव प्रकट हो जाता।"

सिपाही, "यहाँ उनसे मिलना असंभव है। आप जासूसों की दृष्टि से न बच सकतीं।"

उस समय यात्रा करना प्राण को अर्पण कर देना था। दोनों यात्रियों को अनेकों बार डाकुओं का सामना करना पड़ा। उस समय रानी की वीरता, उसका युद्ध-कौशल तथा फुरती देखकर बूढ़ा सिपाही दाँतों तले उँगुली दबाता था। कभी उनकी तलवार काम कर जाती और कभी घोड़े की तेज़ चाल।

यात्रा बड़ी लंबी थी। जेठ का महीना मार्ग में ही समाप्त हो गया। वर्षा ऋतु आई। आकाश में मेघ-माला छाने लगी। सूखी नदियाँ उतर चलीं। पहाड़ी नाले गरजने लगे। न नदियों में नाव, न नालों पर घाट; किंतु घोड़े सधे हुए थे। स्वयं पानी में उतर जाते और डूबते-उतराते, बहते, भँवर खाते पार पहुँच जाते। एक बार बिच्छू ने कछुए की पीठ पर नदी की यात्रा की थी। यह यात्रा उससे कम भयानक न थी।

कहीं ऊँचे-ऊँचे साखू और महुए के जंगल थे और कहीं हरे-भरे जामुन के वन। उनकी गोद में हाथियों और हिरणों के झुंड किलोलें कर रहे थे। धान की क्यारियाँ पानी से भरी हुई थीं। किसानों की स्त्रियाँ धान रोपती थीं और सुहावने गीत गाती थीं। कहीं उन मनोहारी ध्वनियों के बीच में, खेत की मेंड़ों पर छाते की छाया में बैठे हुए ज़मींदारों के कठोर शब्द सुनाई देते थे।

इसी प्रकार यात्रा के कष्ट सहते, अनेकानेक विचित्र दृश्य देखते दोनों यात्री तराई पार करके नेपाल की भूमि में प्रविष्ट हुए।

प्रातःकाल का सुहावना समय था। नेपाल के महाराज सुरेंद्र विक्रम सिंह का दरबार सजा हुआ था। राज्य के प्रतिष्ठित मंत्री अपने-अपने स्थान पर बैठे हुए थे।

नेपाल ने एक बड़ी लड़ाई के पश्चात् तिब्बत पर विजय पाई थी। इस समय संधि की शर्तों पर विवाद छिड़ा था। कोई युद्ध-व्यय का इच्छुक था, कोई राज्य-विस्तार का। कोई-कोई महाशय वार्षिक कर पर ज़ोर दे रहे थे। केवल राणा जंगबहादुर के आने की देर थी। वे कई महीनों के देशाटन के पश्चात् आज ही रात को लौटे थे और यह प्रसंग, जो उन्हीं के आगमन की प्रतीक्षा कर रहा था, अब मंत्रि-सभा में उपस्थित किया गया था। तिब्बत के यात्री आशा और भय की दशा में, प्रधानमंत्री के मुख से अंतिम निर्णय सुनने को उत्सुक हो रहे थे। नियत समय पर चोबदार ने राणा के आगमन की सूचना दी। दरबार के लोग उन्हें सम्मान देने के लिए खड़े हो गए। महाराज को प्रणाम करने के पश्चात् वे अपने सुसज्जित आसन पर बैठ गए। महाराज ने कहा, "राणाजी, आप संधि के लिए कौन सा प्रस्ताव करना चाहते थे?"

राणा ने नम्र भाव से कहा, "मेरी अल्प-बुद्धि में तो इस समय कठोरता का व्यवहार करना अनुचित है। शोकाकुल शत्रु के साथ दयालुता का आचरण करना सर्वदा हमारा उद्देश्य रहा है। क्या इस अवसर पर स्वार्थ के मोह में हम अपने बहुमूल्य उद्देश्य को भूल जाएँगे? हम ऐसी संधि चाहते हैं, जो हमारे हृदयों को एक कर दे। यदि तिब्बत का दरबार हमें व्यापारिक सुविधाएँ प्रदान करने को कटिबद्ध हो तो हम संधि करने के लिए सर्वथा उद्यत हैं।"

मंत्रिमंडल में विवाद आरंभ हुआ। सबकी सम्मति इस दयालुता के अनुसार न थी, किंतु महाराज ने राणा का समर्थन किया। यद्यपि अधिकांश सदस्यों को शत्रु के साथ ऐसी नरमी पसंद न थी। तथापि महाराज के विपक्ष में बोलने का किसी को साहस न हुआ।

यात्रियों के चले जाने के पश्चात् राणा जंगबहादुर ने खड़े होकर कहा, "सभा में उपस्थित सज्जनो, आज नेपाल के इतिहास में एक नई घटना होने वाली है, जिसे मैं आपकी जातीय नीतिमत्ता की परीक्षा समझता हूँ, इसमें सफल होना आपके ही कर्तव्य पर निर्भर है। आज राज-सभा में आते समय मुझे यह आवेदन-पत्र मिला है, जिसे मैं आप सज्जनों की सेवा में उपस्थित करता हूँ। निवेदक ने तुलसीदास की यह चौपाई लिख दी है—

आपत-काल परखिए चारी।
धीरज धर्म मित्र अरु नारी।"

महाराज ने पूछा, "यह पत्र किसने भेजा है?"

"एक भिखारिन ने।"

"भिखारिन कौन है?"

"महारानी चंद्रकुँवरि।"

कड़बड़ खत्री ने आश्चर्य से पूछा, "जो हमारी मित्र अँग्रेज़ी सरकार के विरुद्ध होकर भाग आई हैं?"

राणा जंगबहादुर ने लज्जित होकर कहा, "जी हाँ! यद्यपि हम इसी विचार को दूसरे शब्दों में प्रकट कर सकते हैं।"

कड़बड़ खत्री, "अँग्रेज़ों से हमारी मित्रता है और मित्र के शत्रु की सहायता करना मित्रता की नीति के विरुद्ध है।"

जनरल शमशेर बहादुर, "ऐसी दशा में इस बात का भय है कि अँग्रेज़ी सरकार से हमारे संबंध टूट न जाएँ।"

राजकुमार रणवीर सिंह, "हम यह मानते हैं कि अतिथि-सत्कार हमारा धर्म है, किंतु उसी समय तक, जब तक कि हमारे मित्रों को हमारी ओर से शंका करने का अवसर न मिले!"

इस प्रसंग पर यहाँ तक मतभेद तथा वाद-विवाद हुआ कि एक शोर सा मच गया और कई प्रधान यह कहते हुए सुनाई दिए कि महारानी का इस समय आना देश के लिए कदापि मंगलकारी नहीं हो सकता।

तब राणा जंगबहादुर उठे। उनका मुख लाल हो गया था। उनका सद्विचार क्रोध पर अधिकार जमाने के लिए व्यर्थ प्रयत्न कर रहा था। वे बोले, "भाइयो, यदि इस समय मेरी बातें आप लोगों को अत्यंत कड़ी जान पड़ें तो मुझे क्षमा कीजिएगा, क्योंकि अब मुझमें अधिक श्रवण करने की शक्ति नहीं है। अपनी जातीय साहसहीनता का यह लज्जाजनक दृश्य अब मुझसे नहीं देखा जाता। यदि नेपाल के दरबार में इतना भी साहस नहीं कि वह अतिथि-सत्कार और सहायता की नीति को निभा सके तो मैं इस घटना के संबंध में सब प्रकार का भार अपने ऊपर लेता हूँ। दरबार अपने को इस विषय में निर्दोष समझे और इसकी सर्वसाधारण में घोषणा कर दे।"

कड़बड़ खत्री गरम होकर बोले, "केवल यह घोषणा देश को भय से रहित नहीं कर सकती।"

राणा जंगबहादुर ने क्रोध से होंठ चबा लिया, किंतु सँभलकर कहा, "देश का शासन-भार अपने ऊपर लेने वालों की ऐसी अवस्थाएँ अनिवार्य हैं। हम उन नियमों से, जिन्हें पालन करना हमारा कर्तव्य है, मुँह नहीं मोड़ सकते। अपनी शरण में आए हुए का हाथ पकड़ना, उसकी रक्षा करना राजपूतों का धर्म है। हमारे पूर्व-पुरुष सदा इस नियम पर, धर्म पर, प्राण देने को उद्यत रहते थे। अपने माने हुए धर्म को तोड़ना एक स्वतंत्र जाति के लिए लज्जासपद है। अँग्रेज़ हमारे मित्र हैं और अत्यंत हर्ष का विषय है कि बुद्धिशाली मित्र हैं। महारानी चंद्रकुँवरि को अपनी दृष्टि में रखने से उनका उद्देश्य केवल यह था कि उपद्रवी लोगों के गिरोह का कोई केंद्र शेष न रहे। यदि उनका यह उद्देश्य भंग न हो, तो हमारी ओर से शंका न होने का न उन्हें कोई अवसर है और न हमें उनसे लज्जित होने की कोई आवश्यकता।"

कड़बड़ खत्री, "महारानी चंद्रकुँवरि यहाँ किस प्रयोजन से आई हैं?"

राणा जंगबहादुर, "केवल एक शांतिप्रिय सुख-स्थान की खोज में, जहाँ उन्हें अपनी दुरवस्था की चिंता से मुक्त होने का अवसर मिले। वह ऐश्वर्यशाली रानी जो रंगमहलों में सुख-विलास करती थी, जिसे फूलों की सेज पर भी चैन न मिलता था, आज सैकड़ों कोस से अनेक प्रकार के कष्ट सहन करती, नदी-नाले, पहाड़-जंगल छानती यहाँ केवल एक रक्षित स्थान की खोज में आई है। उमड़ी हुई नदियों और उबलते हुए नाले, बरसात के दिन, इन दुखों को आप लोग जानते हैं और यह सब उसी एक रक्षित स्थान के लिए, उसी एक भूमि के टुकड़े की आशा में। किंतु हम ऐसे हृदयहीन हैं कि उनकी यह अभिलाषा भी पूरी नहीं कर सकते। उचित तो यह था कि उतनी-सी भूमि के बदले हम अपना हृदय फैला देते। सोचिए, कितने अभिमान की बात है कि एक आपदा में फँसी हुई रानी अपने दुःख के दिनों में जिस देश को याद करती है, यह वही पवित्र देश है। महारानी चंद्रकुँवरि को हमारे इस अभयप्रद स्थान पर, हमारी शरणागतों की रक्षा का पूरा भरोसा था और वही विश्वास उन्हें यहाँ तक लाया है। इसी आशा पर कि पशुपतिनाथ की शरण में मुझे शांति मिलेगी, वह यहाँ तक आई हैं। आपको अधिकार है, चाहे उनकी आशा पूर्ण करें या धूल में मिला दें। चाहे रक्षणता के, शरणागतों के साथ सदाचरण के नियमों को निभाकर इतिहास के पृष्ठों पर अपना नाम छोड़ जाएँ, या जातीयता तथा सदाचार-संबंधी नियमों को मिटाकर स्वयं अपने को पतित समझें। मुझे विश्वास नहीं है कि यहाँ एक भी मनुष्य ऐसा निराभिमान है कि जो इस अवसर पर शरणागत-पालनधर्म को

विस्तृत करके अपना सिर ऊँचा कर सके। अब मैं आपसे अंतिम निपटारे की प्रतीक्षा करता हूँ। कहिए, आप अपनी जाति और देश का नाम उज्ज्वल करेंगे या सर्वदा के लिए अपने माथे पर अपयश का टीका लगाएँगे?"

राजकुमार ने उमंग में कहा, "हम महारानी के चरणों तले आँखें बिछाएँगे।"

कप्तान रणवीर सिंह, "हम उनको ऐसी धूम से लाएँगे कि संसार चकित हो जाएगा।"

राणा जंगबहादुर ने कहा, "मैं अपने मित्र कड़बड़ खत्री के मुख से उसका फ़ैसला सुनना चाहता हूँ।"

कड़बड़ खत्री एक प्रभावशाली पुरुष थे और मंत्रिमंडल में वे राणा जंगबहादुर के विरुद्ध मंडली के प्रधान थे। वे लज्जा भरे शब्दों में बोले, "यद्यपि मैं महारानी के आगमन को भयरहित नहीं समझता, किंतु इस अवसर पर हमारा धर्म यही है कि हम महारानी को आश्रय दें। धर्म से मुँह मोड़ना किसी जाति के लिए मान का कारण नहीं हो सकता।"

कई ध्वनियों ने उमंग भरे शब्दों में इस प्रसंग का समर्थन किया।

महाराज सुरेंद्र विक्रम सिंह, "इस निपटारे पर बधाई देता हूँ। तुमने जाति का नाम रख लिया। पशुपति इस उत्तम कार्य में तुम्हारी सहायता करें।"

सभा विसर्जित हुई। दुर्ग से तोपें छूटने लगीं। नगर-भर में ख़बर गूँज उठी कि पंजाब की रानी चंद्रकुँवरि का शुभागमन हुआ है। जनरल रणवीर सिंह और जनरल रणधीर सिंह बहादुर पचास हज़ार सेना के साथ महारानी की अगवानी के लिए चले।

अतिथि-भवन की सजावट होने लगी। बाज़ार अनेक भाँति की उत्तम सामग्रियों से सज गए।

ऐश्वर्य की प्रतिष्ठा व सम्मान सब कहीं होता है, किंतु किसी ने भिखारिनी का ऐसा सम्मान देखा है? सेनाएँ बैंड बजाती और पताका फहराती हुई एक उमड़ी नदी की भाँति जाती थीं। सारे नगर में आनंद-ही-आनंद था। दोनों ओर सुंदर वस्त्राभूषणों से सजे दर्शकों का समूह खड़ा था। सेना के कमांडर आगे-आगे घोड़ों पर सवार थे। सबके आगे राणा जंगबहादुर जातीय अभिमान के मद में लीन, अपने सुवर्णखचित हौदे में बैठे हुए थे। यह उदारता का एक पवित्र दृश्य था। धर्मशाला के द्वार पर यह जुलूस रुका। राणा हाथी से उतरे। महारानी चंद्रकुँवरि कोठरी से बाहर निकल आईं।

राणा ने झुककर वंदना की। रानी उनकी ओर आश्चर्य से देखने लगीं। यह वही उनका मित्र बूढ़ा सिपाही था।

आँखे भर आईं, मुस्कुराईं, खिले हुए फूल पर से ओस की बूँदें टपकीं। रानी बोली, "मेरे बूढ़े ठाकुर, मेरी नाव पार लगाने वाले, किस भाँति तुम्हारा गुण गाऊँ?"

राणा ने सिर झुकाकर कहा, "आपके चरणाविंद से हमारे भाग्य उदय हो गए।"

नेपाल की राजसभा ने पच्चीस हज़ार रुपए से महारानी के लिए एक उत्तम भवन बनवा दिया और उनके लिए दस हज़ार रुपए मासिक नियत कर दिए।

वह भवन आज तक वर्तमान है और नेपाल की शरणागतप्रियता तथा प्रणपालन-तत्परता का स्मारक है। पंजाब की रानी को लोग आज तक याद करते हैं।

यह वह सीढ़ी है जिससे जातियाँ, यश के सुनहरे शिखर पर पहुँचती हैं। ये ही घटनाएँ हैं, जिनसे जातीय इतिहास प्रकाश और महत्त्व को प्राप्त होता है।

पोलिटिकल रेज़िडेंट ने गवर्नमेंट को रिपोर्ट की। इस बात की शंका थी कि गवर्नमेंट ऑफ़ इंडिया और नेपाल के बीच कुछ खिंचाव हो जाए, किंतु गवर्नमेंट को राणा जंगबहादुर पर पूर्ण विश्वास था और जब नेपाल की राजसभा ने विश्वास और संतोष दिलाया कि महारानी चंद्रकुँवरि को किसी शत्रु भाव का अवसर न दिया जाएगा तो भारत सरकार को संतोष हो गया। इस घटना को भारतीय इतिहास की अँधेरी रात में 'जुगनू की चमक' कहना चाहिए।

9

बेटों वाली विधवा

पंडित अयोध्यानाथ का देहांत हुआ तो सबने कहा, "ईश्वर आदमी को ऐसी ही मौत दे।" चार जवान बेटे थे, एक लड़की। तीन लड़कों के विवाह हो चुके थे, केवल एक लड़का और एक लड़की कुवारें बचे थे। संपत्ति भी काफ़ी छोड़ी।

एक पक्का मकान, दो बगीचे, कई हज़ार के गहने और बीस हज़ार नगद। विधवा फूलमती को पति-शोक तो हुआ और कई दिन तक वह बेहाल रही; लेकिन जवान बेटों को सामने देखकर उसे ढाँढ़स हुआ। चारों लड़के एक-से-एक सुशील, और बहुएँ एक-से-एक बढ़कर आज्ञाकारिणी। जब वह रात को लेटती तो सभी बारी-बारी से उसके पाँव दबातीं। वह स्नान करके उठती तो उसकी साड़ी छाँटतीं। सारा घर उसके इशारे पर चलता था। बड़ा लड़का कामता एक दफ़्तर में 50 रुपए पर नौकर था, छोटा उमानाथ डॉक्टरी पास कर चुका था और कहीं औषधालय खोलने की फ़िक्र में था, तीसरा दयानाथ बी.ए. प्रथम में फ़ेल हो गया था और पत्रिकाओं में लेख लिखकर कुछ-न-कुछ कमा लेता था, चौथा सीतानाथ चारों में सबसे कुशाग्र और होनहार था और अब की साल बी.ए. की तैयारी में लगा हुआ था। किसी लड़के में वह दुर्व्यसन, वह छैलापन, वह लुटाऊपन न था, जो माता-पिता को जलाता और कुल-मर्यादा को डुबाता। फूलमती घर की मालकिन थी, गोया कि कुंजियाँ बड़ी बहू

के पास रहती थीं। बुढ़िया में वह अधिकार-प्रेम न था, जो वृद्धजनों को कटु और कलहशील बना दिया करता है; किंतु उसकी इच्छा के बिना कोई बालक मिठाई तक न मँगा सकता था।

संध्या हो गई थी। पंडित को मरे आज बारहवाँ दिन था। कल तेरहीं है, ब्रह्मभोज होगा। बिरादरी के लोग निमंत्रित होंगे। उसी की तैयारियाँ हो रही थीं। फूलमती अपनी कोठरी में बैठी देख रही थी कि पल्लेदार बोरे में आटा लाकर रख रहे थे। घी के टीन आ रहे हैं। शाक-भाजी के टोकरे, शक्कर की बोरियाँ, दही के मटके चले आ रहे हैं। महापात्र के लिए दान की चीज़ें लाई गईं–बरतन, कपड़े, पलंग, बिछापन, छाते, जूते, छड़ियाँ, लालटेन आदि, किंतु फूलमती को कोई चीज़ नहीं दिखाई गई। नियमानुसार ये सब सामान उसके पास आने चाहिए थे। वह प्रत्येक वस्तु को देखती, उसे पसंद करती, उसकी मात्रा में कमी-बेशी का फ़ैसला करती, तब इन चीज़ों को भंडारे में रखा जाता। क्यों उसे दिखाने और उसकी राय लेने की ज़रूरत नहीं समझी गई? अच्छा! वह आटा तीन बोरी क्यों आया? उसने तो पाँच बोरों के लिए कहा था। घी भी पाँच ही कनस्तर हैं, उसने तो दस कनस्तर मँगवाए थे। इसी तरह शाक-भाजी, शक्कर, दही-दूध आदि में भी कमी की गई होगी। किसने उसके हुक्म में हस्तक्षेप किया? जब उसने एक बात तय कर दी, तब किसे उसको घटाने-बढ़ाने का अधिकार है।

आज चालीस वर्षों से घर के प्रत्येक मामले में फूलमती की बात सर्वमान्य थी। उसने सौ कहा तो सौ ख़र्च किए गए, एक कहा तो एक! किसी ने मीन-मेख़ न की। यहाँ तक कि पं. अयोध्यानाथ भी उसकी इच्छा के विरुद्ध न कहते थे; पर आज उसकी आँखों के सामने प्रत्यक्ष रूप से उसके हुक्म की उपेक्षा की जा रही है। इसे वह क्योंकर स्वीकार कर सकती?

कुछ देर तक तो वह ज़ब्त किए बैठी रही; पर अंत में न रहा गया। स्वायत्त-शासन उसका स्वभाव हो गया था। वह क्रोध में भरी हुई आई और कामतानाथ से बोली, "क्या आटा तीन बोरे ही लाए? मैनें तो पाँच बोरे के लिए कहा था और घी भी पाँच ही टिन मँगवाया! तुम्हें याद है, मैंने दस कनस्तर कहा था? किफ़ायत को मैं बुरा नहीं समझती, लेकिन जिसने यह कुआँ खोदा, उसी की आत्मा पानी को तरसे, यह कितनी लज्जा की बात है!"

कामतानाथ ने क्षमा-याचना न की, अपनी भूल स्वीकार न की, लज्जित भी नहीं हुआ। एक मिनट तो विद्रोही भाव से खड़ा रहा, फिर बोला, "हम लोग की सलाह तीन ही बोरों की हुई और तीन बोरों के लिए पाँच टिन घी काफ़ी था। इसी हिसाब से और चीज़ें भी कम कर दी गई हैं।"

फूलमती उग्र होकर बोली, "किसकी राय से आटा कम किया गया है?"

"हम लोगों की राय से।"

"तो मेरी राय कोई चीज़ नहीं है?"

"है क्यों नहीं; लेकिन अपना हानि-लाभ तो हम भी समझते हैं।"

फूलमती हक्की-बक्की होकर उसका मुँह ताकने लगी। इस वाक्य का आशय उसकी समझ में न आया। अपना हानि-लाभ! अपने घर में हानि-लाभ की ज़िम्मेदार वह आप है। दूसरों को, चाहे वे उसके पेट के जन्मे पुत्र ही क्यों न हों, उसके कामों में हस्तक्षेप करने का क्या अधिकार? यह लौंडा तो इस ढिठाई से जवाब दे रहा है मानो घर उसी का है, उसी ने मर-मरकर गृहस्थी जोड़ी है, मैं तो गैर हूँ! ज़रा हेकड़ी तो देखो।

उसने तमतमाते हुए मुख से कहा, "मेरे हानि-लाभ के ज़िम्मेदार तुम नहीं हो। मुझे इख़्तियार है, जो उचित समझूँ वह करूँ। अभी जाकर दो बोरे आटा और पाँच टिन घी और लाओ। आगे के लिए ख़बरदार, जो किसी ने मेरी बात काटी।"

अपने विचार से उसने काफ़ी तम्बीह कर दी थी। शायद इतनी कठोरता अनावश्यक थी। उसे अपनी उग्रता पर खेद हुआ। लड़के ही तो हैं, समझे होंगे, कुछ किफ़ायत करनी चाहिए। उनसे इसलिए न पूछा होगा कि अम्मा तो ख़ुद हरेक काम में किफ़ायत किया करती हैं।

अगर इन्हें मालूम होता कि इस काम में मैं किफ़ायत पसंद न करूँगी, तो कभी इन्हें मेरी उपेक्षा करने का साहस न होता। यद्यपि कामतानाथ अब भी उसी जगह खड़ा था और उसकी भावभंगिमा से ऐसा ज्ञात होता था कि इस आज्ञा का पालन करने के लिए वह बहुत उत्सुक नहीं है, पर फूलमती निश्चिंत होकर अपनी कोठरी में चली गई। इतनी तम्बीह पर भी किसी को उसकी अवज्ञा करने की सामर्थ्य हो सकती है, इसकी संभावना का ध्यान भी उसे न आया।

पर ज्यों-ज्यों समय बीतने लगा, उस पर यह हक़ीकत खुलने लगी कि इस घर में अब उसकी वह हैसियत नहीं रही, जो दस-बारह दिन पहले थी। संबंधियों के यहाँ से नेवते में शक्कर, मिठाई, दही, अचार आदि आ रहे थे। बड़ी बहू इन वस्तुओं को स्वामिनी-भाव से सँभाल-सँभालकर रख रही थी। कोई भी उससे पूछने नहीं आता। बिरादरी के लोग भी जो कुछ पूछते हैं, कामतानाथ से या बड़ी बहू से। कामतानाथ कहाँ का बड़ा इंतज़ामकार है, रात-दिन भंग पिए पड़ा रहता है, किसी तरह रो-धोकर दफ़्तर चला जाता है। उनमें भी महीने में पंद्रह नागों से कम नहीं होते। वह तो कहो, साहब पंडितजी का लिहाज़ करता है, नहीं अब तक कभी का निकाल देता और बड़ी बहू जैसी फूहड़ औरत भला इन बातों को क्या समझेगी? अपने कपड़े-लत्ते तक तो जतन से रख नहीं सकती, चली है गृहस्थी चलाने। भद होगी और क्या। सब मिलकर कुल की नाक कटवाएँगे। वक्त पर कोई-न-कोई चीज़ कम हो जाएगी। इन कामों के लिए बड़ा अनुभव चाहिए! कोई चीज़ तो इतनी ज़्यादा बन जाएगी कि मारी-मारी फिरेगी। कोई चीज़ इतनी कम बनेगी कि किसी पत्तल पर पहुँचेगी, किसी पर नहीं। आख़िर इन सबों को हो क्या गया है! अच्छा, बहू तिजोरी क्यों खोल रही है? वह आज मेरी आज्ञा के बिना तिजोरी खोलने वाली कौन होती है। कुंजी उसके पास है अवश्य; लेकिन जब तक मैं रुपए न निकलवाऊँ, तिजोरी नहीं खोलती; आज तो इस तरह खोल रही है मानो मैं हूँ ही नहीं। यह मुझसे न बरदाश्त होगा।

वह झमककर उठी और बहू के पास जाकर कठोर स्वर में बोली, "तिजोरी क्यों खोलती हो बहू, मैंने तो खोलने के लिए नहीं कहा?"

बड़ी बहू ने निस्संकोच भाव में उत्तर दिया, "बाज़ार से सामान आया है, तो दाम न दिया जाएगा?"

"कौन चीज़ किस भाव से आई है और कितनी आई है, यह मुझे कुछ नहीं मालूम! जब तक हिसाब-किताब न हो जाए, रुपए कैसे दिए जाएँ?"

"हिसाब-किताब सब हो गया है?"

"किसने किया?"

"अब मैं क्या जानूँ, किसने किया? जाकर मर्दों से पूछो। मुझे हुक्म मिला, रुपए लाकर दे दो, रुपए लिए जाती हूँ।"

फूलमती ख़ून का घूँट पीकर रह गई। इस वक़्त बिगड़ने का अवसर न था। घर में मेहमान स्त्री-पुरुष भरे हुए थे। अगर इस वक़्त उसने लड़कों को डाँटा तो लोग यही कहेंगे कि इनके घर में पंडितजी के मरते ही फूट पड़ गई। दिल पर पत्थर रखकर फिर अपनी कोठरी में चली आई। जब मेहमान विदा हो जाएँगे, तब वह एक-एक की ख़बर लेगी। तब देखेगी, कौन उसके सामने आता है और क्या कहता है? इनकी सारी चौकड़ी भुला देगी।

किंतु कोठरी के एकांत में भी वह निश्चिंत न बैठी थी, सारी परिस्थिति को गिद्ध-दृष्टि से देख रही थी, कहाँ सत्कार का कौन सा नियम भंग होता है, कहाँ मर्यादाओं की उपेक्षा की जाती है। भोज आरंभ हो गया। सारी बिरादरी एक साथ पंगतों में बिठा दी गई। आँगन में मुश्किल से दो सौ आदमी बैठ सकते हैं। ये पाँच सौ आदमी इतनी सी जगह में कैसे बैठ जाएँगे? क्या आदमी के ऊपर आदमी बैठाए जाएँगे? दो पंगतों में लोग बिठाए जाते तो क्या बुराई हो जाती? यही तो होता कि बारह बजे की जगह भोज दो बजे समाप्त होता; मगर यहाँ तो सबको सोने की जल्दी पड़ी हुई है। किसी तरह यह बला सिर से टले और चैन से सोएँ। लोग कितने सटकर बैठे हुए हैं कि किसी को हिलने की भी जगह नहीं। पत्तल एक-पर-एक रखे हुए हैं। पूरियाँ ठंडी हो गईं, लोग गरम-गरम माँग रहे हैं। मैदे की पूरियाँ ठंडी होकर चिमड़ी हो जाती हैं। इन्हें कौन खाएगा? रसोइए को कढ़ाव पर से न जाने क्यों उठा लिया गया। यही सब बातें नाक कटाने की हैं।

सहसा शोर मचा, "तरकारियों में नमक नहीं।" बड़ी जल्दी-जल्दी नमक पीसने लगी। फूलमती क्रोध के मारे होंठ चबा रही थी, पर इस अवसर पर मुँह न खोल सकती थी। नमक पिसा और पत्तलों पर डाला गया। इतने में फिर शोर मचा, "पानी गरम है, ठंडा पानी लाओ।" ठंडे पानी का कोई प्रबंध नहीं था, बरफ़ भी न मँगाई थी। आदमी बाज़ार दौड़ाया गया, मगर बाज़ार में इतनी रात गए बरफ़ कहाँ? आदमी ख़ाली हाथ लौट आया। मेहमानों को वही नल का पानी पीना पड़ा। फूलमती का बस चलता तो लड़कों का मुँह नोच लेती। ऐसी छीछालेदर उसके घर में कभी न हुई थी। उस पर सब मालिक बनने के लिए मरते हैं! बरफ़ जैसी ज़रूरी चीज़ मँगवाने की भी किसी को सुधि कहाँ से रहे, जब किसी को गप लड़ाने से फ़ुरसत मिले। मेहमान अपने दिल में क्या कहेंगे कि चले हैं बिरादरी को भोज देने और घर में बरफ़ तक नहीं।

अच्छा, फिर यह हलचल क्यों मच गई! अरे, लोग पंगत से उठे जा रहे हैं। क्या मामला है?

फूलमती उदासीन न रह सकी। कोठरी से निकलकर बरामदे में आई और कामतानाथ से पूछा, "क्या बात हो गई लल्ला? लोग उठे क्यों जा रहे हैं?"

कामता ने कोई जवाब न दिया, वहाँ से खिसक गया। फूलमती झुँझलाकर रह गई। सहसा कहारिन मिल गई। फूलमती ने उससे भी वही प्रश्न किया। मालूम हुआ, किसी के शोरबे में मरी हुई चुहिया निकल आई। फूलमती चित्रलिखित सी वहीं खड़ी रह गई। भीतर ऐसा उबाल उठा कि दीवार से सिर टकरा ले। अभागे, भोज का प्रबंध करने चले थे। इस फूहड़पन की कोई हद है, कितने आदमियों का धर्म सत्यानाश हो गया। फिर पंगत क्यों न उठ जाए? आँखों से देखकर अपना धर्म कौन गँवाएगा? आह! सारा किया-धरा मिट्टी में मिल गया! सैकड़ों रुपए पर पानी फिर गया, बदनामी हुई वह अलग।

मेहमान उठ चुके थे। पत्तलों पर खाना ज्यों-का-त्यों पड़ा था। चारों लड़के आँगन में लज्जित से खड़े थे। एक दूसरे को इलज़ाम दे रहा था। बड़ी बहू अपनी देवरानियों पर बिगड़ रही थी। देवरानियाँ सारा दोष कुमुद के सिर डालती थीं। कुमुद खड़ी रो रही थी। उसी वक़्त फूलमती झल्लाई हुई आकर बोली, "मुँह पे कालिख लगी कि नहीं? या अभी कुछ कसर बाकी है? डूब मरो सब-के-सब जाकर चुल्लू भर पानी में। शहर में कहीं मुँह दिखाने लायक भी नहीं रहे!"

किसी लड़के ने जवाब न दिया।

फूलमती और भी प्रचंड होकर बोली, "तुम लोगों को क्या? किसी को शरम-हया तो है नहीं। आत्मा तो उनकी रो पड़ी है, जिन्होंने अपनी ज़िंदगी घर की मरजाद बनाने में ख़त्म कर दी। उनकी पवित्र आत्मा को तुमने क्यों कलंकित किया? सारे में थू-थू हो रही है। अब कोई तुम्हारे द्वार पर पेशाब करने तो आएगा नहीं।"

कामतानाथ कुछ देर तो चुपचाप खड़ा सुनता रहा, आख़िर झुँझलाकर बोला, "अच्छा, अब चुप रहो अम्मा। भूल हुई, हम सब मानते हैं, बड़ी भयंकर भूल हुई; लेकिन क्या अब उसके लिए घर के प्राणियों को हलाल कर डालोगी? सभी से भूलें होती हैं। आदमी पछताकर रह जाता है। किसी की जान तो नहीं मारी जाती?"

बड़ी बहू ने अपनी सफ़ाई दी, "हम क्या जानते थे कि बीबी (कुमुद) से इतना सा काम भी न होगा। इन्हें चाहिए था कि देखकर तरकारी कढ़ाव में डालतीं। टोकरी उठाकर कढ़ाव में डाल दी। इसमें हमारा क्या दोष?"

कामतानाथ ने पत्नी को डाँटा, "इसमें न कुमुद का कसूर है न तुम्हारा, न मेरा। संयोग की बात है। बदनामी भाग में लिखी थी, वह हुई। इतने बड़े भोज में एक-एक मुट्ठी तरकारी कढ़ाव में नहीं डाली जाती, टोकरे-के-टोकरे उड़ेल दिए जाते हैं। कभी-कभी ऐसी दुर्घटना हो ही जाती है, पर इसमें कैसी जग-हँसाई और कैसी नाक-कटाई। तुम खामखाह जले पर नमक छिड़कती हो।"

फूलमती ने दाँत पीसकर कहा, "शरमाते तो नहीं, उल्टे बेहयाई की बातें करते हो।"

कामता ने निःसंकोच होकर कहा, "शरमाऊँ क्यों, किसी की चोरी की है। चीनी में चींटे और आटे में घुन, यह नहीं देखे जाते। पहले हमारी निगाह न पड़ी, बस यहीं बात बिगड़ गई। नहीं, चुपके से चुहिया निकालकर फेंक देते। किसी को ख़बर तक न होती।"

फूलमती ने चकित होकर कहा, "क्या कहता है, मरी चुहिया खिलाकर सबका धर्म बिगाड़ देता?" कामता हँसकर बोला, "क्या पुराने ज़माने की बातें करती हो, अम्मा? इन बातों से धर्म नहीं जाता। यह धर्मात्मा लोग जो पत्तल पर से उठ गए हैं, इनमें ऐसा कौन है जो भेड़-बकरी का मांस न खाता हो? तालाब के कछुए और घोंघे तक तो किसी से बचते नहीं। ज़रा सी चुहिया में क्या रखा था?"

फूलमती को ऐसा प्रतीत हुआ कि अब प्रलय आने में बहुत देर नहीं है। जब पढ़े-लिखे आदमियों के मन में ऐसे अधार्मिक भाव आने लगें, तो फिर धर्म की भगवान् ही रक्षा करे। वह अपना मुँह लेकर चली गई।

दो महीने गुज़र गए हैं। रात का समय है। चारों भाई दिन के काम से छुट्टी पाकर कमरे में बैठ गप-शप कर रहे हैं। बड़ी बहू भी षड्यंत्र में शरीक है। कुमुद के विवाह का प्रश्न छिड़ा हुआ है।

कामतानाथ ने मसनद पर टेक लगाते हुए कहा, "दादा की बात दादा के साथ गई। मुरारी पंडित विद्वान भी हैं और कुलीन भी होंगे। लेकिन जो आदमी अपनी

विद्या और कुलीनता भी कुलहनता को रुपयों पर बेचे, वह नीच है, ऐसे नीच आदमी के लड़के से हम कुमुद का विवाह सेंत में भी न करेंगे, पाँच हज़ार दहेज तो दूर की बात है। उसे बताओ धता और किसी दूसरे वर की तलाश करो। हमारे पास कुल बीस हज़ार ही तो हैं। एक-एक हिस्से में पाँच-पाँच हज़ार आते हैं। पाँच हज़ार दहेज में दे दें, तो और पाँच हज़ार नेग-न्योछावर, बाजे-गाजे में उड़ा दें, तो फिर हमारी तो बधिया ही बैठ जाएगी।"

उमानाथ बोले, "मुझे अपना औषधालय खोलने के लिए कम-से-कम पाँच हज़ार की ज़रूरत है। मैं अपने हिस्से में से एक पाई भी नहीं दे सकता, फिर खुलते ही आमदनी तो होगी नहीं, कम-से-कम साल भर घर से खाना पड़ेगा।"

दयानाथ एक समाचार-पत्र देख रहे थे। आँखों से ऐनक उतारते हुए बोले, "मेरा विचार भी एक पत्र निकालने का है। प्रेस और पत्र में कम-से-कम दस हज़ार का कैपिटल चाहिए। पाँच हज़ार मेरे रहेंगे, तो कोई-न-कोई साझेदार पाँच हज़ार का मिल जाएगा। पत्रों में लेख लिखकर मेरा निर्वाह नहीं हो सकता।"

कामतानाथ ने सिर हिलाते हुए कहा, "अजी, राम भजो, सेंत में कोई लेख छापता नहीं, रुपए कौन दिए देता है।"

दयानाथ ने प्रतिवाद किया, "नहीं, यह बात तो नहीं है। मैं तो कहीं भी बिना पेशगी पुरस्कार लिए नहीं लिखता।"

कामता ने जैसे अपने शब्द वापस लिए, "तुम्हारी बात मैं नहीं कहता भाई! तुम तो थोड़ा-बहुत मार लेते हो; लेकिन सबको तो नहीं मिलता।"

बड़ी बहू ने श्रद्धा से कहा, "कन्या भाग्यवान हो तो दरिद्र घर में सुखी रह सकती है। अभागी हो तो राजा के घर में भी रोएगी। यह सब नसीबों का खेल है।"

कामतानाथ ने स्त्री की ओर प्रशंसा भाव से देखा, "फिर इसी साल हमें सीता का विवाह भी करना है।"

सीतानाथ सबसे छोटा था। सिर झुकाए भाइयों की स्वार्थ भरी बातें सुन-सुनकर कुछ कहने के लिए उतावला हो रहा था। अपना नाम सुनते ही बोला, "मेरे विवाह की आप लोग चिंता न करें। मैं जब तक किसी धंधे में न लग जाऊँगा, विवाह का नाम भी न लूँगा, और सच पूछिए तो मैं विवाह करना नहीं चाहता। देश को इस समय बालकों की ज़रूरत नहीं, काम करने वालों की ज़रूरत है। मेरे हिस्से के रुपए

आप कुमुद के विवाह में ख़र्च कर दें। सारी बातें तय हो जाने के बाद यह उचित नहीं कि पंडित मुरारीलाल से संबंध तोड़ लिया जाए।"

उमा ने तीव्र स्वर में कहा, "दस हज़ार कहाँ से आएँगे?"

सीता ने डरते हुए कहा, "मैं तो अपने हिस्से के रुपए देने को कहता हूँ।"

"और शेष?"

मुरारीलाल से कहा जाए कि दहेज में कुछ कमी कर दें। वह इतने स्वार्थांध नहीं हैं कि इस अवसर पर कुछ बल खाने को तैयार न हो जाएँ; अगर वह तीन हज़ार में संतुष्ट हो जाएँ, तो पाँच हज़ार में विवाह हो सकता है।"

उमा ने कामतानाथ से कहा, "सुनते हैं भाईसाहब, इनकी बातें?"

दयानाथ बोल उठे, "तो इसमें आप लोगों का क्या नुकसान है? यह अपने रुपए दे रहे हैं, ख़र्च कीजिए। मुरारी पंडित से हमारा कोई बैर नहीं है। मुझे तो इस बात की ख़ुशी हो रही है, भला हममें कोई तो त्याग करने योग्य है। इन्हें तत्काल रुपए की ज़रूरत नहीं है। सरकार से वज़ीफ़ा पाते ही हैं। पास होने पर कहीं-न-कहीं जगह मिल जाएगी। हम लोगों की हालत तो ऐसी नहीं।"

कामतानाथ ने दूरदर्शिता का परिचय दिया, "नुकसान की एक ही कही। इसमें से एक को कष्ट हो तो क्या और लोग बैठे देखेंगे? यह अभी लड़के हैं, इन्हें क्या मालूम, समय पर एक रुपया एक लाख का काम करता है? कौन जानता है, कल इन्हें विलायत जाकर पढ़ने के लिए सरकारी वज़ीफ़ा मिल जाए, या सिविल सर्विस में आ जाएँ। उस वक़्त सफ़र की तैयारियों में चार-पाँच हज़ार लग जाएँगे। तब किसके सामने हाथ फैलाए फिरेंगे? मैं यह नहीं चाहता कि दहेज के पीछे इनकी ज़िंदगी नष्ट हो जाए।"

इस तर्क ने सीतानाथ को भी तोड़ लिया। सकुचाता हुआ बोला, "हाँ, यदि ऐसा हुआ तो बेशक मुझे रुपए की ज़रूरत होगी।"

"क्यों ऐसा होना असंभव है?"

"असंभव तो मैं नहीं समझता, लेकिन कठिन अवश्य है। वज़ीफ़े उन्हें मिलते हैं, जिनके पास सिफ़ारिशें होती हैं, मुझे कौन पूछता है?"

"कभी-कभी सिफ़ारिशें धरी रह जाती हैं और बिना सिफ़ारिश वाले बाज़ी मार ले जाते हैं।"

"तो आप जैसा उचित समझें। यहाँ तक मंज़ूर है कि विलायत न जाऊँ, पर कुमुद अच्छे घर जाए।"

कामतानाथ ने निष्ठा भाव से कहा, "अच्छा घर दहेज देने से नहीं मिलता भैया। जैसा तुम्हारी भाभी ने कहा, यह नसीबों का खेल है। मैं तो चाहता हूँ कि मुरारीलाल को जवाब दे दिया जाए और कोई ऐसा वर खोजा जाए, जो थोड़े में राज़ी हो जाए। इस विवाह में मैं एक हज़ार से ज़्यादा ख़र्च नहीं कर सकता। पंडित दीनदयाल कैसे हैं?"

उमा ने प्रसन्न होकर कहा, "बहुत अच्छे। एम.ए., बी.ए. न सही, जजमानी से आमदनी अच्छी है।"

दयानाथ ने आपत्ति की, "अम्मा से भी तो पूछ लेना चाहिए।"

कामतानाथ को इसकी कोई ज़रूरत न महसूस हुई। बोले, "उनकी तो जैसे बुद्धि ही भ्रष्ट हो गई है। वही पुराने युग की बातें। मुरारीलाल के नाम पर उधार खाए बैठी हैं, यह नहीं समझतीं कि वह ज़माना नहीं रहा। उनको तो बस कुमुद मुरारी पंडित के घर जाए, चाहे हम लोग तबाह हो जाएँ।"

उमा ने शंका उपस्थित की, "अम्मा अपने सब गहने कुमुद को दे देंगी, देख लीजिएगा।"

कामतानाथ का स्वार्थ नीति से विद्रोह न कर सका। बोले, "गहनों पर उनका पूरा अधिकार है। यह उनका स्त्री-धन है, जिसे चाहें दे सकती हैं।"

उमा ने कहा, "स्त्री-धन है तो क्या वह उसे लुटा देंगी। आख़िर वह भी तो दादा की ही कमाई है।"

"किसी की कमाई हो। स्त्री-धन पर उनका अधिकार है।"

यह क़ानूनी गोरखधंधे हैं। बीस हज़ार में तो चार हिस्सेदार हों और दस हज़ार के गहने अम्मा के पास रह जाएँ। देख लेना, इन्हीं के बल पर वह भी कुमुद का विवाह मुरारी पंडित के घर करेंगी।"

उमानाथ इतनी बड़ी रक़म को इतनी आसानी से नहीं छोड़ सकता। वह कपट-नीति में कुशल है। कोई कौशल रचकर माता से सारे गहने ले लेगा। उस वक़्त तक कुमुद के विवाह की चर्चा करके फूलमती को भड़काना उचित नहीं। कामतानाथ ने सिर हिलाकर कहा, "भई, मैं इन चालों को पसंद नहीं करता।"

उमानाथ ने खिसियाकर कहा, "गहने दस हज़ार से कम के न होंगे।"

कामतानाथ ने अविचलित स्वर में कहा, "कितने ही के हों, मैं अनीति में हाथ नहीं डालना चाहता।"

"तो आप अलग बैठिए। हाँ, बीच में भाँजी न मारिएगा।"

"और तुम सीता?"

"मैं भी अलग रहूँगा।"

लेकिन जब दयानाथ से यही प्रश्न किया गया, तो वह उमानाथ का सहयोग करने को तैयार हो गया। दस हज़ार में ढाई हज़ार तो उसके होंगे ही। इतनी बड़ी रक़म के लिए यदि कुछ कौशल भी करना पड़े तो क्षम्य है।

फूलमती रात को भोजन करके लेटी थी कि उमा और दया उसके पास जाकर बैठ गए। दोनों ऐसा मुँह बनाए हुए थे, मानो कोई भारी विपत्ति आ पड़ी है। फूलमती ने सशंक होकर पूछा, "तुम दोनों घबराए हुए मालूम होते हो?"

उमा ने सिर खुजलाते हुए कहा, "समाचार-पत्रों में लेख लिखना बड़े जोखिम का काम है अम्मा, कितना ही बचकर लिखो, लेकिन कहीं-न-कहीं पकड़ हो ही जाती है। दयानाथ ने एक लेख लिखा था। उस पर पाँच हज़ार की ज़मानत माँगी गई है! अगर कल तक ज़मानत न जमा की गई, तो गिरफ़्तार हो जाएँगे और दस साल की सज़ा ठुक जाएगी।"

फूलमती ने सिर पीटकर कहा, "तो ऐसी बातें क्यों लिखते हो बेटा, जानते नहीं हो, आजकल हमारे अदिन आए हुए हैं। ज़मानत किसी तरह टल नहीं सकती?"

दयानाथ ने अपराधी भाव से उत्तर दिया, "मैंने तो अम्मा ऐसी कोई बात नहीं लिखी थी; लेकिन किस्मत को क्या करूँ? हाकिम ज़िला इतना कड़ा है कि ज़रा भी रिआयत नहीं करता। मैंने जितनी दौड़-धूप हो सकती थी, वह सब कर ली।"

"तो तुमने कामता से रुपए का प्रबंध करने को नहीं कहा?"

उमा ने मुँह बनाया, "उनका स्वभाव तो तुम जानती हो अम्मा, उन्हें रुपए प्राणों से प्यारे हैं। उन्हें चाहे काला पानी हो जाए, वह एक पाई न देंगे।"

दयानाथ ने समर्थन किया, "मैंने तो उनसे इसका ज़िक्र ही नहीं किया।"

फूलमती ने चारपाई से उठते हुए कहा, "चलो, मैं कहती हूँ, देगा कैसे नहीं? रुपए इसी दिन के लिए होते हैं कि गाड़कर रखने के लिए?"

उमानाथ ने माता को रोककर कहा, "नहीं अम्मा, उनसे कुछ न कहो। रुपए तो न देंगे, घर में रहने भी न देंगे उल्टे, और हाय-हाय मचाएँगे। उनको अपनी नौकरी की ख़ैरियत मनानी है, इन्हें घर में रहने न देंगे, अफ़सरों में जाकर ख़बर दे दें, तो आश्चर्य नहीं।"

फूलमती ने लाचार होकर कहा, "तो फिर ज़मानत का क्या प्रबंध करोगे? मेरे पास तो कुछ नहीं है। हाँ, मेरे गहने हैं, इन्हें ले जाओ, कहीं गिरवी रखकर ज़मानत दे दो और आज से कान पकड़ो कि किसी पत्र में एक शब्द भी न लिखोगे।"

दयानाथ कानों पर हाथ रखकर बोला, "यह तो नहीं हो सकता अम्मा, कि तुम्हारे ज़ेवर लेकर मैं अपनी जान बचाऊँ। दस-पाँच साल की क़ैद ही तो होगी, झेल लूँगा। यहीं बैठा-बैठा क्या कर रहा हूँ?"

फूलमती छाती पीटते हुए बोली, "कैसी बातें मुँह से निकालते हो बेटा, मेरे जीते-जी तुम्हें कौन गिरफ़्तार कर सकता है? उसका मुँह झुलस दूँगी। गहने इसी दिन के लिए हैं या और किसी दिन के लिए। जब तुम्हीं न रहोगे, तो गहने लेकर क्या आग में झोंकूँगी?"

उसने पिटारी लाकर उसके सामने रख दी।

दया ने उमा की ओर जैसे फ़रियाद की आँखों से देखा, और बोला, "आपकी क्या राय है भाईसाहब? इसी मारे मैं कहता था, अम्मा को बताने की ज़रूरत नहीं। जेल ही हो जाती या और कुछ।"

उमा ने जैसे सिफ़ारिश करते हुए कहा, "यह कैसे हो सकता था कि इतनी बड़ी वारदात हो जाती और अम्मा को ख़बर न होती। मुझसे यह नहीं हो सकता था कि सुनकर पेट में डाल लेता; मगर अब करना क्या चाहिए; यह मैं ख़ुद निर्णय नहीं कर सकता। न तो यही अच्छा लगता है कि तुम जेल जाओ और न यही अच्छा लगता है कि अम्मा के गहने रखे जाएँ।"

फूलमती ने व्यथित कंठ से पूछा, "क्या तुम समझते हो, मुझे गहने तुमसे ज़्यादा प्यारे हैं। मैं तो अपने प्राण तक तुम्हारे ऊपर न्योछावर कर दूँ, गहनों की बिसात ही क्या है?"

दया ने दृढ़ता से कहा, "अम्मा, तुम्हारे गहने तो न लूँगा, चाहे मुझ पर कुछ ही क्यों न आ पड़े। जब आज तक तुम्हारी कुछ सेवा न कर सका, तो किस मुँह से तुम्हारे गहने उठा ले जाऊँ। मुझ जैसे कपूत को तो तुम्हारी कोख से जन्म ही न लेना चाहिए था। सदा तुम्हें कष्ट देता रहा।"

फूलमती ने भी उतनी दृढ़ता से कहा, "तुम अगर यों न लोगे, तो मैं ख़ुद जाकर इन्हें गिरवी रख दूँगी और हाकिम ज़िला के पास जाकर ज़मानत कर आऊँगी। अगर इच्छा हो तो यह परीक्षा भी ले लो। आँखें बंद हो जाने के बाद क्या होगा, भगवान् जाने, लेकिन जब तक जीती हूँ, कोई तुम्हारी ओर तिरछी आँखों से देख नहीं सकता।"

उमानाथ ने मानो माता पर अहसान रखकर कहा, "अब तो हमारे लिए कोई रास्ता नहीं रहा, दयानाथ! क्या हर्ज है, ले लो, मगर याद रखो, ज्यों ही हाथ में रुपए आ जाएँ, गहने छुड़ाने पड़ेंगे। सच कहते हैं, मातृत्व दीर्घ तपस्या है। माता के सिवाय इतना स्नेह और कौन कर सकता है। हम बड़े अभागे हैं कि माता के प्रति जितनी श्रद्धा रखनी चाहिए, उसका शतांश नहीं रखते।"

दोनों ने जैसे बड़े धर्म-संकट में पड़कर गहनों की पिटारी सँभाली और चलते बने। माता वात्सल्य भरी आँखों से उनकी ओर देख रही थी और उसकी संपूर्ण आत्मा का आशीर्वाद जैसे उन्हें अपनी गोद में समेट लेने के लिए व्याकुल हो रहा था। आज कई महीनों के बाद उनके भग्न मातृ-हृदय को अपना सर्वस्व अर्पण करके जैसे आनंद की विभूति मिली। उसकी स्वामिनी-कल्पना इसी त्याग के लिए, इसी आत्म-समपर्ण के लिए जैसे कोई मार्ग ढूँढती रहती थी। अधिकार या लोभ या ममता की वहाँ गंध तक न थी। त्याग ही उसका अधिकार है। आज अपना खोया हुआ अधिकार पाकर, अपनी सिरजी हुई प्रतिमा पर अपने प्राणों की भेंट करके वह निहाल हो गई।

तीन महीने और गुज़र गए। माँ के गहनों पर हाथ साफ़ करके चारों भाई उसकी दिलजोई करने लगे थे। अपनी स्त्रियों को भी समझाते रहते थे कि उसका दिल न दुखाएँ। अगर थोड़े शिष्टाचार से उसकी आत्मा को शांति मिलती है, तो इसमें क्या हानि है। चारों करते अपने मन की पर माता से सलाह ले लेते, या ऐसा जाल फैलाते कि वह सरला उनकी बातों में आ जाती और हरेक काम में सहमत हो जाती।

बाग का बेचना उसे बहुत बुरा लगता था, लेकिन चारों ने ऐसी माया रची कि वह उसे बेचने पर राज़ी हो गई, किंतु कुमुद के विवाह के विषय में मतैक्य न हो सका। माँ पं. मुरारीलाल पर जमी हुई थी, लड़के दीनदयाल पर अड़े हुए थे। एक दिन आपस में कलह हो गई।

फूलमती ने कहा, "माँ-बाप की कमाई में बेटी का हिस्सा भी है। तुम्हें सोलह हज़ार का बाग मिला, पच्चीस हज़ार का एक मकान। बीस हज़ार नगद हैं। क्या पाँच हज़ार भी कुमुद का हिस्सा नहीं है?"

कामता ने नम्रता से कहा, "अम्मा, कुमुद आपकी लड़की है तो हमारी बहिन है। आप दो-चार साल में प्रस्थान कर जाएँगी, पर हमारा और उसका बहुत दिनों तक संबंध रहेगा। तब यथाशक्ति कोई ऐसी बात न करेंगे, जिससे उसका अमंगल हो, लेकिन हिस्से की बात कहती हो तो कुमुद का हिस्सा कुछ नहीं। दादा जीवित थे तब और बात थी। वह उसके विवाह में जितना चाहते ख़र्च करते, कोई उनका हाथ न पकड़ सकता था, लेकिन अब तो हमें एक-एक पैसे की किफ़ायत करनी पड़ेगी, जो काम एक हज़ार में हो जाए, उसके लिए पाँच हज़ार ख़र्च करना कहाँ की बुद्धिमानी है।"

उमानाथ ने सुधारा, "पाँच हज़ार क्यों दस हज़ार कहिए!" कामता ने भवें सिकोड़कर कहा, "नहीं, मैं पाँच हज़ार ही कहूँगा। एक विवाह में पाँच हज़ार ख़र्च करने की हैसियत नहीं हैं।"

फूलमती ने ज़िद पकड़कर कहा, "विवाह तो मुरारीलाल के पुत्र से ही होगा, चाहे पाँच हज़ार ख़र्च हों, चाहे दस हज़ार। मेरे पति की कमाई है। मैंने मर-मरकर जोड़ा, अपनी इच्छा से ख़र्च करूँगी। तुम्हीं ने मेरी कोख से जन्म नहीं लिया है, कुमुद भी उसी कोख से आई है। मेरी आँखों में तुम सब बराबर हो, मैं किसी से कुछ माँगती नहीं। तुम बैठे तमाशा देखो, मैं सबकुछ कर लूँगी, बीस हज़ार कुमुद का है।"

कामतानाथ को अब कड़वे सत्य की शरण लेने के सिवा और कोई मार्ग न रहा। बोला, "अम्मा, तुम बरबस बात बढ़ाती हो। जिन रुपयों को तुम अपना समझती हो, वह तुम्हारे नहीं हैं, हमारे हैं। तुम हमारी अनुमति के बिना उसमें से कुछ नहीं ख़र्च कर सकतीं!"

फूलमती को जैसे साँप ने डस लिया, "क्या कहा! फिर तो कहना। मैं अपने ही सचे रुपए अपनी इच्छा से ख़र्च नहीं कर सकती?"

"वह रुपए तुम्हारे नहीं रहे, हमारे हो गए।"

"तुम्हारे होंगे, लेकिन मेरे मरने के पीछे।"

"नहीं, दादा के मरते ही हमारे हो गए।"

उमानाथ ने बेहयाई से कहा, "अम्मा क़ानून-कायदा तो नहीं जानती, नाहक उलझती हैं।"

फूलमती क्रोध-विह्वल होकर बोली, "भाड़ में जाए तुम्हारा क़ानून। मैं ऐसे क़ानून को नहीं जानती। तुम्हारे दादा ऐसे बड़े धन्नासेठ न थे। मैंने ही पेट और तन काटकर यह गृहस्थी जोड़ी है, नहीं आज बैठने को छाँह न मिलती! मेरे जीते-जी तुम मेरे रुपए नहीं छू सकते। मैंने तीन भाइयों के विवाह में दस-दस हज़ार ख़र्च किए हैं। वही मैं कुमुद के विवाह में भी ख़र्च करूँगी।"

कामतानाथ भी गरम पड़ा, "आपको कुछ भी ख़र्च करने का अधिकार नहीं है।" उमानाथ ने बड़े भाई को डाँटा, "आप खामख्वाह अम्मा के मुँह लगते हैं। भाईसाहब! मुरारीलाल को पत्र लिख दीजिए कि तुम्हारे यहाँ कुमुद का विवाह न होगा, बस छुट्टी हुई। यह कायदा-क़ानून तो जानती नहीं, व्यर्थ की बहस करती हैं।"

फूलमती ने संयमित स्वर में कहा, "अच्छा, क्या क़ानून है, ज़रा मैं भी सुनूँ।" उमा ने निरीह भाव से कहा, "क़ानून यही है कि बाप के मरने के बाद जायदाद बेटों की हो जाती है, माँ का हक केवल रोटी-कपड़े का है?"

फूलमती ने तड़पकर पूछा, "किसने यह क़ानून बनाया है।"

उमा ने शांत-स्थिर स्वर में बोला, "हमारे ऋषियों ने, महाराज मनु ने, और किसने।"

फूलमती एक क्षण अवाक् रहकर आहत कंठ से बोली, "तो इस घर में मैं तुम्हारे टुकड़ों पर पड़ी हुई हूँ।"

उमानाथ ने न्यायाधीश की निर्ममता से कहा, "तुम जैसे समझो।"

फूलमती की संपूर्ण आत्मा मानो इस वज्रपात से चीत्कार करने लगी। उसके मुख से जलती हुई चिंगारियों की भाँति ये शब्द निकल पड़े, "मैंने घर बनवाया,

मैंने संपत्ति जोड़ी, मैंने तुम्हें जन्म दिया, पाला और आज मैं इस घर में गैर हूँ? मनु का यही क़ानून है और तुम उसी क़ानून पर चलना चाहते हो? अच्छी बात है। अपना घर-द्वार लो। मुझे तुम्हारी आश्रिता बनकर रहना स्वीकार नहीं! इससे कहीं अच्छा है कि मर जाऊँ। वाह रे अंधेर! मैंने पेड़ लगाया और मैं ही उसकी छाँव में खड़ी नहीं हो सकती; अगर यही क़ानून है, तो इसमें आग लग जाए।"

चारों युवकों पर माता के इस क्रोध और आतंक का कोई असर न हुआ। क़ानून का फ़ौलादी कवच रक्षा कर रहा था। इन काँटों का उन पर क्या असर हो सकता था?

ज़रा देर में फूलमती उठकर चली गई। आज जीवन में पहली बार उसका वात्सल्य-भग्न मातृत्व अभिशाप बनकर उसे धिक्कारने लगा। जिस मातृत्व को उसने जीवन की विभूति समझा था, जिसके चरणों पर वह सदैव अपनी समस्त अभिलाषाओं और कामनाओं को अर्पित करके अपने को धन्य मानती थी, वही मातृत्व आज उसे अग्निकुंड सा जान पड़ा, जिसमें उसका जीवन जलकर भस्म हो रहा था।

संध्या हो गई थी। द्वार पर नीम का वृक्ष सिर झुकाए निस्तब्ध खड़ा था, मानो संसार की गति पर क्षुब्ध हो रहा हो। अस्ताचल की ओर प्रकाश और जीवन का देवता फूलमती के मातृत्व की ही भाँति अपनी चिता में जल रहा था।

फूलमती अपने कमरे में जाकर लेटी, तो उसे मालूम हुआ, उसकी कमर टूट गई है। पति के मरते ही लड़के उसके शत्रु हो जाएँगे, उसको स्वप्न में भी मालूम न था। जिन लड़कों को उसने हृदय-रक्त पिला-पिलाकर पाला, वही आज उसके हृदय पर यों आघात कर रहे हैं। अब वह घर उसे काँटों की सेज लग रहा था। जहाँ उसकी कुछ कद्र नहीं, कुछ गिनती नहीं, वहाँ अनाथों की भाँति पड़ी रोटियाँ खाए, यह उसकी अभिमानी प्रकृति के लिए असहय था।

पर उपाय ही क्या था? वह लड़कों से अलग होकर रहे भी तो नाक किसकी कटेगी! संसार उसे थूके तो क्या, और लड़कों को थूके तो क्या, बदनामी तो उसी की है। दुनिया यही तो कहेगी कि चार जवान बेटों के होते बुढ़िया अलग पड़ी हुई मजूरी करके पेट पाल रही है। जिन्हें उसने हमेशा नीच समझा, वही उस पर हँसेंगे। नहीं, वह अपमान इस अनादर से कहीं ज़्यादा हृदयविदारक था। अब अपना और घर का परदा ढका रखने में ही कुशल है। हाँ, अब उसे अपने बेटों की बातें और लातें गैरों की बातों और लातों की अपेक्षा फिर भी गनीमत है।

वह बड़ी देर तक मुँह ढाँपे अपनी दशा पर रोती रही। सारी रात इसी आत्मवेदना में कट गई। शरद का प्रभात डरता-डरता ऊषा की गोद से निकला, जैसे कोई क़ैदी छिपकर जेल से भाग आया हो। फूलमती अपने नियम के विरुद्ध आज तड़के ही उठी, रात भर में उसका मानसिक परिवर्तन हो चुका था। सारा घर सो रहा था और वह आँगन में झाड़ू लगा रही थी। रात की ओस में भीगी हुई पक्की ज़मीन नंगे पैरों से काँटों की तरह चुभ रही थी। पंडितजी उसे कभी इतने सवेरे उठने न देते थे। शीत उसके लिए बहुत हानिकारक थी, पर अब वह दिन नहीं। प्रकृति को भी समय के साथ बदल देने का प्रयत्न कर रही थी। झाड़ू से फ़ुरसत पाकर उसने आग जलाई और चावल-दाल की कंकड़ियाँ चुनने लगी। कुछ देर में लड़के जागे, बहुएँ उठीं। सभी ने बुढ़िया को सर्दी से सिकुड़े हुए काम करते देखा, पर किसी ने यह न कहा कि अम्मा, क्यों हलकान होती हो? शायद सब-के-सब बुढ़िया के इस मान-मर्दन पर प्रसन्न थे।

आज से फूलमती का यही नियम हो गया कि जी-तोड़कर घर का काम करना और अंतरंग नीति से अलग रहना। उसके मुख पर जो एक आत्मगौरव झलकता रहता था, उसकी जगह अब गहरी वेदना छाई हुई नज़र आती थी। जहाँ बिजली जलती थी, वहाँ अब तेल का दीया टिमटिमा रहा था, जिसे बुझा देने के लिए हवा का एक हल्का सा झोंका काफ़ी है।

मुरारीलाल को इंकारी पत्र लिखने की बात पक्की हो चुकी थी। दूसरे दिन पत्र लिख दिया गया। दीनदयाल से कुमुद का विवाह निश्चित हो गया, दीनदयाल की उम्र चालीस के कुछ अधिक थी, मर्यादा में भी कुछ हेठे थे, पर रोटी-दाल से ख़ुश थे। बिना किसी ठहराव के विवाह करने पर राज़ी हो गए। तिथि नियत हुई, बारात आई, विवाह हुआ और कुमुद विदा कर दी गई। फूलमती के दिल पर क्या गुज़र रही थी, इसे कौन जान सकता है; पर चारों भाई बहुत प्रसन्न थे, मानो उनके हृदय का काँटा निकल गया हो। ऊँचे कुल की कन्या मुँह कैसे खोलती। हरि-इच्छा बेकसों का अंतिम अवलंब है। घरवालों ने जिससे विवाह कर दिया, उसमें हज़ार ऐब हों तो भी उसका उपास्य, उसका स्वामी है। प्रतिरोध उसकी कल्पना से परे था।

फूलमती ने किसी काम में दख़ल न दिया। कुमुद को क्या दिया गया, मेहमानों का कैसा सत्कार किया गया, किसके यहाँ से नेवते में क्या आया, किसी बात से भी

उसे सरोकार न था। उससे कोई सलाह भी ली गई तो यही कहा, "बेटा, तुम लोग जो करते हो, अच्छा ही करते हो, मुझसे क्या पूछते हो।"

जब कुमुद के लिए द्वार पर डोली आ गई और कुमुद माँ के गले लिपटकर रोने लगी तो वह बेटी को अपनी कोठरी में ले गई और जो कुछ सौ-पचास रुपए और दो-चार मामूली गहने उसके पास बच रहे थे, बेटी के आँचल में डालकर बोली, "बेटी, मेरी तो मन की मन में रह गई; नहीं क्या आज तुम्हारा विवाह इस तरह होता और तुम इस तरह विदा की जातीं।"

आज तक फूलमती ने अपने गहनों की बात किसी से न कही थी। लड़कों ने उसके साथ जो कपट-व्यवहार किया था, इसे चाहे वह अब तक न समझी हो, लेकिन इतना जानती थी कि गहने फिर न मिलेंगे और मनोमालिन्य बढ़ने के सिवा कुछ हाथ न लगेगा; लेकिन इस अवसर पर उसे अपनी सफ़ाई देने की ज़रूरत मालूम हुई। कुमुद यह भाव मन में लेकर जाए कि अम्मा ने अपने गहने बहुओं के लिए रख छोड़े, इसे वह किसी तरह न सह सकती थी, इसीलिए वह अपनी कोठरी में ले गई थी; लेकिन कुमुद को पहले ही इस कौशल की टोह मिल चुकी थी, उसने गहने और रुपए आँचल से निकालकर माता के चरणों पर रख दिए और बोली, "अम्मा, मेरे लिए तुम्हारा आशीर्वाद ही लाखों रुपयों के बराबर है। तुम इन चीज़ों को अपने पास रखो। न जाने अभी तुम्हें किन विपत्तियों का सामना करना पड़े?"

फूलमती कहना ही चाहती थी कि उमानाथ ने आकर कहा, "क्या कर रही है कुमुद? चल, जल्दी कर, साइत टली जाती है। वह लोग हाय-हाय कर रहे हैं, फिर तो दो-चार महीने में आएगी ही, जो कुछ लेना-देना हो ले लेना।"

फूलमती के घाव पर मानो नमक पड़ गया। बोली, "मेरे पास अब क्या है भैया, जो मैं इसे दूँगी। जाओ बेटी, भगवान् तुम्हारा सुहाग अमर करें।"

कुमुद विदा हो गई। फूलमती पछाड़ खाकर गिर पड़ी। जीवन की अंतिम लालसा नष्ट हो गई।

एक साल बीत गया।

फूलमती का कमरा घर के सब कमरों में बड़ा और हवादार था। कई महीनों से उसने बड़ी बहू के लिए ख़ाली कर दिया था और ख़ुद एक छोटी सी कोठरी में

रहने लगी थी, जैसे कोई भिखारिन हो। बेटों और बहुओं से अब उसे ज़रा भी स्नेह न था। वह अब घर की लौंडी थी। घर के किसी प्राणी, किसी वस्तु, किसी प्रसंग से उसे प्रयोजन न था। वह केवल इसीलिए जीती थी कि मौत न आती थी। सुख या दुःख का अब उसे लेशमात्र भी ज्ञान न था। उमानाथ का औषधालय खुला, मित्रों की दावत हुई, नाच-तमाशा हुआ। दयानाथ का प्रेस खुला, फिर जलसा हुआ। सीतानाथ को वज़ीफ़ा मिला और विलायत गया, फिर धूमधाम हुई; लेकिन फूलमती के मुख पर आनंद की छाया तक न आई। कामतानाथ टायफ़ाइड में महीने भर बीमार रहा और मरकर उठा। दयानाथ ने अबकी अपने पत्र का प्रचार बढ़ाने के लिए वास्तव में एक आपत्तिजनक लेख लिखा और छह महीने की सज़ा पाई। उमानाथ ने एक फ़ौजदारी के मामले में रिश्वत लेकर ग़लत रिपोर्ट लिखी और उनकी सनद छीन ली गई; पर फूलमती के चेहरे पर रंज की परछाईं तक न पड़ी। उसके जीवन में अब कोई आशा, कोई दिलचस्पी, कोई चिंता न थी। बस पशुओं की तरह काम करना और खाना, यही उसकी ज़िंदगी के दो काम थे। जानवर मारने से काम करता है, पर खाता है मन से। फूलमती बे-कहे काम करती थी, पर खाती थी विष के कौर की तरह। महीनों सिर में तेल न पड़ता, महीनों कपड़े न धुलते, कुछ परवाह नहीं। वह चेतनाशून्य हो गई थी।

सावन की झड़ी लगी हुई थी। मलेरिया फैल रहा था। आकाश में मटियाले बादल थे, ज़मीन पर मटियाला पानी। आर्द्र वायु शीत-ज्वर और श्वास का वितरण करती फिरती थी। घर की महरी बीमार पड़ गई। फूलमती ने घर के सारे बरतन माँजे, पानी में भीग-भीगकर सारा काम किया, फिर आग जलाई और चूल्हे पर पतीलियाँ चढ़ा दीं। लड़कों को समय पर भोजन तो मिलना ही चाहिए। सहसा उसे याद आया कि कामतानाथ नल का पानी नहीं पीते। उसी वर्षा में गंगाजल लाने चली।

कामतानाथ ने पलंग पर लेटे-लेटे कहा, "रहने दो अम्मा, मैं पानी भर लाऊँगा। आज महरी ख़ूब बैठी रही।"

फूलमती ने मटियाले आकाश की ओर देखकर कहा, "तुम भीग जाओगे बेटा, सर्दी लग जाएगी।"

कामतानाथ बोले, "तुम भी तो भीग रही हो। कहीं बीमार न पड़ जाओ।"

फूलमती निर्मम भाव से बोली, "मैं बीमार न पड़ूँगी! मुझे भगवान् ने अमर कर दिया है।"

उमानाथ भी वहीं बैठा था। उसके औषधालय में कुछ आमदनी न होती थी; इसीलिए बहुत चिंतित रहता था। भाई-भावज की मुँहदेखी करता रहता था। बोला, "जाने भी दो भैया! बहुत दिन बहुओं पर राज कर चुकी हैं, उसका प्रायश्चित्त तो करने दो।"

गंगा बढ़ी हुई थी, जैसे समुद्र हो। क्षितिज सामने के कूल से मिला हुआ था। किनारे के वृक्षों की केवल फुनगियाँ पानी के ऊपर रह गई थीं। घाट ऊपर तक पानी में डूब गए थे। फूलमती कलसा लिए नीचे उतरी। पानी भरा और ऊपर जा रही थी कि पाँव फिसला, सँभल न सकी, पानी में गिर पड़ी। पल भर हाथ-पाँव चलाए, फिर लहरें उसे नीचे खींच ले गईं। किनारे पर दो-चार पंडे चिल्लाए, "अरे दौड़ो, बुढ़िया डूबी जाती है।" दो-चार आदमी दौड़े भी, लेकिन फूलमती लहरों में समा गई थी, उन बल खाती हुई लहरों में, जिन्हें देखकर हृदय काँप उठता था।

एक ने पूछा, "यह बुढ़िया कौन थी?"

"अरे, वही पंडित अयोध्यानाथ की विधवा है।"

"अयोध्यानाथ तो बड़े आदमी थे।"

"हाँ, थे तो; पर इसके भाग्य में ठोकर खाना लिखा था।"

"उनके तो कई लड़के बड़े-बड़े हैं और सब कमाते हैं।"

"हाँ, सब हैं भाई, मगर भाग्य भी तो कोई चीज़ है?"

10

दो बैलों की कथा

जानवरों में गधा सबसे ज़्यादा बुद्धिहीन समझा जाता है। हम जब किसी आदमी को परले दर्जे का बेवकूफ़ कहना चाहते हैं, तो उसे गधा कहते हैं। गधा सचमुच बेवकूफ़ है, या उसके सीधेपन, उसकी निरापद सहिष्णुता ने उसे यह पदवी दे दी है, इसका निश्चय नहीं किया जा सकता। गायें सींग मारती हैं, ब्यायी हुई गाय तो अनायास ही सिंहनी का रूप धारण कर लेती है। कुत्ता भी बहुत ग़रीब जानवर है, लेकिन कभी-कभी उसे भी क्रोध आ ही जाता है; किन्तु गधे को कभी क्रोध करते नहीं सुना, न देखा। जितना चाहो ग़रीब को मारो, चाहे जैसी ख़राब, सड़ी हुई घास सामने डाल दो, उसके चेहरे पर कभी असंतोष की छाया भी न दिखाई देगी। बैशाख में चाहे एकाध बार वह कुलेल कर लेता हो; पर हमने तो उसे कभी ख़ुश होते नहीं देखा। उसके चेहरे पर एक स्थायी विषाद स्थायी रूप से छाया रहता है। सुख-दुःख, हानि-लाभ, किसी भी दशा में उसे बदलते नहीं देखा। ऋषियों-मुनियों के जितने गुण हैं, वे सभी उसमें पराकाष्ठा को पहुँच गए हैं, पर आदमी उसे बेवकूफ़ कहता है। सदगुणों का इतना अनादर कहीं न देखा। कदाचित् सीधापन संसार के लिए उपयुक्त नहीं है। देखिए न, भारतवासियों की अफ़्रीका में क्या दुर्दशा हो रही है? क्यों अमरीका में उन्हें घुसने नहीं दिया जाता? बेचारे शराब नहीं पीते, चार पैसे कुसमय के लिए

बचाकर रखते हैं, जी तोड़कर काम करते हैं, किसी से लड़ाई-झगड़ा नहीं करते, चार बातें सुनकर गम खा जाते हैं फिर भी बदनाम हैं। कहा जाता है, वे जीवन के आदर्श को नीचा करते हैं। अगर वे भी ईंट का जवाब पत्थर से देना सीख जाते, तो शायद सभ्य कहलाने लगते। जापान की मिसाल सामने है। एक ही विजय ने उसे संसार की सभ्य जातियों में गण्य बना दिया।

लेकिन गधे का एक छोटा भाई और भी है, जो उससे कम ही गधा है। और वह है 'बैल'। जिस अर्थ में हम 'गधा' का प्रयोग करते हैं, कुछ उसी से मिलते-जुलते अर्थ में 'बछिया के ताऊ' का भी प्रयोग करते हैं। कुछ लोग बैल को शायद बेवक़ूफ़ों में सर्वश्रेष्ठ कहेंगे; मगर हमारा विचार ऐसा नहीं है। बैल कभी-कभी मारता भी है, कभी-कभी अड़ियल बैल भी देखने में आता है। और भी कई रीतियों से अपना असंतोष प्रकट कर देता है; अतएव उसका स्थान गधे से नीचा है।

झूरी काछी के दोनों बैलों के नाम थे हीरा और मोती। दोनों पछाईं जाति के थे। देखने में सुंदर, काम में चौकस, डील में ऊँचे। बहुत दिनों साथ रहते-रहते दोनों में भाईचारा हो गया था। दोनों आमने-सामने या आस-पास बैठे हुए एक-दूसरे से मूक-भाषा में विचार-विनिमय करते थे। एक-दूसरे के मन की बात कैसे समझ जाता था, हम नहीं कह सकते। अवश्य ही उनमें कोई ऐसी गुप्त शक्ति थी, जिससे जीवों में श्रेष्ठता का दावा करने वाला मनुष्य वंचित है। दोनों एक-दूसरे को चाटकर, सूँघकर अपना प्रेम प्रकट करते, कभी-कभी दोनों सींग भी मिला लिया करते थे। विग्रह के नाते से नहीं, केवल विनोद के भाव से, आत्मीयता के भाव से, जैसे दोस्तों में घनिष्ठता होते ही धौल-धप्पा होने लगता है। इसके बिना दोस्ती कुछ फुसफुसी, कुछ हल्की-सी रहती है, जिस पर ज़्यादा विश्वास नहीं किया जा सकता। जिस वक़्त ये दोनों बैल हल या गाड़ी में जोत दिए जाते और गर्दन हिला-हिलाकर चलते, उस वक़्त हर एक की यही चेष्टा होती थी कि ज़्यादा-से-ज़्यादा बोझ मेरी ही गर्दन पर रहे। दिन-भर के बाद दोपहर या संध्या को दोनों खुलते, तो एक-दूसरे को चाट-चूटकर अपनी थकान मिटा लिया करते, नाँद में खली-भूसा पड़ जाने के बाद दोनों साथ उठते, साथ नाँद में मुँह डालते और साथ ही बैठते थे। एक मुँह हटा लेता, तो दूसरा भी हटा लेता था।

संयोग की बात, झूरी ने एक बार गोईं को ससुराल भेज दिया। बैलों को क्या मालूम, वे क्यों भेजे जा रहे हैं। समझे, मालिक ने हमें बेच दिया। अपना यों बेचा

जाना उन्हें अच्छा लगा या बुरा, कौन जाने, पर झूरी के साले गया को घर तक गोईं ले जाने में दाँतों पसीना आ गया। पीछे से हाँकता तो दोनों दाएँ-बाएँ भागते; पगहिया पकड़कर आगे से खींचता, तो दोनों पीछे को ज़ोर लगाते। मारता तो दोनों सींगे नीचे करके हुँकारते। अगर ईश्वर ने उन्हें वाणी दी होती, तो झूरी से पूछते—तुम हम ग़रीबों को क्यों निकाल रहे हो? हमने तो तुम्हारी सेवा करने में कोई कसर नहीं उठा रखी। अगर इतनी मेहनत से काम न चलता था और काम ले लेते। हमें तो तुम्हारी चाकरी में मर जाना कबूल था। हमने कभी दाने-चारे की शिकायत नहीं की। तुमने जो कुछ खिलाया, वह सिर झुकाकर खा लिया, फिर तुमने हमें इस ज़ालिम के हाथ क्यों बेच दिया?

संध्या समय दोनों बैल अपने नए स्थान पर पहुँचे। दिन-भर के भूखे थे, लेकिन जब नाँद में लगाए गए, तो एक ने भी उसमें मुँह न डाला। दिल भारी हो रहा था। जिसे उन्होंने अपना घर समझ रखा था, वह आज उनसे छूट गया था। यह नया घर, नया गाँव, नए आदमी, उन्हें बेगानों-से लगते थे।

दोनों ने अपनी मूक-भाषा में सलाह की, एक-दूसरे को कनखियों से देखा और लेट गये। जब गाँव में सोता पड़ गया, तो दोनों ने ज़ोर मारकर पगहे तुड़ा डाले और घर की तरफ़ चले। पगहे बहुत मज़बूत थे। अनुमान न हो सकता था कि कोई बैल उन्हें तोड़ सकेगा; पर इन दोनों में इस समय दूनी शक्ति आ गई थी। एक-एक झटके में रस्सियाँ टूट गईं।

झूरी प्रातःकाल सो कर उठा, तो देखा कि दोनों बैल चरनी पर खड़े हैं। दोनों की गरदनों में आधा-आधा गराँव लटक रहा है। घुटने तक पाँव कीचड़ से भरे हैं और दोनों की आँखों में विद्रोहमय स्नेह झलक रहा है।

झूरी बैलों को देखकर स्नेह से गदगद हो गया। दौड़कर उन्हें गले लगा लिया। प्रेमालिंगन और चुम्बन का वह दृश्य बड़ा ही मनोहर था।

घर और गाँव के लड़के जमा हो गए और तालियाँ बजा-बजाकर उनका स्वागत करने लगे। गाँव के इतिहास में यह घटना अभूतपूर्व न होने पर भी महत्त्वपूर्ण थी, बाल-सभा ने निश्चय किया, दोनों पशु-वीरों को अभिनन्दनपत्र देना चाहिए। कोई अपने घर से रोटियाँ लाया, कोई गुड़, कोई चोकर, कोई भूसी।

एक बालक ने कहा, "ऐसे बैल किसी के पास न होंगे।"

दूसरे ने समर्थन किया, "इतनी दूर से दोनों अकेले चले आए।"

तीसरा बोला, "बैल नहीं हैं वे, उस जन्म के आदमी हैं।"

इसका प्रतिवाद करने का किसी को साहस न हुआ।

झूरी की स्त्री ने बैलों को द्वार पर देखा, तो जल उठी। बोली, "कैसे नमक-हराम बैल हैं कि एक दिन वहाँ काम न किया, भाग खड़े हुए।"

झूरी अपने बैलों पर यह आक्षेप न सुन सका, "नमक-हराम क्यों हैं? चारा-दाना न दिया होगा, तो क्या करते?"

स्त्री ने रोब के साथ कहा, "बस, तुम्हीं तो बैलों को खिलाना जानते हो, और तो सभी पानी पिला-पिलाकर रखते हैं।"

झूरी ने चिढ़ाया, "चारा मिलता तो क्यों भागते?"

स्त्री चिढ़ी, "भागे इसलिए कि वे लोग तुम-जैसे बुद्धुओं की तरह बैलों को सहलाते नहीं। खिलाते हैं, तो रगड़कर जोतते भी हैं। ये दोनों ठहरे कामचोर, भाग निकले। अब देखूँ, कहाँ से खली और चोकर मिलता है! सूखे भूसे के सिवा कुछ न दूँगी, खाएँ चाहें मरें।"

वही हुआ। मजूर को कड़ी ताकीद की गई कि बैलों को ख़ाली सूखा भूसा दिया जाए।

बैलों ने नाँद में मुँह डाला, तो फीका-फीका। न कोई चिकनाहट, न कोई रस! क्या खाएँ? आशा-भरी आँखों से द्वार की ओर ताकने लगे।

झूरी ने मजूर से कहा, "थोड़ी-सी खली क्यों नहीं डाल देता बे?"

"मालकिन मुझे मार ही डालेंगी।"

"चुराकर डाल आ।"

"ना दादा, पीछे से तुम भी उन्हीं की-सी कहोगे।"

दूसरे दिन झूरी का साला फिर आया और बैलों को ले चला। अबकी उसने दोनों को गाड़ी में जोता।

दो-चार बार मोती ने गाड़ी को सड़क की खाई में गिराना चाहा; पर हीरा ने संभाल लिया। वह ज़्यादा सहनशील था।

संध्या-समय घर पहुँचकर उसने दोनों को मोटी रस्सियों से बाँधा और कल की शरारत का मज़ा चखाया। फिर वही सूखा भूसा डाल दिया। अपने दोनों बैलों को खली, चूनी सब कुछ दी।

दोनों बैलों का ऐसा अपमान कभी न हुआ था। झूरी इन्हें फूल की छड़ी से भी न छूता था। उसकी टिटकार पर दोनों उड़ने लगते थे। यहाँ मार पड़ी। आहत-सम्मान की व्यथा तो थी ही, उस पर मिला सूखा भूसा!

नाँद की तरफ़ आँखें तक न उठाईं।

दूसरे दिन गया ने बैलों को हल में जोता, पर इन दोनों ने जैसे पाँव न उठाने की कसम खा ली थी। वह मारते-मारते थक गया, पर दोनों ने पाँव न उठाया। एक बार जब उस निर्दयी ने हीरा की नाक पर ख़ूब डंडे जमाये, तो मोती का गुस्सा काबू के बाहर हो गया। हल लेकर भागा। हल, रस्सी, जुआ, जोत, सब टूट-टाटकर बराबर हो गया। गले में बड़ी-बड़ी रस्सियाँ न होतीं, तो दोनों पकड़ाई में न आते।

हीरा ने मूक-भाषा में कहा, "भागना व्यर्थ है।"

मोती ने उत्तर दिया, "तुम्हारी तो इसने जान ही ले ली थी।"

"अबकी बड़ी मार पड़ेगी।"

"पड़ने दो, बैल का जन्म लिया है, तो मार से कहाँ तक बचेंगे?"

"गया दो आदमियों के साथ दौड़ा आ रहा है। दोनों के हाथों में लाठियाँ हैं।"

मोती बोला, "कहो तो दिखा दूँ कुछ मज़ा मैं भी, लाठी लेकर आ रहा है।"

हीरा ने समझाया, "नहीं भाई! खड़े हो जाओ।"

"मुझे मारेगा, तो मैं भी एक-दो को गिरा दूँगा।"

"नहीं। हमारी जाति का यह धर्म नहीं है।"

मोती दिल में ऐंठकर रह गया। गया आ पहुँचा और दोनों को पकड़ कर ले चला। कुशल हुई कि उसने इस वक़्त मारपीट न की, नहीं तो मोती भी पलट पड़ता। उसके तेवर देखकर गया और उसके सहायक समझ गए कि इस वक़्त टाल जाना ही मसलहत है।

आज दोनों के सामने फिर वही सूखा भूसा लाया गया, दोनों चुपचाप खड़े रहे। घर के लोग भोजन करने लगे। उस वक़्त छोटी-सी लड़की दो रोटियाँ लिए निकली,

और दोनों के मुँह में देकर चली गई। उस एक रोटी से इनकी भूख तो क्या शान्त होती, पर दोनों के हृदय को मानो भोजन मिल गया। यहाँ भी किसी सज्जन का वास है। लड़की भैरो की थी। उसकी माँ मर चुकी थी। सौतेली माँ उसे मारती रहती थी, इसलिए इन बैलों से उसे एक प्रकार की आत्मीयता हो गई थी।

दोनों दिन-भर जोते जाते, डंडे खाते, अड़ते, शाम को थान पर बांध दिए जाते और रात को वही बालिका उन्हें दो रोटियाँ खिला जाती। प्रेम के इस प्रसाद की यह बरकत थी कि दो-दो गाल सूखा भूसा खाकर भी दोनों दुर्बल न होते थे, मगर दोनों की आँखों में रोम-रोम में विद्रोह भरा हुआ था।

एक दिन मोती ने मूक-भाषा में कहा, "अब तो नहीं सहा जाता हीरा!"

"क्या करना चाहते हो?"

"एकाध को सींगों पर उठाकर फेंक दूँगा।"

"लेकिन जानते हो, वह प्यारी लड़की, जो हमें रोटियाँ खिलाती है, उसी की लड़की है, जो इस घर का मालिक है, यह बेचारी अनाथ न हो जाएगी।"

"तो मालकिन को न फेंक दूँ। वही तो इस लड़की को मारती है।"

"लेकिन औरत जात पर सींग चलाना मना है, यह भूले जाते हो।"

"तुम तो किसी तरह निकलने ही नहीं देते। बताओ, तुड़ाकर भाग चलें।"

"हाँ, यह मैं स्वीकार करता हूँ, लेकिन इतनी मोटी रस्सी टूटेगी कैसे।"

"इसका एक उपाय है, पहले रस्सी को थोड़ा-सा चबा लो। फिर एक झटके में जाती है।"

रात को जब बालिका रोटियाँ खिलाकर चली गई, तो दोनों रस्सियाँ चबाने लगे, पर मोटी रस्सी मुँह में न आती थी। बेचारे बार-बार ज़ोर लगाकर रह जाते थे।

सहसा घर का द्वार खुला और वही लड़की निकली। दोनों सिर झुकाकर उसका हाथ चाटने लगे। दोनों की पूँछें खड़ी हो गईं। उसने उनके माथे सहलाए और बोली, "खोले देती हूँ। चुपके से भाग जाओ, नहीं तो यहाँ लोग मार डालेंगे। आज घर में सलाह हो रही है कि इनकी नाकों में नाथ डाल दी जाएँ।"

उसने गराँव खोल दिया, पर दोनों चुपचाप खड़े रहे।

मोती ने अपनी भाषा में पूछा, "अब चलते क्यों नहीं?"

हीरा ने कहा, "चलें तो, लेकिन कल इस अनाथ पर आफ़त आएगी। सब इसी पर संदेह करेंगे।" सहसा बालिका चिल्लाई, "दोनों फूफावाले बैल भागे जा रहे हैं, ओ दादा! दादा! दोनों बैल भागे जा रहे हैं, जल्दी दौड़ो।"

गया हड़बड़ाकर भीतर से निकला और बैलों को पकड़ने चला। वे दोनों भागे। गया ने पीछा किया। और भी तेज़ हुए। गया ने शोर मचाया। फिर गाँव के कुछ आदमियों को भी साथ लेने के लिए लौटा। दोनों मित्रों को भागने का मौका मिल गया। सीधे दौड़ते चले गए। यहाँ तक कि मार्ग का ज्ञान न रहा। जिस परिचित मार्ग से आए थे, उसका यहाँ पता न था। नए-नए गाँव मिलने लगे। तब दोनों एक खेत के किनारे खड़े होकर सोचने लगे, अब क्या करना चाहिए।

हीरा ने कहा, "मालूम होता है, राह भूल गए।"

"तुम भी बेतहाशा भागे, वहीं उसे मार गिराना था।"

"उसे मार गिराते, तो दुनिया क्या कहती? वह अपना धर्म छोड़ दे, लेकिन हम अपना धर्म क्यों छोड़ें?"

दोनों भूख से व्याकुल हो रहे थे। खेत में मटर खड़ी थी। चरने लगे। रह-रहकर आहट ले लेते थे। कोई आता तो नहीं है।

जब पेट भर गया, दोनों ने आज़ादी का अनुभव किया, तो मस्त होकर उछलने-कूदने लगे। पहले दोनों ने डकार ली। फिर सींग मिलाए और एक-दूसरे को ठेजने लगे। मोती ने हीरा को कई कदम पीछे हटा दिया, यहाँ तक कि वह खाई में गिर गया। तब उसे भी क्रोध आया। सँभलकर उठा और फिर मोती से भिड़ गया। मोती ने देखा–खेल में झगड़ा हुआ जाता है, तो किनारे हट गया।

अरे! यह क्या? कोई साँड डौंकता चला आ रहा है। हाँ, साँड ही है। वह सामने आ पहुँचा। दोनों मित्र बगलें झाँक रहे थे। साँड पूरा हाथी है। उससे भिड़ना जान से हाथ धोना है; लेकिन न भिड़ने पर भी जान बचती नहीं नज़र आती। इन्हीं की तरफ़ आ भी रहा है। कितनी भयंकर सूरत है!

मोती ने मूक-भाषा में कहा, "बुरे फँसे, जान बचेगी? कोई उपाय सोचो।"

हीरा ने चिंतित स्वर में कहा, "अपने घमंड में भूला हुआ है, आरज़ू-विनती न सुनेगा।"

"भाग क्यों न चलें?"

"भागना कायरता है।"

"तो फिर यहीं मरो। बंदा तो नौ-दो-ग्यारह होता है।"

"और जो दौड़ाए?"

"तो फिर कोई उपाए सोचो जल्द।"

"उपाय यह है कि उस पर दोनों जने एक साथ चोट करें। मैं आगे से रगेदता हूँ, तुम पीछे से रगेदो, दोहरी मार पड़ेगी तो भाग खड़ा होगा। मेरी ओर झपटे, तुम बगल से उसके पेट में सींग घुसेड़ देना। जान जोखिम है; पर दूसरा उपाय नहीं है।"

दोनों मित्र जान हथेलियों पर लेकर लपके। साँड को भी संगठित शत्रुओं से लड़ने का तजुरबा न था। वह तो एक शत्रु से मल्लयुद्ध करने का आदी था। ज्यों ही हीरा पर झपटा, मोती ने पीछे से दौड़ाया। साँड उसकी तरफ़ मुड़ा, तो हीरा ने रगेदा। साँड चाहता था कि एक-एक करके दोनों को गिरा ले; पर ये दोनों भी उस्ताद थे। उसे वह अवसर न देते थे। एक बार साँड झल्लाकर हीरा का अन्त कर देने के लिए चला कि मोती ने बगल से आकर पेट में सींग भोंक दिया। साँड क्रोध में आकर पीछे फिरा तो हीरा ने दूसरे पहलू में सींग चुभा दिया। आख़िर बेचारा ज़ख़्मी होकर भागा और दोनों मित्रों ने दूर तक उसका पीछा किया। यहाँ तक कि साँड बेदम होकर गिर पड़ा। तब दोनों ने उसे छोड़ दिया।

दोनों मित्र विजय के नशे में झूमते चले जाते थे।

मोती ने अपनी सांकेतिक भाषा में कहा, "मेरा जी तो चाहता था कि बच्चा को मार ही डालूँ।"

हीरा ने तिरस्कार किया, "गिरे हुए बैरी पर सींग न चलाना चाहिए।"

"यह सब ढोंग है। बैरी को ऐसा मारना चाहिए कि फिर न उठे।"

"अब घर कैसे पहुँचेंगे, वह सोचो।"

"पहले कुछ खा लें, तो सोचें।"

सामने मटर का खेत था ही, मोती उसमें घुस गया। हीरा मना करता रहा, पर उसने एक न सुनी। अभी दो-चार ग्रास ही खाये थे कि आदमी लाठियाँ लिए दौड़ पड़े, और दोनों मित्रों को घेर लिया, हीरा तो मेड़ पर था, निकल गया। मोती सींचे

हुए खेत में था। उसके खुर कीचड़ में धँसने लगे। न भाग सका। पकड़ लिया। हीरा ने देखा, संगी संकट में है, तो लौट पड़ा। फँसेंगे तो दोनों फँसेंगे। रखवालों ने उसे भी पकड़ लिया।

प्रातःकाल दोनों मित्र काँजीहौस में बंद कर दिए गए।

दोनों मित्रों को जीवन में पहली बार ऐसा साबिका पड़ा कि सारा दिन बीत गया और खाने को एक तिनका भी न मिला। समझ ही में न आता था, यह कैसा स्वामी है। इससे तो गया फिर भी अच्छा था। यहाँ कई भैंसे थीं, कई बकरियाँ, कई घोड़े, कई गधे; पर किसी के सामने चारा न था, सब ज़मीन पर मुर्दों की तरह पड़े थे। कई तो इतने कमज़ोर हो गए थे कि खड़े भी न हो सकते थे। सारा दिन दोनों मित्र फाटक की ओर टकटकी लगाए ताकते रहते; पर कोई चारा लेकर आता न दिखाई दिया। तब दोनों ने दीवार की नमकीन मिट्टी चाटनी शुरू की, पर इससे क्या तृप्ति होती।

रात को भी जब कुछ भोजन न मिला, तो हीरा के दिल में विद्रोह की ज्वाला दहक उठी। मोती से बोला, "अब नहीं रहा जाता मोती!"

मोती ने सिर लटकाए हुए जवाब दिया, "मुझे तो मालूम होता है, प्राण निकल रहे हैं।"

"इतनी जल्द हिम्मत न हारो भाई! यहाँ से भागने का कोई उपाए निकालना चाहिए।"

"आओ दीवार तोड़ डालें।"

"मुझसे तो अब कुछ नहीं होगा।"

"बस इसी बूते पर अकड़ते थे!"

"सारी अकड़ निकल गई।"

बाड़े की दीवार कच्ची थी। हीरा मज़बूत तो था ही, अपने नुकीले सींग दीवार में गड़ा दिए और ज़ोर मारा, तो मिट्टी का एक चिप्पड़ निकल आया। फिर तो उसका साहस बढ़ा। उसने दौड़-दौड़कर दीवार पर चोटें की और हर चोट में थोड़ी-थोड़ी मिट्टी गिराने लगा।

उसी समय काँजीहौस का चौकीदार लालटेन लेकर जानवरों की हाज़िरी लेने आ निकला। हीरा का उजड्डपन देखकर उसने उसे कई डंडे रसीद किए और मोटी-सी रस्सी से बांध दिया।

मोती ने पड़े-पड़े कहा, "आख़िर मार खाई, क्या मिला?"

"अपने बूते-भर ज़ोर तो मार दिया।"

"ऐसा ज़ोर मारना किस काम का कि और बंधन में पड़ गए।"

"ज़ोर तो मारता ही जाऊँगा, चाहे कितने ही बंधन पड़ते जाएँ।"

"जान से हाथ धोना पड़ेगा।"

"कुछ परवाह नहीं। यों भी तो मरना ही है। सोचो, दीवार खुद जाती, तो कितनी जानें बच जातीं। इतने भाई यहाँ बंद हैं। किसी की देह में जान नहीं है। दो-चार दिन और यही हाल रहा, तो सब मर जाएँगे।"

"हाँ, यह बात तो है। अच्छा, तो ला, फिर मैं भी ज़ोर लगाता हूँ।"

मोती ने भी दीवार में उसी जगह सींग मारा। थोड़ी-सी मिट्टी गिरी और फिर हिम्मत बढ़ी, फिर तो वह दीवार में सींग लगाकर इस तरह ज़ोर करने लगा, मानो किसी प्रतिद्वंदी से लड़ रहा है। आख़िर कोई दो घंटे की ज़ोर-आज़माई के बाद दीवार ऊपर से लगभग एक हाथ गिर गई, उसने दूनी शक्ति से दूसरा धक्का मारा, तो आधी दीवार गिर पड़ी।

दीवार का गिरना था कि अधमरे-से पड़े हुए सभी जानवर चेत उठे। तीनों घोड़ियाँ सरपट भाग निकलीं। फिर बकरियाँ निकलीं। इसके बाद भैंसें भी खिसक गईं; पर गधे अभी तक ज्यों-के-त्यों खड़े थे।

हीरा ने पूछा, "तुम दोनों क्यों नहीं भाग जाते?"

एक गधे ने कहा, "जो कहीं फिर पकड़ लिए जाएँ।"

"तो क्या हरज है, अभी तो भागने का अवसर है।"

"हमें तो डर लगता है। हम यहीं पड़े रहेंगे।"

आधी रात से ऊपर जा चुकी थी। दोनों गधे अभी तक खड़े सोच रहे थे कि भागें या न भागें, और मोती अपने मित्र की रस्सी तोड़ने में लगा हुआ था।

जब वह हार गया, तो हीरा ने कहा, "तुम जाओ, मुझे यहीं पड़ा रहने दो, शायद कहीं भेंट हो जाए।"

मोती ने आँखों में आँसू लाकर कहा, "तुम मुझे इतना स्वार्थी समझते हो, हीरा? हम और तुम इतने दिनों एक साथ रहे हैं। आज तुम विपत्ति में पड़ गए, तो मैं तुम्हें छोड़कर अलग हो जाऊँ?"

हीरा ने कहा, "बहुत मार पड़ेगी, लोग समझ जाएँगे, यह तुम्हारी शरारत है।"

मोती गर्व से बोला, "जिस अपराध के लिए तुम्हारे गले में बंधन पड़ा, उसके लिए अगर मुझे मार पड़े, तो क्या चिंता। इतना तो हो ही गया कि नौ-दस प्राणियों की जान बच गई, वे सब तो आशीर्वाद देंगे।"

यह कहते हुए मोती ने दोनों गधों को सींगों से मार-मारकर बाड़े के बाहर निकाला और तब अपने बंधु के पास आकर सो रहा।

भोर होते ही मुंशी और चौकीदार तथा अन्य कर्मचारियों में कैसी खलबली मची, यह बताने की ज़रूरत नहीं। बस, इतना ही काफ़ी है कि मोती की ख़ूब मरम्मत हुई और उसे भी मोटी रस्सी से बाँध दिया गया।

एक सप्ताह तक दोनों मित्र वहाँ बँधे पड़े रहे। किसी ने चारे का एक तृण भी न डाला। हाँ, एक बार पानी दिखा दिया जाता था। यही उनका आधार था। दोनों इतने दुर्बल हो गए थे कि उठा तक नहीं जाता था; ठठरियाँ निकल आई थीं।

एक दिन बाड़े के सामने डुग्गी बजने लगी और दोपहर होते-होते वहाँ पचास-साठ आदमी जमा हो गए। तब दोनों मित्र निकाले गए और उनकी देखभाल होने लगी। लोग आ-आकर उनकी सूरत देखते और मन फीका करके चले जाते। ऐसे मृतक बैलों का कौन ख़रीदार होता?

सहसा एक दढ़ियल आदमी, जिसकी आँखें लाल थीं और मुद्रा अत्यन्त कठोर, आया और दोनों मित्रों के कूल्हों में उंगली गोदकर मुंशीजी से बातें करने लगा। उसका चेहरा देखकर अंतर्ज्ञान से दोनों मित्रों के दिल कांप उठे। वह कौन है और उन्हें क्यों टटोल रहा है, इस विषय में उन्हें कोई संदेह न हुआ। दोनों ने एक-दूसरे को भीत नेत्रों से देखा और सिर झुका लिया।

हीरा ने कहा, "गया के घर से नाहक भागे, अब जान न बचेगी।"

मोती ने अश्रद्धा के भाव से उत्तर दिया, "कहते हैं, भगवान् सबके ऊपर दया करते हैं, उन्हें हमारे ऊपर दया क्यों नहीं आती?"

"भगवान् के लिए हमारा मरना-जीना दोनों बराबर है। चलो, अच्छा ही है, कुछ दिन उसके पास तो रहेंगे। एक बार उस भगवान् ने उस लड़की के रूप में हमें बचाया था। क्या अब न बचाएँगे?"

"यह आदमी छुरी चलाएगा, देख लेना।"

"तो क्या चिंता है? माँस, ख़ाल, सींग, हड्डी सब किसी-न-किसी काम आ जाएँगे।"

नीलाम हो जाने के बाद दोनों मित्र उस दढ़ियल के साथ चले। दोनों की बोटी-बोटी काँप रही थी। बेचारे पाँव तक न उठा सकते थे, पर भय के मारे गिरते-पड़ते भागे जाते थे; क्योंकि वह ज़रा भी चाल धीमी हो जाने पर ज़ोर से डंडा जमा देता था।

राह में गाय-बैलों का एक रेवड़ हरे-हरे हार में चरता नज़र आया। सभी जानवर प्रसन्न थे, चिकने, चपल। कोई उछलता था, कोई आनंद से बैठा पागुर करता था कितना सुखी जीवन था इनका; पर कितने स्वार्थी हैं सब। किसी को चिंता नहीं कि उनके दो भाई बधिक के हाथ पड़े कैसे दुःखी हैं।

सहसा दोनों को ऐसा मालूम हुआ कि यह परिचित राह है। हाँ, इसी रास्ते से गया उन्हें ले गया था। वही खेत, वही बाग, वही गाँव मिलने लगे, प्रतिक्षण उनकी चाल तेज़ होने लगी। सारी थकान, सारी दुर्बलता गायब हो गई। आह! यह लो! अपना ही हार आ गया। इसी कुएँ पर हम पुर चलाने आया करते थे; यही कुआँ है।

मोती ने कहा, "हमारा घर नज़दीक आ गया।"

हीरा बोला, "भगवान् की दया है।"

"मैं तो अब घर भागता हूँ।"

"यह जाने देगा?"

"इसे मैं मार गिराता हूँ।"

"नहीं-नहीं, दौड़कर थान पर चलो। वहाँ से हम आगे न जाएँगे।"

दोनों उन्मत्त होकर बछड़ों की भांति कुलेलें करते हुए घर की ओर दौड़े। वह हमारा थान है। दोनों दौड़कर अपने थान पर आए और खड़े हो गए। दढ़ियल भी पीछे-पीछे दौड़ा चला आता था।

झूरी द्वार पर बैठा धूप खा रहा था। बैलों को देखते ही दौड़ा और उन्हें बारी-बारी से गले लगाने लगा। मित्रों की आँखों से आनन्द के आँसू बहने लगे। एक झूरी का हाथ चाट रहा था।

दढ़ियल ने जाकर बैलों की रस्सियाँ पकड़ लीं।

झूरी ने कहा, "मेरे बैल हैं।"

"तुम्हारे बैल कैसे? मैं मवेशीख़ाने से नीलाम लिए आता हूँ।"

"मैं तो समझता हूँ चुराए लिए आते हो! चुपके से चले जाओ, मेरे बैल हैं। मैं बेचूँगा तो बिकेंगे। किसी को मेरे बैल नीलाम करने का क्या इख़्तियार है?"

"जाकर थाने में रपट कर दूँगा।"

"मेरे बैल हैं। इसका सबूत यह है कि मेरे द्वार पर खड़े हैं।"

दढ़ियल झल्लाकर बैलों को ज़बरदस्ती पकड़ ले जाने के लिए बढ़ा। उसी वक़्त मोती ने सींग चलाया। दढ़ियल पीछे हटा। मोती ने पीछा किया। दढ़ियल भागा। मोती पीछे दौड़ा, गाँव के बाहर निकल जाने पर वह रुका; पर खड़ा दढ़ियल का रास्ता देख रहा था, दढ़ियल दूर खड़ा धमकियाँ दे रहा था, गालियाँ निकाल रहा था, पत्थर फेंक रहा था, और मोती विजयी शूर की भांति उसका रास्ता रोके खड़ा था। गाँव के लोग यह तमाशा देखते थे और हँसते थे।

जब दढ़ियल हारकर चला गया, तो मोती अकड़ता हुआ लौटा।

हीरा ने कहा, "मैं तो डर रहा था कि कहीं तुम गुस्से में आकर मार न बैठो।"

"अगर वह मुझे पकड़ता, तो मैं बे-मारे न छोड़ता।"

"अब न आएगा।"

"आएगा तो दूर ही से ख़बर लूँगा। देखूँ, कैसे ले जाता है।"

"जो गोली मरवा दे?"

"मर जाऊँगा, पर उसके काम न आऊँगा।"

"हमारी जान को कोई जान ही नहीं समझता।"

"इसलिए कि हम इतने सीधे हैं।"

ज़रा देर में नाँदों में खली-भूसा, चोकर और दाना भर दिया गया और दोनों मित्र खाने लगे। झूरी खड़ा दोनों को सहला रहा था और बीसों लड़के तमाशा देख रहे थे। सारे गाँव में उछाह-सा मालूम होता था।

उसी समय मालकिन ने आकर दोनों के माथे चूम लिए।

11

बड़े भाई साहब

मेरे भाई साहब मुझसे पाँच साल बड़े थे, लेकिन केवल तीन दर्जे आगे। उन्होंने भी उसी उम्र में पढ़ना शुरू किया था, जब मैंने शुरू किया। लेकिन तालीम जैसे महत्त्व के मामले में वह जल्दबाज़ी से काम लेना पसंद न करते थे। इस भावना की बुनियाद ख़ूब मज़बूत डालना चाहते थे, जिस पर आलीशान महल बन सके। एक साल का काम दो साल में करते थे। कभी-कभी तीन साल भी लग जाते थे। बुनियाद ही पुख़्ता न हो तो मकान कैसे पायेदार बने!

मैं छोटा था, वह बड़े थे। मेरी उम्र नौ साल की थी, वह चौदह साल के थे। उन्हें मेरी तम्बीह और निगरानी का पूरा और जन्मसिद्ध अधिकार था और मेरी शालीनता इसी में थी कि उनके हुक्म को क़ानून समझूँ।

वह स्वभाव से बड़े अध्ययनशील थे। हरदम किताब खोले बैठे रहते और शायद दिमाग़ को आराम देने के लिए कभी कापी पर, कभी किताब के हाशियों पर चिड़ियों, कुत्तों, बिल्लियों की तस्वीरें बनाया करते थे। कभी-कभी एक ही नाम या शब्द या वाक्य दस-बीस बार लिख डालते। कभी एक शेर को बार-बार सुंदर अक्षरों में नकल करते। कभी ऐसी शब्द-रचना करते, जिसमें न कोई अर्थ होता, न कोई सामंजस्य। मसलन, एक बार उनकी कापी पर मैंने यह इबारत देखी—स्पेशल, अमीना, भाइयों-भाइयों, दरअसल, भाई-भाई, राधेश्याम, श्रीयुत राधेश्याम, एक घंटे तक,

इसके बाद एक आदमी का चेहरा बना हुआ था। मैंने बहुत चेष्टा की कि इस पहेली का कोई अर्थ निकालूँ, लेकिन असफल रहा, और उनसे पूछने का साहस न हुआ। वह नवीं जमात में थे, मैं पाँचवीं में। उनकी रचनाओं को समझना मेरे लिए छोटा मुँह बड़ी बात थी।

मेरा जी पढ़ने में बिल्कुल न लगता था। एक घंटा भी किताब लेकर बैठना पहाड़ था। मौका पाते ही होस्टल से निकलकर मैदान में आ जाता और कभी कंकरियाँ उछालता, कभी काग़ज़ की तितलियाँ उड़ाता और कहीं कोई साथी मिल गया, तो पूछना ही क्या। कभी चारदीवारी पर चढ़कर नीचे कूद रहे हैं, कभी फाटक पर सवार, उसे आगे-पीछे चलाते हुए मोटरकार का आनंद उठा रहे हैं, लेकिन कमरे में आते ही भाई साहब का वह रौद्र-रूप देखकर प्राण सूख जाते। उनका पहला सवाल यह होता, "कहाँ थे?" हमेशा यही सवाल, इसी ध्वनि में हमेशा पूछा जाता था और इसका जवाब मेरे पास केवल मौन था। न जाने मेरे मुँह से यह बात क्यों न निकलती थी कि ज़रा बाहर खेल रहा था। मेरा मौन कह देता था कि मुझे अपना अपराध स्वीकार है और भाई साहब के लिए इसके सिवा और कोई इलाज न था कि स्नेह और रोष से मिले हुए शब्दों में मेरा सत्कार करें।

"इस तरह अँग्रेज़ी पढ़ोगे, तो ज़िंदगी भर पढ़ते रहोगे और हर्फ़ न आएगा। अँग्रेज़ी पढ़ना कोई हँसी-खेल नहीं है कि जो चाहे, पढ़ ले, नहीं तो 'ऐरा-ग़ैरा नत्थू-ख़ैरा' सभी अँग्रेज़ी के विद्वान हो जाते। यहाँ रात-दिन आँखें फोड़नी पड़ती हैं और ख़ून जलाना पड़ता है, तब कहीं यह विद्या आती है। और आती क्या है, हाँ कहने को आ जाती है। बड़े-बड़े विद्वान भी शुद्ध अँग्रेज़ी नहीं लिख सकते, बोलना तो दूर रहा और मैं कहता हूँ, तुम कितने घोंघा हो कि मुझे देखकर भी सबक नहीं लेते। मैं कितनी मेहनत करता हूँ, यह तुम अपनी आँखों से देखते हो, अगर नहीं देखते, तो यह तुम्हारी आँखों का कसूर है, तुम्हारी बुद्धि का कसूर है। इतने मेले-तमाशे होते हैं, मुझे तुमने कभी देखने जाते देखा है? रोज़ ही क्रिकेट और हाकी-मैच होते हैं। मैं पास नहीं फटकता। हमेशा पढ़ता रहता हूँ। उस पर भी एक-एक दर्जे में दो-दो, तीन-तीन साल पड़ा हूँ, फिर भी तुम कैसे आशा करते हो कि तुम यों खेल-कूद में वक़्त गँवाकर पास हो जाओगे? मुझे तो दो तीन साल ही लगते हैं, तुम उम्र-भर इसी दर्जे में पड़े सड़ते रहोगे। अगर तुम्हें इस तरह उम्र गँवानी है, तो बेहतर है घर चले जाओ और मज़े से गुल्ली-डंडा खेलो। दादा की गाढ़ी कमाई के रुपये क्यों बरबाद करते हो?"

मै यह लताड़ सुनकर आँसू बहाने लगता। जवाब ही क्या था। अपराध तो मैंने किया, लताड़ कौन सहे? भाई साहब उपदेश की कला में निपुण थे। ऐसी-ऐसी लगती बातें, ऐसे-ऐसे सूक्ति-बाण चलाते कि मेरे जिगर के टुकड़े-टुकड़े हो जाते और हिम्मत टूट जाती। इस तरह जान तोड़कर मेहनत करने की शक्ति मैं अपने में न पाता था और उस निराशा में ज़रा देर के लिए मैं सोचने लगता–'क्यों न घर चला जाऊँ। जो काम मेरे बूते के बाहर है, उसमें हाथ डालकर क्यों अपनी ज़िंदगी ख़राब करूँ।' मुझे अपना मूर्ख रहना मंज़ूर था, लेकिन उतनी मेहनत! मुझे तो चक्कर आ जाता था लेकिन घंटे-दो-घंटे के बाद निराशा के बादल छँट जाते और मैं इरादा करता कि आगे से ख़ूब जी लगाकर पढ़ूँगा। चटपट एक टाइमटेबिल बना डालता। बिना पहले से नक्शा बनाए, कोई स्कीम तैयार किए काम कैसे शुरू करूँ। टाइमटेबिल में खेलकूद की मद बिल्कुल उड़ जाती। प्रातःकाल उठना, छः बजे मुँह-हाथ धो, नाश्ता कर, पढ़ने बैठ जाना। छः से आठ तक अँग्रेज़ी, आठ से नौ तक हिसाब, नौ से साढ़े नौ तक इतिहास, फिर भोजन और स्कूल। साढ़े तीन बजे स्कूल से वापस होकर आध घंटा आराम, चार से पाँच तक भूगोल, पाँच से छः तक ग्रामर, आध घंटा होस्टल के सामने ही टहलना, साढ़े छः से सात तक अँग्रेज़ी कंपोज़ीशन, फिर भोजन करके आठ से नौ तक अनुवाद, नौ से दस तक हिंदी, दस से ग्यारह तक विविध विषय, फिर विश्राम।

मगर टाइमटेबिल बना लेना एक बात है, उस पर अमल करना दूसरी बात। पहले ही दिन उसकी अवहेलना शुरू हो जाती। मैदान की वह सुखद हरियाली, हवा के हल्के-हल्के झोंके, फुटबाल की तरह उछलकूद, कबड्डी के वह दाँव-घात, वालीबाल की वह तेज़ी और फ़ुर्ती, मुझे अज्ञात और अनिवार्य रूप से खींच ले जाती और वहाँ जाते ही मैं सब भूल जाता। वह जानलेवा टाइमटेबिल, वह आंखफोड़ पुस्तकें किसी को याद न रहतीं और साहब को नसीहत और फ़ज़ीहत का अवसर मिल जाता। मैं उनके साये से भागता, उनकी आँखों से दूर रहने की चेष्टा करता, कमरे में इस तरह दबे पाँव आता कि उन्हें ख़बर न हो। उनकी नज़र मेरी ओर उठी और मेरे प्राण निकले। हमेशा सिर पर एक नंगी तलवार-सी लटकती मालूम होती। फिर भी जैसे मौत और विपत्ति के बीच भी आदमी मोह और माया के बंधन में जकड़ा रहता है, मैं फटकार और घुड़कियाँ खाकर भी खेल-कूद का तिरस्कार न कर सकता।

सालाना इम्तहान हुआ। भाई साहब फेल हो गए, मैं पास हो गया और दर्जे में प्रथम आया। मेरे और उनके बीच में केवल दो दर्जे का अंतर रह गया। जी में आया, भाई साहब को आड़े हाथों लूँ–'आपकी वह घोर तपस्या कहाँ गई? मुझे देखिए, मज़े से खेलता भी रहा और दर्जे में अव्वल भी हूँ।' लेकिन वह इतने दुखी और उदास थे कि मुझे उनसे दिली हमदर्दी हुई और उनके घाव पर नमक छिड़कने का विचार ही लज्जास्पद जान पड़ा। हाँ, अब मुझे अपने ऊपर कुछ अभिमान हुआ और आत्मसम्मान भी बढ़ा। भाई साहब का वह रौब मुझ पर न रहा। आज़ादी से खेल-कूद में शरीक होने लगा। दिल मज़बूत था। अगर उन्होंने फिर फ़ज़ीहत की, तो साफ़ कह दूँगा, "आपने अपना ख़ून जलाकर कौन-सा तीर मार लिया। मैं तो खेलते-कूदते दर्जे में अव्वल आ गया।" ज़ुबान से यह हेकड़ी जताने का साहस न होने पर भी मेरे रंग-ढंग से साफ़ ज़ाहिर होता था कि भाई साहब का वह आतंक अब मुझ पर नहीं था।

भाई साहब ने इसे भाँप लिया। उनकी सहज-बुद्धि बड़ी तीव्र थी और एक दिन जब मैं भोर का सारा समय गुल्ली-डंडे की भेंट करके ठीक भोजन के समय लौटा, तो भाई साहब ने मानो तलवार खींच ली और मुझ पर टूट पड़े, "देखता हूँ, इस साल पास हो गए और दर्जे में अव्वल आ गए, तो तुम्हें दिमाग़ हो गया है। मगर भाईजान! घमंड तो बड़े-बड़े का नहीं रहा, तुम्हारी क्या हस्ती है? इतिहास में रावण का हाल तो पढ़ा ही होगा। उसके चरित्र से तुमने कौन-सा उपदेश लिया? या यों ही पढ़ गए? महज़ इम्तहान पास कर लेना कोई चीज़ नहीं, असल चीज़ है बुद्धि का विकास। जो कुछ पढ़ो, उसका अभिप्राय समझो। रावण भूमंडल का स्वामी था। ऐसे राजाओं को चक्रवर्ती कहते हैं। आजकल अँग्रेज़ों के राज्य का विस्तार बहुत बढ़ा हुआ है, पर इन्हें चक्रवर्ती नहीं कह सकते। संसार में अनेकों राष्ट्र अँग्रेज़ों का आधिपत्य स्वीकार नहीं करते, बिल्कुल स्वाधीन हैं। रावण चक्रवर्ती राजा था, संसार के सभी महीप उसे कर देते थे। बड़े-बड़े देवता उसकी गुलामी करते थे। आग और पानी के देवता भी उसके दास थे, मगर उसका अंत क्या हुआ? घमंड ने उसका नाम-निशान तक मिटा दिया, कोई उसे एक चुल्लू पानी देनेवाला भी न बचा। आदमी और जो कुकर्म चाहे करे, पर अभिमान न करे, इतराए नहीं। अभिमान किया, और दीन-दुनिया दोनों से गया। शैतान का हाल भी पढ़ा ही होगा। उसे यह अभिमान हुआ था कि ख़ुदा का उससे बढ़कर सच्चा बंदा कोई है ही नहीं! अंत में यह हुआ कि जन्नत

से दोज़ख़ में ढकेल दिया गया। शाहे रूम ने भी एक बार अहंकार किया था। भीख माँग-माँगकर मर गया।

"तुमने तो अभी केवल एक दर्जा पास किया है और अभी से तुम्हारा सिर फिर गया। तब तो तुम आगे पढ़ चुके। यह समझ लो कि तुम अपनी मेहनत से नहीं पास हुए, अंधे के हाथ बटेर लग गई। मगर बटेर केवल एक बार हाथ लग सकती है, बार-बार नहीं। कभी-कभी गुल्ली-डंडे में भी अँधा-चोट निशाना पड़ जाता है। इससे कोई सफल खिलाड़ी नहीं हो जाता। सफल खिलाड़ी वह है, जिसका कोई निशाना ख़ाली न जाए। मेरे फेल होने पर मत जाओ। मेरे दर्जे में आओगे, तो दाँतों पसीना आ जाएगा जब अलजबरा और ज्योमेट्री के लोहे के चने चबाने पड़ेंगे और इंगलिस्तान का इतिहास पढ़ना पड़ेगा। बादशाहों के नाम याद रखना आसान नहीं। आठ-आठ हेनरी ही गुज़रे हैं। कौन-सा कांड किस हेनरी के समय में हुआ, क्या यह याद कर लेना आसान समझते हो? हेनरी सातवें की जगह हेनरी आठवाँ लिखा और सब नंबर ग़ायब, सफाचट। सिफ़र भी ना मिलेगा, सिफ़र भी। हो किस ख़याल में? दरजनों तो जेम्स हुए हैं, दरजनों विलियम, कोड़ियों चार्ल्स। दिमाग़ चक्कर खाने लगता है। आँधी रोग हो जाता है। इन अभागों को नाम भी न जुड़ते थे। एक ही नाम के पीछे दोयम, सोयम, चहारुम, पंजुम लगाते चले गए। मुझसे पूछते तो दस लाख नाम बता देता। और ज्योमेट्री तो बस ख़ुदा की पनाह! अ ब ज की जगह अ ज ब लिख दिया और सारे नंबर कट गए। कोई इन निर्दयी मुमतहिनों से नहीं पूछता कि आख़िर अ ब ज और अ ज ब में क्या फ़र्क है, और व्यर्थ की बात के लिए क्यों छात्रों का ख़ून करते हो। दाल-भात-रोटी खाई या भात-दाल रोटी खाई, इसमें क्या रखा है? मगर इन परीक्षकों को क्या परवाह? वह तो वही देखते हैं, जो पुस्तक में लिखा है। चाहते हैं कि लड़के अक्षर-अक्षर रट डालें। और, इसी रटन्त का नाम शिक्षा रख छोड़ा है। आख़िर इन बे-सर-पैर की बातों के पढ़ने से फ़ायदा? इस रेखा पर वह लंब गिरा दो, तो आधार लंब से दुगुना होगा। पूछिए, इससे प्रयोजन? दुगुना नहीं, चौगुना हो जाए या आधा ही रहे, मेरी बला से, लेकिन परीक्षा में पास होना है, तो यह सब ख़ुराफ़ात याद करनी पड़ेगी।"

"कह दिया–'समय की पाबंदी' पर एक निबंध लिखो, जो चार पन्नों से कम न हो। अब आप कापी सामने खोले, कलम हाथ में लिए उसके नाम को रोइए। कौन नहीं जानता कि समय की पाबंदी बहुत अच्छी बात है। इससे आदमी के जीवन

में संयम आ जाता है, दूसरों का उस पर स्नेह होने लगता है और उसके कारोबार में उन्नति होती है। लेकिन इस ज़रा-सी बात पर चार पन्ने कैसे लिखें? जो बात एक वाक्य में कही जा सके, उसे चार पन्नों में लिखने की ज़रूरत? मैं तो इसे हिमाकत कहता हूँ। यह तो समय की किफ़ायत नहीं, बल्कि उसका दुरुपयोग है कि व्यर्थ में किसी बात को ठूँस दिया जाए। हम चाहते हैं, आदमी को जो कुछ कहना हो, चटपट कह दे, अपनी राह ले। मगर नहीं, आपको चार पन्ने रंगने पड़ेंगे, चाहे जैसे लिखिए। और, पन्ने भी पुरे फुलस्केप के आकार के। यह छात्रों पर अत्याचार नहीं तो और क्या है? अनर्थ तो यह है कि कहा जाता है, संक्षेप में लिखो। समय की पाबंदी पर संक्षेप में एक निबंध लिखो, जो चार पन्नों से कम न हो। ठीक! संक्षेप में तो चार पन्ने हुए, नहीं शायद सौ-दो-सौ पन्ने लिखवाते। तेज़ भी दौड़िए और धीरे-धीरे भी। उल्टी बात है या नहीं? बालक भी इतनी-सी बात समझ सकता है, लेकिन इन अध्यापकों को इतनी तमीज़ भी नहीं। उस पर दावा है कि हम अध्यापक हैं। मेरे दर्जे में आओगे लाला, तो ये सारे पापड़ बेलने पड़ेंगे और तब आटे-दाल का भाव मालूम होगा। इस दर्जे में अव्वल आ गए हो, तो ज़मीन पर पाँव नहीं रखते। इसलिए मेरा कहना मानिए। लाख फेल हो गया हूँ, लेकिन तुमसे बड़ा हूँ, संसार का मुझे तुमसे कहीं ज़्यादा अनुभव है। जो कहता हूँ, उसे गिरह बाँधिए, नहीं तो पछताइएगा।"

स्कूल का समय निकट था, नहीं तो ईश्वर जाने यह उपदेश-माला कब समाप्त होती? भोजन आज मुझे निःस्वाद-सा लग रहा था। जब पास होने पर यह तिरस्कार हो रहा है, तो फेल हो जाने पर शायद प्राण ही ले लिए जाएँ। भाई साहब ने अपने दर्जे की पढ़ाई का जो भयंकर चित्र खींचा था, उसने मुझे भयभीत कर दिया। स्कूल छोड़कर घर नहीं भागा, यही ताज्जुब है, लेकिन इतने तिरस्कार पर भी पुस्तकों में मेरी अरुचि ज्यों-की-त्यों बनी रही। खेल-कूद का कोई अवसर हाथ से न जाने देता। पढ़ता भी, मगर बहुत कम, बस इतना ही कि रोज़ का टास्क पूरा हो जाए और दर्जे में ज़लीज न होना पड़े। अपने ऊपर जो विश्वास पैदा था, वह फिर लुप्त हो गया और फिर चोरों का-सा जीवन कटने लगा।

फिर सालाना इम्तहान हुआ, और कुछ ऐसा संयोग हुआ कि मैं फिर पास हुआ और बड़े भाई साहब फेल हो गए। मैंने बहुत मेहनत नहीं की, पर न जाने कैसे दर्जे में

अव्वल आ गया। मुझे ख़ुद अचरज हुआ। भाई साहब ने प्राणांतक परिश्रम किया। कोर्स का एक-एक शब्द चाट गए थे। दस बजे रात तक इधर, चार बजे भोर से उधर, छः से साढ़े नौ तक स्कूल जाने के पहले। मुद्रा कांतिहीन हो गई थी, मगर बेचारे फेल हो गए। मुझे उन पर दया आती थी। नतीजा सुनाया गया, तो वह रो पड़े और मैं भी रोने लगा। अपने पास होने की ख़ुशी आधी हो गई। मैं भी फेल हो गया होता, तो भाई साहब को इतना दुख़ न होता, लेकिन विधि की बात कौन टाले।

मेरे और भाई साहब के बीच में अब केवल एक दर्जे का अंतर और रह गया। मेरे मन में एक कुटिल भावना उदय हुई कि कहीं भाई साहब एक साल और फेल हो जाएँ, तो मैं उनके बराबर हो जाऊँ। फिर वह किस आधार पर मेरी फ़ज़ीहत कर सकेंगे, लेकिन मैंने इस कमीने विचार को दिल से बलपूर्वक निकाल डाला। आख़िर वह मुझे मेरे हित के विचार से ही तो डाँटते हैं। मुझे इस वक़्त अप्रिय लगते हैं अवश्य, मगर वह शायद उनके उपदेशों का ही असर हो कि मैं दनादन पास हो जाता हूँ और इतने अच्छे नंबरों से।

अब भाई साहब बहुत कुछ नरम पड़ गए थे। कई बार मुझे डाँटने का अवसर पाकर भी उन्होंने धीरज से काम लिया। शायद अब वह ख़ुद समझने लगे थे कि मुझे डाँटने का अधिकार उन्हें नहीं रहा या रहा भी तो बहुत कम। मेरी स्वच्छंदता भी बढ़ी। मैं उनकी सहिष्णुता का अनुचित लाभ उठाने लगा। मुझे कुछ ऐसी धारणा हुई कि मैं पास हो ही जाऊँगा। पढ़ूँ या न पढ़ूँ, मेरी तक़दीर बलवान है। इसलिए भाई साहब के डर से जो थोड़ा-बहुत पढ़ लिया करता था, वह भी बंद हुआ। मुझे कनकौवे उड़ाने का नया शौक पैदा हो गया था और अब सारा समय पतंगबाज़ी की ही भेंट होता था, फिर भी मैं भाई साहब का अदब करता था, और उनकी नज़र बचाकर कनकौवे उड़ाता था। माँझा देना, कन्ने बाँधना, पतंग टूर्नामेंट की तैयारियाँ आदि समस्याएँ सब गुप्त रूप से हल की जाती थीं। मैं भाई साहब को यह संदेह न करने देना चाहता था कि उनका सम्मान और लिहाज़ मेरी नज़रों में कम हो गया है। एक दिन संध्या समय, होस्टल से दूर मैं एक कनकौआ लूटने बेतहाशा दौड़ा जा रहा था। आँखें आसमान की ओर थीं और मन उस आकाशगामी पथिक की ओर, जो मंद गति से झूमता पतन की ओर चला आ रहा था, मानो कोई आत्मा स्वर्ग से निकलकर विरक्त मन से नए संस्कार ग्रहण करने आ रही हो। बालकों की पूरी सेना लग्गे और झाड़दार बाँस लिए उसका स्वागत करने को दौड़ी आ रही थी। किसी को

अपने आगे-पीछे की ख़बर न थी। सभी उस पतंग के साथ ही आकाश में उड़ रहे थे, जहाँ सब कुछ समतल है, न मोटरकार है, न ट्राम, न गाड़ियाँ।

सहसा भाई साहब से मेरी मुठभेड़ हो गई, जो शायद बाज़ार से लौट रहे थे। उन्होंने वहीं हाथ पकड़ लिया और उग्र भाव से बोले, "इन बाज़ारी लड़कों के साथ धेले के कनकौवे के लिए दौड़ते हुए तुम्हें शर्म नहीं आती? तुम्हें इसका भी कुछ लिहाज़ नहीं कि अब नीची जमात में नहीं हो, बल्कि आठवीं जमात में आ गए हो और मुझसे केवल एक दर्जा नीचे हो। आख़िर आदमी को कुछ तो अपनी पोज़ीशन का ख़याल करना चाहिए। एक ज़माना था कि लोग आठवाँ दर्जा पास करके नायब तहसीलदार हो जाते थे। मैं कितने ही मिडिलचियों को जानता हूँ, जो आज अव्वल दर्जे के डिप्टी मैजिस्ट्रेट या सुपरिंटेंडेंट हैं। कितने ही आठवीं जमात वाले हमारे लीडर और समाचारपत्रों के सम्पादक हैं। बड़े-बड़े विद्वान उनकी मातहती में काम करते हैं। और, तुम उसी आठवें दर्जे में आकर बाज़ारी लड़कों के साथ कनकौवे के लिए दौड़ रहे हो? मुझे तुम्हारी इस कमअक्ली पर दुख होता है। तुम ज़हीन हो, इसमें शक नहीं, लेकिन वह ज़ेहन किस काम का, जो हमारे आत्म-गौरव की हत्या कर डाले। तुम अपने दिल में समझते होगे, मैं भाई साहब से महज़ एक दर्जा नीचे हूँ, और अब उन्हें मुझको कुछ कहने का हक नहीं, लेकिन यह तुम्हारी ग़लती है। तुमसे पाँच साल का अंतर है, उसे तुम क्या, ख़ुदा भी नहीं मिटा सकता। मैं तुमसे पाँच साल बड़ा हूँ और हमेशा रहूँगा। मुझे दुनिया का और ज़िंदगी का जो तजुर्बा है, तुम उसकी बराबरी नहीं कर सकते, चाहे तुम एम.ए. और डी.लिट्. और डी.फिल. ही क्यों न हो जाओ। समझ किताबें पढ़ने से नहीं आती, दुनिया देखने से आती हैं।

हमारी अम्मा ने कोई दर्जा नहीं पास किया और दादा भी शायद पाँचवीं-छठी जमात के आगे नहीं गए, लेकिन हम दोनों चाहे सारी दुनिया की विद्या पढ़ लें, अम्मा और दादा को हमें समझाने और सुधारने का अधिकार हमेशा रहेगा। केवल इसलिए नहीं कि वे हमारे जन्मदाता हैं, बल्कि इसलिए कि उन्हें दुनिया का हमसे ज़्यादा तजुर्बा है और रहेगा। अमेरिका में किस तरह की राज-व्यवस्था है और आठवें हेनरी ने कितने ब्याह किए और आकाश में कितने नक्षत्र हैं, ये बातें चाहे उन्हें न मालूम हों, लेकिन हज़ारों ऐसी बातें हैं, जिनका ज्ञान उन्हें हमसे और तुमसे ज़्यादा है। देव न करे, आज मैं बीमार हो जाऊँ, तो तुम्हारे हाथ-पाँव फूल जाएँगे। दादा को तार देने के सिवा तुम्हें और कुछ न सूझेगा, लेकिन तुम्हारी जगह दादा हों, तो

किसी को तार न दें, न घबराएँ, न बदहवास हों। पहले ख़ुद मर्ज़ पहचानकर इलाज करेंगे, उसमें सफल न हुए तो किसी डाक्टर को बुलाएँगे। बीमारी तो ख़ैर बड़ी चीज़ है। हम तुम तो इतना भी नहीं जानते कि महीने भर का ख़र्च महीना भर कैसे चले। जो कुछ दादा भेजते हैं, उसे हम बीस-बाइस तक ख़र्च कर डालते हैं, और फिर पैसे-पैसे को मुहताज हो जाते हैं। नाश्ता बंद हो जाता है, धोबी और नाई से मुँह चुराने लगते हैं, लेकिन जितना आज हम और तुम ख़र्च कर रहे हैं, उसके आधे में दादा ने अपनी उम्र का बड़ा भाग इज़्ज़त और नेकनामी के साथ निभाया है और कुटुम्ब का पालन किया है, जिसमें बस मिलाकर नौ आदमी थे।

अपने हेडमास्टर साहब ही को देखो। एम.ए. हैं कि नहीं और, यहाँ के एम.ए. नहीं, ऑक्सफ़ोर्ड के। एक हज़ार रुपये पाते हैं, लेकिन उनके घर का इंतज़ाम कौन करता है? उनकी बूढ़ी माँ। हेडमास्टर साहब की डिग्री यहाँ बेकार हो गई। पहले ख़ुद घर का इंतज़ाम करते थे। ख़र्च पूरा न पड़ता था। कर्ज़दार रहते थे। जब से उनकी माताजी ने प्रबंध अपने हाथ में लिया है, जैसे घर में लक्ष्मी आ गई है। तो भाईजान! यह गुरूर दिल से निकाल डालो कि तुम मेरे समीप आ गए हो और अब स्वतंत्र हो। मेरे देखते तुम बेराह न चलने पाओगे। अगर तुम यों न मनोगे, तो मैं (थप्पड़ दिखाकर) इसका प्रयोग भी कर सकता हूँ। मैं जानता हूँ तुम्हें मेरी बातें ज़हर लग रही हैं..."

मैं उनकी इस नई युक्ति से नतमस्तक हो गया। मुझे आज सचमुच अपनी लघुता का अनुभव हुआ और भाई साहब के प्रति मेरे मन में श्रद्धा उत्पन्न हुई। मैंने सजल आँखों से कहा, "हरगिज़ नहीं! आप जो फ़रमा रहे हैं, वह बिल्कुल सच है और आपको उसको कहने का अधिकार है।"

भाई साहब ने मुझे गले लगा लिया और बोले, "मैं कनकौवे उड़ाने को मना नहीं करता। मेरा भी जी ललचाता है, लेकिन करूँ क्या, ख़ुद बेराह चलूँ, तो तुम्हारी रक्षा कैसे करूँ? यह कर्तव्य भी तो मेरे सिर है!"

संयोग से उसी वक़्त एक कटा हुआ कनकौआ हमारे ऊपर से गुज़रा। उसकी डोर लटक रही थी। लड़कों का एक गोल पीछे-पीछे दौड़ा चला आता था। भाई साहब लंबे हैं ही! उछलकर उसकी डोर पकड़ ली और बेतहाशा होस्टल की तरफ़ दौड़े। मैं भी पीछे-पीछे दौड़ा।

12

घरजमाई

हरिधन जेठ की दुपहरी में ऊख में पानी देकर आया और बाहर बैठा रहा। घर में से धुआँ उठता नज़र आता था। 'छन-छन' की आवाज़ भी आ रही थी। उसके दोनों साले उसके बाद आए और घर में चले गए। दोनों सालों के लड़के भी आए और उसी तरह अंदर दाख़िल हो गए, पर हरिधन अंदर न जा सका। इधर एक महीने से उसके साथ यहाँ जो बर्ताव हो रहा था और विशेषकर कल उसे जैसी फटकार सुननी पड़ी थी, वह उसके पाँव में बेड़ियों-सी डाले हुए था। कल उसकी सास ही ने तो कहा था, "मेरा जी तुमसे भर गया; मैं तुम्हारा ज़िंदगी भर का ठीका लिए बैठी हूँ क्या?" और सबसे बढ़कर अपनी स्त्री की निठुरता ने उसके हृदय के टुकड़े कर दिए थे। वह बैठी यह फटकार सुनती रही, पर एक बार भी तो उसके मुँह से न निकला, "अम्मा! तुम क्यों इनका अपमान कर रही हो?" बैठी गट-गट सुनती रही; शायद मेरी दुर्गति पर ख़ुश हो रही थी। इस घर में वह कैसे जाए? क्या फिर वही गालियाँ खाने, वही फटकार सुनने के लिए? और आज इस घर में जीवन के दस साल गुज़र जाने पर यह हाल हो रहा है। मैं किसी से कम काम करता हूँ क्या? दोनों साले मीठी नींद सोते रहते हैं और मैं बैलों को सानी-पानी देता हूँ, छाँटी काटता हूँ। वहाँ सब लोग पल-पल पर चिलम पीते हैं, मैं आँखें बंद किए अपने काम

में लगा रहता हूँ। संध्या समय घर वाले गाने-बजाने चले जाते हैं, मैं घड़ी रात तक गायें-भैंसें दुहता रहता हूँ। उसका यह पुरस्कार मिल रहा है कि कोई खाने को भी नहीं पूछता। उल्टे गालियाँ मिलती हैं।

उसकी स्त्री गुमानी घर में से डोल लेकर निकली और बोली, "ज़रा इसे कुएँ से खींच लो। एक बूँद पानी नहीं है।"

हरिधन ने डोल लिया और कुएँ से पानी भर लाया। उसे ज़ोर की भूख लगी हुई थी। समझा अब खाने को बुलाने आवेगी, मगर स्त्री डोल लेकर अंदर गई, तो वहीं की हो रही। हरिधन थका-माँदा क्षुधा से व्याकुल पड़ा-पड़ा सो गया।

सहसा उसकी स्त्री ने आकर उसे जगाया।

हरिधन ने पड़े-पड़े कहा, "क्या है? क्या पड़ा भी न रहने देगी या और पानी चाहिए?'

गुमानी कटु स्वर में बोली, "गुर्राते क्या हो, खाने को तो बुलाने आई हूँ।"

हरिधन ने देखा, उसके दोनों साले और बड़े साले के दोनों लड़के भोजन किए चले आ रहे थे। उसकी देह में आग लग गई। मेरी अब यह नौबत पहुँच गई कि इन लोगों के साथ बैठकर खा भी नहीं सकता। ये लोग मालिक हैं। मैं इनकी जूठी थाली चाटने वाला हूँ। मैं इनका कुत्ता हूँ, जिसे खाने के बाद एक टुकड़ा रोटी डाल दी जाती है। यही घर है, जहाँ आज से दस साल पहले उसका कितना आदर-सत्कार होता था। साले गुलाम बने रहते थे। सास मुँह जोहती रहती थी। स्त्री पूजा करती थी। तब उसके पास रुपए थे, जायदाद थी। अब वह दरिद्र है, उसकी सारी जायदाद को इन्हीं लोगों ने कूड़ा कर दिया। अब उसे रोटियों के भी लाले हैं। उसके जी में एक ज्वाला-सी उठी कि उसी वक़्त अंदर जाकर सास को और सालों को भिगो-भिगोकर लगाए, पर ज़ब्त करके रह गया। पड़े-पड़े बोला, "मुझे भूख नहीं है। आज न खाऊँगा।

गुमानी ने कहा, "न खाओगे मेरी बला से, हाँ नहीं तो! खाओगे, तुम्हारे ही पेट में जाएगा, कुछ मेरे पेट में थोड़े ही चला जाएगा।"

हरिधन का क्रोध आँसू बन गया। यह मेरी स्त्री है, जिसके लिए मैने अपना सर्वस्व मिट्टी में मिला दिया। मुझे उल्लू बनाकर यह सब निकाल देना चाहते हैं। वह अब कहाँ जाए? क्या करे?

उसकी सास आकर बोली, "चलकर खा क्यों नहीं लेते जी, रूठते किस पर हो? यहाँ तुम्हारे नख़रे सहने का किसी में बूता नहीं है। जो देते हो, वह मत देना और क्या करोगे। तुमसे बेटी ब्याही है, कुछ तुम्हारी ज़िंदगी का ठीका नहीं लिया है।"

हरिधन ने मर्माहत होकर कहा, "हाँ अम्मा! मेरी भूल थी कि मैं यही समझ रहा था। अब मेरे पास क्या है कि तुम मेरी ज़िंदगी का ठीका लोगी। जब मेरे पास भी धन था, तब सब कुछ आता था। अब दरिद्र हूँ, तुम क्यों बात पूछोगी।"

बूढ़ी सास भी मुँह फुलाकर भीतर चली गई।

बच्चों के लिए बाप एक फ़ालतू-सी चीज़, एक विलास की वस्तु है। जैसे घोड़े के लिए चने या बाबुओं के लिए मोहनभोग। माँ रोटी-दाल है। मोहनभोग उम्र-भर न मिले, तो किसका नुकसान है, मगर एक दिन रोटी-दाल के दर्शन न हों, तो फिर देखिए क्या हाल होता है। पिता के दर्शन कभी-कभी शाम-सवेरे हो जाते हैं, वह बच्चे को उछालता है, दुलारता है, कभी गोद में लेकर या उँगली पकड़कर सैर कराने ले जाता है और बस, यही उसके कर्तव्य की इति है। वह परदेश चला जाए, बच्चे को परवाह नहीं होती, लेकिन माँ तो बच्चे का सर्वस्व है। बालक एक मिनट के लिए भी उसका वियोग नहीं सह सकता। पिता कोई हो, उसे परवाह नहीं, केवल एक उछलने-कूदने वाला आदमी होना चाहिए, लेकिन माता तो अपनी ही होनी चाहिए, सोलहों आने अपनी, वही रूप, वही रंग, वही प्यार, वही सब कुछ। वह अगर नहीं है, तो बालक के जीवन का स्रोत मानो सूख जाता है, फिर वह शिव का नंदी है, जिस पर फूल या जल चढ़ाना लाज़मी नहीं, इख़्तियारी है। हरिधन की माता का आज दस साल हुए देहांत हो गया था, उस वक़्त उसका विवाह हो चुका था। वह सोलह साल का कुमार था। पर माँ के मरते ही उसे मालूम हुआ, मैं कितना निस्सहाय हूँ। जैसे उस घर पर उसका कोई अधिकार ही न रहा हो। बहनों के विवाह हो चुके थे। भाई कोई दूसरा न था। बेचारा अकेले घर में जाते भी डरता था। माँ के लिए रोता था, पर माँ की परछाईं से डरता था। जिस कोठरी में उसने देह त्याग किया था, उधर वह आँखें तक न उठाता। घर में एक बुआ थी, वह हरिधन को बहुत दुलार करती। हरिधन को अब दूध ज़्यादा मिलता, काम भी कम करना पड़ता। बुआ बार-बार पूछती, "बेटा! कुछ खाओगे?" बाप भी अब उसे प्यार करता, उसके लिए अलग एक गाय मँगवा दी। कभी-कभी उसे कुछ पैसे दे देता कि जैसे चाहे ख़र्च करे। पर इन मरहमों से

वह घाव न पूरा होता था, जिसने उसकी आत्मा को आहत कर दिया था। यह दुलार और उसे बार-बार माँ की याद दिलाता। माँ की घुड़कियों में जो मज़ा था, वह क्या इस दुलार में था? माँ से माँगकर, लड़कर, ठुनककर, रूठकर लेने में जो आनंद था, वह क्या इस भिक्षादान में था? पहले वह स्वस्थ था, माँगकर खाता, लड़-लड़कर खाता। अब वह बीमार था, अच्छे-से-अच्छे पदार्थ उसे दिए जाते थे, पर भूख न थी।

साल भर-तक वह इस दशा में रहा। फिर दुनिया बदल गई। एक नई स्त्री जिसे लोग उसकी माता कहते थे, उसके घर में आई और देखते-देखते एक काली घटा की तरह उसके संकुचित भूमंडल पर छा गई। सारी हरियाली, सारे प्रकाश पर अंधकार का पर्दा पड़ गया। हरिधन ने इस नकली माँ से बात तक न की, कभी उसके पास गया तक नहीं। एक दिन घर से निकला और ससुराल चला आया।

बाप ने बार-बार बुलाया, पर उनके जीते-जी वह फिर उस घर में न गया। जिस दिन उसके पिता के देहांत की सूचना मिली, उसे एक प्रकार का ईर्ष्यामय हर्ष हुआ। उसकी आँखों से आँसू की एक बूँद भी न आई।

इस नए संसार में आकर हरिधन को एक बार फिर मातृ-स्नेह का आनंद मिला। उसकी सास ने ऋषि-वरदान की भाँति उसके शून्य जीवन को विभूतियों से परिपूर्ण कर दिया। मरूभूमि में हरियाली उत्पन्न हो गई। सालियों की चुहल में, सास के स्नेह में, सालों के वाक्-विलास में और स्त्री के प्रेम में उसके जीवन की सारी आकांक्षाएँ पूरी हो गईं। सास कहती, "बेटा, तुम इस घर को अपना ही समझो, तुम्हीं मेरी आँखों के तारे हो।" वह उससे अपने लड़कों की, बहुओं की शिकायत करती। वह दिल में समझता था, सास जी मुझे अपने बेटों से भी ज़्यादा चाहती हैं। बाप के मरते ही वह घर गया और अपने हिस्से की जायदाद को कूड़ा करके रुपयों की थैली लिए हुए आ गया। अब उसका दूना आदर-सत्कार होने लगा। उसने अपनी सारी संपत्ति सास के चरणों पर अर्पण करके अपने जीवन को सार्थक कर दिया। अब तक उसे कभी-कभी घर की याद आ जाती थी। अब भूलकर भी उसकी याद न आती, मानो वह उसके जीवन का कोई भीषण कांड था, जिसे भूल जाना ही उसके लिए अच्छा था। वह सबसे पहले उठता, सबसे ज़्यादा काम करता, उसका मनोयोग, उसका परिश्रम देखकर गाँव के लोग दाँतों तले उँगली दबाते थे। उसके ससुर का भाग बखांते, जिसे ऐसा दामाद मिल गया, लेकिन ज्यों-ज्यों दिन गुज़रते गए, उसका मान-सम्मान घटता गया। पहले देवता था, फिर घर का आदमी, अंत में

घर का दास हो गया। रोटियों में भी बाधा पड़ गई। अपमान होने लगा। अगर घर के लोग भूखों मरते और साथ ही उसे भी मरना पड़ता, तो उसे ज़रा भी शिकायत न होती। लेकिन जब देखता, और लोग मूँछों पर ताव दे रहे हैं, केवल मैं ही दूध की मक्खी बना दिया गया हूँ, तो उसके अंतस्तल से एक लंबी, ठंडी आह निकल आती। अभी उसकी उम्र पच्चीस ही साल की तो थी। इतनी उम्र इस घर में कैसे गुज़रती? और तो और, उसकी स्त्री ने भी आँखें फेर लीं। यह उस विपत्ति का सबसे क्रूर दृश्य था।

हरिधन तो उधर भूखा-प्यासा चिंता-दाह में जल रहा था, इधर घर में सास जी और दोनों सालों में बातें हो रही थीं। गुमानी भी हाँ-में-हाँ मिलाती जाती थी।

बड़े साले ने कहा, "हम लोगों की बराबरी करते हैं। यह नहीं समझते कि किसी ने उनकी ज़िंदगी भर का बीड़ा थोड़े ही लिया है। दस साल हो गए। इतने दिनों में क्या दो-तीन हज़ार न हड़प गए होंगे?'

छोटे साले बोले, "मजूर हो तो आदमी घुड़के भी, डाँटें भी, अब इनको कोई क्या कहे। न जाने इनसे कभी पिंड छूटेगा भी या नहीं। अपने दिल में समझते होंगे, मैंने दो हज़ार रुपए दिए हैं? यह नहीं समझते कि उनके दो हज़ार कब के उड़ चुके। सवा सेर तो एक जून को चाहिए।"

सास ने गंभीर भाव से कहा, "बड़ी भारी ख़ुराक है।"

गुमानी माता के सिर से जूँ निकाल रही थी। सुलगते हुए हृदय से बोली, "निकम्मे आदमी को खाने के सिवा और काम ही क्या रहता है?"

बड़े, "खाने की कोई बात नहीं है। जिसकी जितनी भूख हो उतना खाए, लेकिन कुछ पैदा भी तो करना चाहिए। यह नहीं समझते कि पहुनई में किसी के दिन कटे हैं।"

छोटे, "मैं एक दिन कह दूँगा, अब अपनी राह लीजिए, आपका कर्ज़ा नहीं खाया है।"

गुमानी घर वालों की ऐसी-ऐसी बातें सुनकर अपने पति से द्वेष करने लगी थी। अगर वह बाहर से चार पैसे लाता, तो इस घर मैं उसका कितना मान-सम्मान होता, वह भी रानी बनकर रहती। न जाने क्यों बाहर जाकर कमाते हुए उसकी नानी

मरती है। गुमानी की मनोवृत्तियाँ अभी तक बिल्कुल बालपन की-सी थीं। उसका अपना कोई घर न था। उसी घर का हित-अहित उसके लिए भी प्रधान था। वह भी उन्हीं शब्दों में विचार करती। इस समस्या को उन्हीं आँखों से देखती जैसे उसके घर वाले देखते थे। सच तो, दो हज़ार रुपए में क्या किसी को मोल ले लेंगे? दस साल में दो हज़ार होते ही क्या हैं। दो सौ ही तो साल भर के हुए। क्या दो आदमी साल भर में दो सौ भी न खाएँगे। फिर कपड़े-लत्ते, दूध-घी, सभी कुछ तो है। दस साल हो गए एक पीतल का छल्ला नहीं बना। घर से निकलते तो जैसे इनके प्राण निकलते हैं। जानते हैं जैसे पहले पूजा होती थी, वैसे ही जन्म-भर होती रहेगी। यह नहीं सोचते कि पहले और बात थी, अब और बात है। बहू के ही बाजे बजते हैं। गाँव-मुहल्ले की औरतें उसका मुँह देखने आती हैं और रुपए देती हैं। महीनों उसे घर भर से अच्छा खाने को मिलता है, अच्छा पहनने को। कोई काम नहीं लिया जाता, लेकिन छः महीनों के बाद कोई उसकी बात भी नहीं पूछता। वह घर-भर की लौंडी हो जाती है। उनके घर में मेरी भी तो वही गति होती। फिर काहे का रोना। जो यह कहो कि मैं तो काम करता हूँ, तो तुम्हारी भूल है। मजूर की और बात है। उसे आदमी डाँटता भी है, मारता भी है, जब चाहता है, रखता है, जब चाहता है, निकाल देता है। कसकर काम लेता है। यह नहीं है कि जब जी में आया, कुछ काम किया, जब जी में आया, पड़कर सो रहे।

हरिधन अभी पड़ा अंदर-ही-अंदर सुलग रहा था कि दोनों साले बाहर आए और बड़े साहब बोले, "भैया! उठो तीसरा पहर ढल गया, कब तक सोते रहोगे? सारा चोत पड़ा हुआ है।

हरिधन चट उठ बैठा और तीव्र स्वर में बोला, "क्या तुम लोगों ने मुझे उल्लू समझ लिया है?"

दोनों साले हक्का-बक्का हो गए। जिस आदमी ने कभी ज़ुबान नहीं खोली, हमेशा गुलामों की तरह हाथ बाँधे हाज़िर रहा, वह आज एकाएक इतना आत्माभिमानी हो जाए, यह उनको चौंका देने के लिए काफ़ी था। कुछ जवाब न सूझा।

हरिधन ने देखा, उन दोनों के कदम उखड़ गए हैं, तो एक धक्का और देने की प्रबल इच्छा को न रोक सका। उसी ढंग से बोला, "मेरी भी आँखें हैं। अँधा नहीं हूँ,

न बहरा ही हूँ। छाती फाड़कर काम करूँ और उस पर भी कुत्ता समझा जाऊँ, ऐसे गधे कहीं और होंगे।'

अब बड़े साले भी गरम पड़े, "तुम्हें किसी ने यहाँ बाँध तो नहीं रखा है।"

अबकी हरिधन लाजवाब हुआ। कोई बात न सूझी।

बड़े ने फिर उसी ढंग से कहा, "अगर तुम यह चाहो कि जन्म-भर पाहुने बने रहो और तुम्हारा वैसा ही आदर-सत्कार होता रहे, तो यह हमारे वश की बात नहीं है।"

हरिधन ने आँखें निकालकर कहा, "क्या मैं तुम लोगों से कम काम करता हूँ?"

बड़े, "यह कौन कहता है?"

हरिधन, "तो तुम्हारे घर की नीति है कि जो सबसे ज़्यादा काम करे, वही भूखों मारा जाए?"

बड़े, "तुम ख़ुद खाने नहीं गए। क्या कोई तुम्हारे मुँह में कौर डाल देता?"

हरिधन ने ओंठ चबाकर कहा, "मैं ख़ुद खाने नहीं गया? कहते तुम्हें लाज नहीं आती?"

"नहीं आई थी, बहन तुम्हें बुलाने?"

छोटे साले ने कहा, "अम्मा भी तो आई थीं। तुमने कह दिया, मुझे भूख नहीं है, तो क्या करतीं?"

सास भीतर से लपकी चली आ रही थी। यह बात सुनकर बोली, "कितना कहकर हार गई, कोई उठे न, तो मैं क्या करूँ?"

हरिधन ने विष, ख़ून और आग से भरे स्वर में कहा, "मैं तुम्हारे लड़कों का जूठा खाने के लिए हूँ? मैं कुत्ता हूँ कि तुम लोग खाकर मेरे सामने रूखी रोटी का एक टुकड़ा फेंक दो?"

बुढ़िया ने ऐंठकर कहा, "तो क्या तुम लड़कों की बराबरी करोगे?"

हरिधन परास्त हो गया। बुढ़िया ने एक ही वाक्-प्रहार में उसका काम तमाम कर दिया। उसकी तनी हुई भवें ढीली पड़ गईं, आँखों की आग बुझ गई, फड़कते हुए नथुने शांत हो गए। किसी आहत मनुष्य की भाँति वह ज़मीन पर गिर पड़ा।

'क्या तुम मेरे लड़कों की बराबरी करोगे?' यह वाक्य एक लंबे भाले की तरह उसके हृदय में चुभता चला जाता था। न हृदय का अंत था, न उस भाले का।

सारे घर ने खाया, पर हरिधन न उठा। सास ने मनाया, सालियों ने मनाया, ससुर ने मनाया, दोनों साले मनाकर थक गए। हरिधन न उठा, वहीं द्वार पर एक टाट पर पड़ा था। उसे उठाकर सबसे अलग कुएँ पर ले गया और जगत पर बिछाकर पड़ा रहा।

रात भींग चुकी थी। अनन्त आकाश में उज्ज्वल तारे बालकों की भाँति क्रीड़ा कर रहे थे। कोई नाचता था, कोई उछलता था, कोई हँसता था, कोई आँखें मींचकर फिर खोल देता था। रह-रहकर कोई साहसी बालक सपाटा भर कर एक पल में उस विस्तृत क्षेत्र को पार कर लेता था और न जाने कहाँ छिप जाता था। हरिधन को अपना बचपन याद आया, जब वह भी इसी तरह क्रीड़ा करता था। उसकी बाल-स्मृतियाँ उन्हीं चमकीले तारों की भाँति प्रज्वलित हो गईं। वह अपना छोटा-सा घर, वह आम के बाग जहाँ वह केरियाँ चुना करता था, वह मैदान जहाँ कबड्डी खेला करता था, सब उसे याद आने लगे। फिर अपनी स्नेहमयी माता की सदय मूर्ति उसके सामने खड़ी हो गई। उन आँखों में कितनी करुणा थी, कितनी दया थी। उसे ऐसा जान पड़ा मानो माता आँखों में आँसू भरे, उसे छाती से लगा लेने के लिए हाथ फैलाये उसकी ओर चली आ रही है। वह उस मधुर भावना में अपने को भूल गया। ऐसा जान पड़ा मानो माता ने उसे छाती से लगा लिया है और उसके सिर पर हाथ फेर रही है। वह रोने लगा, फूट-फूटकर रोने लगा। उसी आत्म-सम्मोहित दशा में उसके मुँह से यह शब्द निकले, "अम्मा! तुमने मुझे इतना भुला दिया। देखो, तुम्हारे प्यारे लाल की क्या दशा हो रही है? कोई उसे पानी को भी नहीं पूछता। क्या जहाँ तुम हो, वहाँ मेरे लिए जगह नहीं है?"

सहसा गुमानी ने आकर पुकारा, "क्या सो गए तुम? नौज किसी को ऐसी राक्षसी नींद आए! चलकर खा क्यों नहीं लेते? कब तक कोई तुम्हारे लिए बैठा रहे?"

हरिधन उस कल्पना-जगत् से क्रूर प्रत्यक्ष में आ गया। वही कुएँ की जगत् थी, वही फटा हुआ टाट और गुमानी सामने खड़ी कह रही थी, "कब तक कोई तुम्हारे लिए बैठा रहे।"

हरिधन उठ बैठा और मानो तलवार म्यान से निकालकर बोला, "भला तुम्हें मेरी सुध तो आई। मैंने तो कह दिया था, मुझे भूख नहीं है।"

गुमानी, "तो कै दिन न खाओगे?"

"अब इस घर का पानी भी न पीऊँगा। तुम्हे मेरे साथ चलना है या नहीं?"

दृढ़ संकल्प से भरे हुए इन शब्दों को सुनकर गुमानी सहम उठी। बोली, "कहाँ जा रहे हो?"

हरिधन ने मानो नशे में कहा, "तुझे इससे क्या मतलब? मेरे साथ चलेगी या नहीं? फिर पीछे से न कहना, मुझसे कहा नहीं।"

गुमानी आपत्ति के भाव से बोली, "तुम बताते क्यों नहीं, कहाँ जा रहे हो?"

"तू मेरे साथ चलेगी या नहीं?"

"जब तक तुम बता न दोगे, मैं नहीं जाऊँगी।"

"तो मालूम हो गया, तू नहीं जाना चाहती। मुझे इतना ही पूछना था, नहीं तो अब तक मैं आधी दूर निकल गया होता।"

यह कहकर वह उठा और अपने घर की ओर चला। गुमानी पुकारती रही, "सुन लो, सुन लो", पर उसने पीछे फिरकर भी न देखा।

तीस मील की मंज़िल हरिधन ने पाँच घंटों में तय की। जब वह अपने गाँव की अमराइयों के सामने पहुँचा, तो उसकी मातृ-भावना ऊषा की सुनहरी गोद में खेल रही थी। उन वृक्षों को देखकर उसका विह्वल-हृदय नाचने लगा। मंदिर का वह सुनहरा कलश देखकर वह इस तरह दौड़ा मानो एक छलाँग में उसके ऊपर जा पहुँचेगा। वह वेग में दौड़ा जा रहा था मानो उसकी माता गोद फैलाए उसे बुला रही हो। जब वह आमों के बाग में पहुँचा, जहाँ डालियों पर बैठकर वह हाथी की सवारी का आनंद पाता था, जहाँ की कच्ची बेरों और लिसोड़ों में एक स्वर्गीय स्वाद था, तो वह बैठ गया और भूमि पर सिर झुका कर रोने लगा, मानो अपनी माता को अपनी विपत्ति-कथा सुना रहा हो। वहाँ के प्रकाश में, मानो उसकी विराट रूपिणी माता व्याप्त हो रही थी। वहाँ की अंगुल-अंगुल भूमि माता के पद-चिह्नों से पवित्र थी। माता के स्नेह में डूबे हुए शब्द अभी तक मानो आकाश में गूँज रहे थे। इस वायु और इस आकाश में न जाने कौन-सी संजीवनी थी, जिसने उसके शोकार्त हृदय को बालोत्साह से भर दिया। वह एक पेड़ पर चढ़ गया और पेड़ से आम तोड़-तोड़कर खाने लगा। सास के वह कठोर शब्द, स्त्री का वह निष्ठुर आघात, वह सारा अपमान

वह भूल गया। उसके पाँव फूल गए थे, तलवों में जलन हो रही थी, पर इस आनंद में उसे किसी बात का ध्यान न था।

सहसा रखवाले ने पुकारा, "वह कौन ऊपर चढ़ा हुआ है रे! उतर अभी, नहीं तो ऐसा पत्थर खींचकर मारूँगा कि वहीं ठंडे हो जाओगे।"

उसने कई गालियाँ भी दीं। इस फटकार और इन गालियों में इस समय हरिधन को अलौकिक आनंद मिल रहा था। वह डालियों में छिप गया, कई आम काट-काटकर नीचे गिराए, और ज़ोर से ठट्ठा मारकर हँसा। ऐसी उल्लास से भरी हुई हँसी उसने बहुत दिन से न हँसी थी।

रखवाले को वह हँसी परिचित-सी मालूम हुई। मगर हरिधन यहाँ कहाँ। वह तो ससुराल की रोटियाँ तोड़ रहा है। कैसा हँसोड़ा था, कितना चिबिल्ला, न जाने बेचारे का क्या हाल हुआ? पेड़ की डाल से तालाब में कूद पड़ता था। अब गाँव में ऐसा कौन है?

डाँटकर बोला, "वहाँ बैठे-बैठे हँसोगे, तो आकर सारी हँसी निकाल दूँगा, नहीं सीधे से उतर आओ।"

वह गालियाँ देने जा रहा था कि एक गुठली आकर उसके सिर पर लगी। सिर सहलाता हुआ बोला, "यह कौन शैतान है? नहीं मानता, ठहर तो, मैं आकर तेरी ख़बर लेता हूँ।"

उसने अपनी लकड़ी नीचे रख दी और बंदरों की तरह चटपट ऊपर चढ़ गया। देखा तो हरिधन बैठा मुस्कुरा रहा है। चकित होकर बोला, "अरे हरिधन! तुम यहाँ कब आए! इस पेड़ पर कबसे बैठे हो?"

दोनों बचपन के सखा वहीं गले मिले।

"यहाँ कब आए? चलो, घर चलो भले आदमी, क्या वहाँ आम भी मयस्सर न होते थे?"

हरिधन ने मुस्कुराकर कहा, "मँगरू! इन आमों में जो स्वाद है, वह और कहीं के आमों में नहीं है। गाँव का क्या रंग-ढंग है?"

मँगरू, "सब चैनचान है भैया! तुमने तो जैसे नाता ही तोड़ लिया। इस तरह कोई अपना गाँव-घर छोड़ देता है? जब से तुम्हारे दादा मरे, सारी गिरहस्ती चौपट हो गई। दो छोटे-छोटे लड़के हैं, उनके किए क्या होता है?"

हरिधन, "मुझे अब उस गिरहस्ती से क्या वास्ता है भई? मैं तो अपना ले-दे चुका। मजूरी तो मिलेगी न? तुम्हारी गैया मैं ही चरा दिया करूँगा, मुझे खाने को दे देना।"

मँगरू ने अविश्वास के भाव से कहा, "अरे भैया कैसी बात करते हो, तुम्हारे लिए जान तक हाज़िर है। क्या ससुराल में अब न रहोगे? कोई चिंता नहीं। पहले तो तुम्हारा घर ही है। उसे संभालो। छोटे-छोटे बच्चे हैं, उनको पालो। तुम नई अम्मा से नाहक डरते थे। बड़ी सीधी है बेचारी। बस, अपनी माँ ही समझो। तुम्हें पाकर तो निहाल हो जाएगी। अच्छा, घरवाली को भी तो लाओगे?"

हरिधन, "उसका अब मुँह न देखूँगा। मेरे लिए वह मर गई।"

मँगरू, "तो दूसरी सगाई हो जाएगी। अबकी ऐसी मेहरिया ला दूँगा कि उसके पैर धो-धोकर पिओगे, लेकिन कहीं पहली भी आ गई तो?"

हरिधन, "वह न आएगी।"

हरिधन अपने घर पहुँचा तो दोनों भाई, "भैया आये! भैया आये!" कहकर भीतर दौड़े और माँ को ख़बर दी।

उस घर में क़दम रखते ही हरिधन को ऐसी शांत महिमा का अनुभव हुआ मानो वह अपनी माँ की गोद में बैठा हुआ है। इतने दिनों ठोकरें खाने से उसका हृदय कोमल हो गया था। जहाँ पहले अभिमान था, आग्रह था, हेकड़ी थी, वहाँ अब उस पर मामूली दवा भी असर कर सकती थी। किले की दीवारें छिद चुकी थीं, अब उसमें घुस जाना असाध्य न था। वही घर जिससे वह एक दिन विरक्त हो गया था, अब गोद फैलाए उसे आश्रय देने को तैयार था। हरिधन का निरालम्ब मन यह आश्रय पाकर मानो तृप्त हो गया।

शाम को विमाता ने कहा, "बेटा! तुम घर आ गए, हमारे धन्न भाग। अब इन बच्चों को पालो, माँ का नाता न सही, बाप का नाता तो है ही। मुझे एक रोटी दे देना, खाकर एक कोने में पड़ी रहूँगी। तुम्हारी अम्मा से मेरा बहन का नाता है। उस नाते से भी तो तुम मेरे लड़के होते हो?"

हरिधन की मातृ-विह्वल आँखों को विमाता के रूप में अपनी माता के दर्शन हुए। घर के एक-एक कोने में मातृ-स्मृतियों की छटा चाँदनी की भाँति छिटकी हुई थी। विमाता का प्रौढ़ मुखमंडल भी उसी छटा से रंजित था।

दूसरे दिन हरिधन फिर कंधे पर हल रखकर खेत को चला। उसके मुख पर उल्लास था और आँखों में गर्व। वह अब किसी का आश्रित नहीं, आश्रयदाता था। किसी के द्वार का भिक्षुक नहीं, घर का रक्षक था।

एक दिन उसने सुना, गुमानी ने दूसरा घर कर लिया। माँ से बोला, "तुमने सुना काकी! गुमानी ने घर कर लिया।"

काकी ने कहा, "घर क्या कर लेगी, ठठ्टा है? बिरादरी में ऐसा अंधेरा? पंचायत नहीं, अदालत तो है।"

हरिधन ने कहा, "नहीं काकी! बहुत अच्छा हुआ। ला, महाबीर जी को लड्डू चढ़ा आऊँ। मैं तो डर रहा था, कहीं मेरे गले न आ पड़े। भगवान् ने मेरी सुन ली। मैं वहाँ से यही ठानकर चला था, अब उसका मुँह न देखूँगा।"

13

दारोगाजी

कल शाम को एक ज़रूरत से ताँगे पर बैठा हुआ जा रहा था कि रास्ते में एक और महाशय ताँगे पर आ बैठे। ताँगे वाला उन्हें बैठाना तो न चाहता था, पर इनकार भी न कर सकता था। पुलिस के आदमी से झगड़ा कौन मोल ले। यह साहब किसी थाने के दारोगा थे। एक मुक़दमे की पैरवी करने सदर आए थे। मेरी आदत है कि पुलिस वालों से बहुत कम बोलता हूँ। सच पूछिए, तो मुझे उनकी सूरत से नफ़रत है। उनके हाथों प्रजा को कितने कष्ट उठाने पड़ते हैं, इसका अनुभव इस जीवन में कई बार कर चुका हूँ। मैं ज़रा एक तरफ़ खिसक गया और मुँह फेरकर दूसरी ओर देखने लगा कि दारोगाजी बोले, "जनाब! यह आम शिकायत है कि पुलिस वाले बहुत रिश्वत लेते हैं, लेकिन यह कोई नहीं देखता कि पुलिस वाले रिश्वत लेने के लिए कितने मजबूर किए जाते हैं। अगर पुलिस वाले रिश्वत लेना बंद कर दें, तो मैं हल्फ़ से कहता हूँ, ये जो बड़े-बड़े ऊँची पगड़ियों वाले रईस नज़र आते हैं, सब-के-सब जेलख़ाने के अंदर बैठे दिखाई दें। अगर हर एक मामले का चालान करने लगें, तो दुनिया पुलिस वालों को और भी बदनाम करे। आपको यकीन न आएगा जनाब! रुपए की थैलियाँ गले लगाई जाती हैं। हम हज़ार इनकार करें, पर चारों तरफ़ से ऐसे दबाव पड़ते हैं कि लाचार होकर लेना ही पड़ता है।"

मैंने उपहास के भाव से कहा, "जो काम रुपया लेकर किया जाता है, वही काम बिना रुपए लिए भी तो किया जा सकता है।"

दारोगाजी हँसकर बोले, "वह तो गुनाह-बेलज़्ज़त होगा, बंदापरवर! पुलिस का आदमी इतना कट्टर देवता नहीं होता, और मेरा ख़्याल है कि शायद कोई इंसान भी इतना बेलौस नहीं हो सकता। और, सींगों के लोगों को भी देखता हूँ, मुझे तो कोई देवता न मिला...।

मैं अभी इसका कुछ जवाब दे ही रहा था कि एक मियाँ साहब लम्बी अचकन पहने, तुर्की टोपी लगाए, ताँगे के सामने से निकले। दारोगाजी ने उन्हें देखते ही झुककर सलाम किया और शायद मिज़ाज-शरीफ़ पूछना चाहते थे कि उस भले आदमी ने सलाम का जवाब गालियों से देना शुरू किया। जब ताँगा कई क़दम आगे निकल आया, तो वह एक पत्थर लेकर ताँगे के पीछे दौड़ा। ताँगे वाले ने घोड़े को तेज़ किया। उस भलेमानुस ने भी क़दम तेज़ किए और पत्थर फेंका। मेरा सिर बाल-बाल बच गया। उसने दूसरा पत्थर उठाया, वह हमारे सामने आकर गिरा। तीसरा पत्थर इतनी ज़ोर से आया कि दारोगाजी के घुटने में बड़ी चोट आई, पर इतनी देर में ताँगा इतनी दूर निकल आया कि हम पत्थरों की मार से दूर हो गए थे। हाँ, गालियों की मार अभी तक जारी थी। जब तक वह आदमी आँखों से ओझल न हो गया, हम उसे एक हाथ में पत्थर उठाए, गालियाँ बकते हुए देखते रहे।

जब ज़रा चित्त शांत हुआ, मैंने दारोगाजी से पूछा, "यह कौन आदमी है, साहब? कोई पागल तो नहीं है?"

दारोगाजी ने घुटने को सहलाते हुए कहा, "पागल नहीं है साहब! मेरा पुराना दुश्मन है। मैंने समझा था, ज़ालिम पिछली बातें भूल गया होगा। वरना मुझे क्या पड़ी थी कि सलाम करने जाता।"

मैंनें पूछा, "आपने इसे किसी मुक़दमें में सज़ा दिलाई होगी?"

"बड़ी लम्बी दास्तान है जनाब! बस इतना ही समझ लीजिए कि इसका बस चले, तो मुझे ज़िंदा ही निगल जाए।"

"आप तो शोक की आग को और भड़का रहे हैं। अब तो वह दास्तान सुने बगैर तस्कीन न होगी।"

दारोगाजी ने पहलू बदलकर कहा, "अच्छी बात है, सुनिए! कई साल हुए हैं, मैं सदर में ही तैनात था। बेफ़िक्री के दिन थे, ताज़ा ख़ून, एक माशूका से आँख लड़ गई। आमदोरफ़्त शुरू हुई। अब भी जब उस हसीना की याद आती है, तो आँखों से आँसू निकल आते हैं। बाज़ारू औरतों में इतनी हया, इतनी वफ़ा, इतनी मुरव्वत मैंने नहीं देखी। दो साल उसके साथ इतने लुत्फ़ से गुज़रे कि आज भी उसकी याद करके रोता हूँ। मगर क़िस्से को बढ़ाऊँगा नहीं, वरना अधूरा ही रह जाएगा। मुख़्तसर यह है कि दो साल के बाद मेरे तबादले का हुक्म आ गया, उस वक़्त दिल को जितना सदमा पहुँचा, उसका ज़िक्र करने के लिए दफ़्तर चाहिए। बस यही जी चाहता था कि इस्तीफ़ा दे दूँ। उस हसीना ने यह ख़बर सुनी, तो उसकी जान-सी निकल गई। सफ़र की तैयारी के लिए मुझे तीन दिन मिले थे। ये तीन दिन हमने मंसूबे बाँधने में काटे। उस वक़्त मुझे अनुभव हुआ कि औरतों को अक्ल से ख़ाली समझने में हमने कितनी बड़ी ग़लती की है। मेरे मंसूबे शेख़चिल्ली के-से हाँकते थे। कलकत्ते भाग चलें, वहाँ कोई दुकान खोल दें, या इसी तरह कोई दूसरी तजवीज़ करता। लेकिन वह यही जवाब देती कि अभी वहाँ जाकर अपना काम करो। जब मकान का बंदोबस्त हो जाए, तो मुझे बुला लेना। मैं दौड़ी चली आऊँगी।

आख़िर जुदाई की घड़ी आई। मुझे मालूम होता था कि अब जान न बचेगी। गाड़ी का वक़्त निकला जाता था और मैं उसके पास से उठने का नाम न लेता था। मगर मैं फिर क़िस्से को तूल देने लगा। ख़ुलासा यह कि मैं उसे दो-तीन दिन में बुलाने का वादा करके रुख़सत हुआ। पर अफ़सोस! वे दो-तीन दिन कभी न आए। पहले दस-पाँच दिन तो अफ़सरों से मिलने और इलाक़े की देखभाल में गुज़रे। इसके बाद घर से ख़त आ गया कि तुम्हारी शादी तय हो गई, रुख़सत लेकर चले आओ। शादी की ख़ुशी में उस वफ़ा की देवी की मुझे फ़िक्र न रही। शादी करके महीने-भर बाद लौटा, तो बीवी साथ थी। रही-सही याद भी जाती रही। उसने एक महीने के बाद एक ख़त भेजा, पर मैंने उसका जवाब न दिया। डरता रहता था कि कहीं एक दिन वह आकर सिर पर सवार न हो जाए, फिर बीवी को मुँह दिखाने लायक भी न रह जाऊँ।

साल भर के बाद मुझे एक काम से सदर आना पड़ा। उस वक़्त मुझे उस औरत की याद आई, सोचा, ज़रा चलकर देखना चाहिए कि किस हालत में है। फ़ौरन अपने ख़त न भेजने और इतने दिनों तक न आने का जवाब सोच लिया और उसके द्वार

पर जा पहुँचा। दरवाज़ा साफ़-सुथरा था। मकान की हालत भी पहले से अच्छी थी। दिल को ख़ुशी हुई कि इसकी हालत उतनी ख़राब नहीं है, जितनी मैंने समझी थी। और, क्यों ख़राब होने लगी। मुझ जैसे दुनिया में क्या और आदमी ही नहीं हैं।

मैंने दरवाज़ा खटखटाया। अंदर से वह बंद था। आवाज़ आई, "कौन है?"

मैंने कहा, "वाह! इतनी जल्दी भूल गईं, मैं हूँ, बशीर...।"

कोई जवाब न मिला। आवाज़ उसी की थी, इसमें शक नहीं, फिर दरवाज़ा क्यों नहीं खोलती? ज़रूर मुझसे नाराज़ है। मैंने फिर किवाड़ खटखटाए और लगा अपनी मुसीबतों का क़िस्सा सुनाने। कोई पंद्रह मिनट के बाद दरवाज़ा खुला। हसीना ने मुझे इशारे से अंदर बुलाया और चट किवाड़ बंद कर लिए। मैंने कहा, "मैं तुमसे मुआफ़ी माँगने आया हूँ। यहाँ से जाकर मैं बड़ी मुश्किल में फँस गया। इलाक़ा इतना ख़राब है कि दम मारने की मोहलत नहीं मिलती।"

हसीना ने मेरी तरफ़ न देखकर ज़मीन की तरफ़ ताकते हुए कहा, "मुआफ़ी किस बात की? तुमसे मेरा निकाह तो हुआ न था। दिल कहीं और लग गया, तो मेरी याद क्यों आती। मुझे तुमसे कोई शिक़ायत नहीं। जैसा और लोग करते हैं, वैसा ही तुमने किया। यही क्या कम है कि इतने दिनों के बाद इधर आ तो गए। रहे तो ख़ैरियत से?"

"किसी तरह ज़िंदा हूँ।"

"शायद जुदाई में घुलते-घुलते यह तोंद निकल आई है। ख़ुदा झूठ न बुलवाए तब से दूने हो गए।"

मैंने झेंपते हुए कहा, "यह सारा बलगम का फिसाद है। भला मोटा मैं क्या होता। उधर का पानी निहायत बलगमी है। तुमने तो मेरी याद ही भुला दी।"

उसने अबकी मेरी ओर तेज़ निगाहों से देखा और बोली, "ख़त का जवाब तक न दिया, उल्टे मुझी को इलज़ाम देते हो। मैं तुम्हें शुरू से बेवफ़ा समझती थी और तुम वैसे ही निकले। बीवी लाए और मुझे ख़त तक न लिखा?"

मैंने ताज्जुब से पूछा, "तुम्हें कैसे मालूम हुआ कि मेरी शादी हो गई?"

उसने रुखाई से कहा, "यह पूछकर क्या करोगे? झूठ तो नहीं कहती। बेवफ़ा बहुत देखे, लेकिन तुम सबसे बढ़कर निकले। तुम्हारी आवाज़ सुनकर जी में तो

आया कि दुत्कार दूँ, लेकिन यह सोचकर दरवाज़ा खोल दिया कि अपने दरवाज़े पर किसी को क्या ज़लील करूँ।"

मैंने कोट उतारकर खूँटी पर लटका दिया, जूते भी उतार डाले और चारपाई पर लेटकर बोला, "लैली! देखो, इतनी बेरहमी से न पेश आओ। मैं तो अपनी ख़ताओ को ख़ुद तस्लीम करता हूँ और इसीलिए अब तुमसे मुआफ़ी माँगने आया हूँ। ज़रा अपने नाज़ुक हाथों से एक पान तो खिला दो। सच कहना, तुम्हें मेरी याद काहे को आती होगी। कोई और यार मिल गया होगा।"

लैली पानदान खोलकर पान बनाने लगी कि एकाएक किसी ने किवाड़ खटखटाए। मैंने घबराकर पूछा, "यह कौन शैतान आ पहुँचा?"

हसीना ने होंठो पर उँगली रखते हुए कहा, "यह मेरे शौहर हैं। तुम्हारी तरफ़ से जब निराश हो गई, तो मैंने इनके साथ निकाह कर लिया।"

मैंने त्योरियाँ चढ़ाकर कहा, "तो तुमने मुझसे पहले ही क्यों न बता दिया, मैं उल्टे पाँव लौट न जाता, यह नौबत क्यों आती। न जाने कब की यह कसर निकाली।"

"मुझे क्या मालूम कि यह इतने जल्द आ पहुँचेंगे। रोज़ तो पहर रात गए आते थे। फिर तुम इतनी दूर से आए थे। तुम्हारी कुछ ख़ातिर भी तो करनी थी।"

"यह अच्छी ख़ातिर की। बताओ, अब मैं जाऊँ कहाँ?"

"मेरी समझ में ख़ुद कुछ नहीं आ रहा है। या अल्लाह! किस अज़ाब में फँसी।"

इतने में उन साहब ने फिर दरवाज़ा खटखटाया। ऐसा मालूम होता था कि किवाड़ तोड़ डालेगा। हसीना के चेहरे पर एक रंग आता था, एक रंग जाता था। बेचारी खड़ी काँप रही थी। बस ज़ुबान से यही निकलता था, "या अल्लाह! रहम कर।"

बाहर से आवाज़ आई, "अरे, तुम क्या सरेशाम ही सो गईं? अभी तो आठ भी नहीं बजे। कहीं साँप तो नहीं सूँघ गया। अल्लाह जानता है, अब और देर की, तो किवाड़ चिड़वा डालूँगा।"

मैंने गिड़गिड़ाकर कहा, "ख़ुदा के लिए मेरे छिपने की कोई जगह बताओ। पिछवाड़े कोई दरवाज़ा नहीं?"

"न!"

"संडास तो है?"

"सबसे पहले वह वहीं जाएँगे।"

"अच्छा, वह सामने कोठरी कैसी है?"

"हाँ, है तो, लेकिन कहीं कोठरी खोलकर देखा तो?"

"क्या बहुत डबल आदमी है?"

"तुम जैसे दो को बगल में दबा ले।"

"तो खोल दो कोठरी। वह ज्यों ही अंदर आएगा, मैं दरवाज़ा खोलकर निकल भागूँगा।"

हसीना ने कोठरी खोल दी। मैं अंदर जा घुसा। दरवाज़ा फिर बंद हो गया।

मुझे कोठरी में बंद करके हसीना ने जाकर सदर दरवाज़ा खोला और बोली, "क्यों किवाड़ तोड़े डालते हो? आ तो रही हूँ।"

मैंने कोठरी के किवाड़ों के दराजों से देखा। आदमी क्या पूरा देव था। अंदर आते ही बोला, "तुम सरेशाम से सो गई थीं।"

"हाँ, ज़रा आँख लग गई थी।"

"मुझे तो ऐसा मालूम हो रहा था कि तुम किसी से बातें कर रही हो।"

"वहम की दवा तो लुकमान के पास भी नहीं।"

"मैंने साफ़ सुना। कोई-न-कोई था ज़रूर। तुमने उसे कहीं छिपा रखा है।"

"इन्हीं बातों पर तुमसे मेरा जी जलता है। सारा घर तो पड़ा है, देख क्यों नहीं लेते?"

"देखूँगा तो मैं ज़रूर ही, लेकिन तुमसे सीधे-सीधे पूछता हूँ, बतला दो, कौन था?"

हसीना ने कुंजियों का गुच्छा फेंकते हुए कहा, "और कोई था, तो घर ही में न होगा! लो, सब जगह देख आओ। सुई तो है नहीं कि मैंने कहीं छिपा दी है।"

वह शैतान इन चकमों में न आया। शायद पहले भी ऐसा ही चरका खा चुका था। कुंजियों का गुच्छा उठाकर सबसे पहले मेरी कोठरी के द्वार पर आया और उसके ताले को खोलने की कोशिश करने लगा। गुच्छे में उस ताले की कुंजी न थी। बोला, "इस कोठरी की कुंजी कहाँ है?"

हसीना ने बनावटी ताज्जुब से कहा, "अरे, तो क्या उसमें कोई छिपा बैठा है? वह तो लकड़ियों से भरी पड़ी है।"

"तुम कुंजी दे दो न।"

"तुम भी कभी-कभी पागलों के-से काम करने लगते हो। अँधेरे में कोई साँप-बिच्छू निकल आए तो! ना भैया, मैं उसकी क़ुंजी न दूँगी।"

"बला से साँप निकल आएगा। अच्छा ही हो, निकल आए। इस बेहयाई की ज़िंदगी से तो मौत ही अच्छी।"

हसीना ने इधर-उधर तलाश करके कहा, "न जाने उसकी कुंजी कहाँ रख दी। ख़्याल नहीं आता।"

"इस कोठरी में तो मैंने पहले कभी ताला नहीं देखा।"

"मैं तो रोज़ लगाती हूँ। शायद कभी लगाना भूल गई हूँ, तो नहीं कह सकती।"

"तो तुम कुंजी न दोगी?"

"कहती तो हूँ, इस वक़्त नहीं मिल रही है।"

"कहे देता हूँ, कच्चा ही खा जाऊँगा।"

अब तो मैं किसी तरह ज़ब्त किए खड़ा रहा। बार-बार अपने ऊपर गुस्सा आ रहा था कि यहाँ क्यों आया। न जाने यह शैतान कैसे पेश आए। कहीं तैश में आकर मार ही न डाले। मेरे हाथों में तो कोई छुरी भी नहीं। या ख़ुदा! अब तू ही मालिक है। दम रोके हुए खड़ा था कि एक पल का भी मौका मिले, तो निकल भागूँ, लेकिन जब उस मरदूद ने किवाड़ों को ज़ोर से धमधमाना शुरू किया, तब तो रूह ही फ़ना हो गई। इधर-उधर निगाह डाली कि किसी कोने में छिपने की जगह है या नहीं! किवाड़ के दराजों से कुछ रोशनी आ रही थी। ऊपर जो निगाह उठाई, तो एक मचान-सा दिखाई दिया। डूबते को तिनके का सहारा मिल गया। उचककर चाहता था कि ऊपर चढ़ जाऊँ कि मचान पर एक आदमी को बैठे देखकर उस हालत में मेरे मुँह से चीख़ निकल गई। यह हज़रत अचकन पहने, घड़ी लगाए, एक ख़ूबसूरत साफ़ा बाँधे, उकड़ूँ बैठे हुए थे। अब मुझे मालूम हुआ कि मेरे लिए दरवाज़ा खोलने में हसीना ने इतनी देर क्यों की थी। अभी इनको देख ही रहा था कि दरवाज़े पर मूसल की चोटें पड़ने लगीं। मामूली किवाड़ तो थे ही, तीन-चार चोटों में दोनों किवाड़ नीचे आ रहे और वह मरदूद लालटेन लिए कमरे में घुसा। उस वक़्त मेरी क्या हालत थी,

इसका अंदाज़ा आप ख़ुद कर सकते हैं। उसने मुझे देखते ही लालटेन रख दी और मेरी गर्दन पकड़कर बोला, "अच्छा, आप यहाँ तशरीफ़ रखते हैं। आइए, आपकी कुछ ख़ातिर करूँ। ऐसे मेहमान रोज़ कहाँ मिलते हैं?"

यह कहते हुए उसने मेरा एक हाथ पकड़कर इतने ज़ोर से बाहर की तरफ़ ढकेला कि मैं आँगन में औंधा जा गिरा। उस शैतान की आँखों से अँगारे निकल रहे थे। मालूम होता था, उसके होंठ मेरा ख़ून चूसने के लिए बढ़े आ रहे हैं। मैं अभी ज़मीन से उठने भी न पाया था कि वह कसाई एक बड़ा-सा तेज़ छुरा लिए मेरी गर्दन पर आ पहुँचा, मगर जनाब, हूँ पुलिस का आदमी। उस वक़्त मुझे एक चाल सूझ गई। उसने मेरी जान बचा ली, वरना आज आपके साथ ताँगे पर न बैठा होता। मैंने हाथ जोड़कर कहा, "हुज़ूर! मैं बिल्कुल बेकसूर हूँ। मैं तो मीर साहब के साथ आया था।"

उसने गरज कर पूछा, "कौन मीर साहब? मैंने जी कड़ा करके कहा, "वही, जो मचान पर बैठे हुए हैं। मैं तो हुज़ूर का गुलाम ठहरा, जहाँ हुक्म पाऊँगा, आपके साथ जाऊँगा। मेरी इसमें क्या ख़ता है?"

"अच्छा तो कोई मीर साहब मचान पर भी तशरीफ़ रखते हैं?"

उसने मेरा हाथ पकड़ लिया और कोठरी में जाकर मचान पर देखा। वह हज़रत सिमटे-सिमटाए, भीगी बिल्ली बने बैठे थे। चेहरा ऐसा पीला पड़ गया था कि गोया बदन में जान ही नहीं।

उसने उनका हाथ पकड़कर एक झटका दिया, तो आप धम से नीचे आ रहे। उनका ठाठ देखकर इसमें कोई शुबहा न रहा कि वह मेरे मालिक हैं। उनकी सूरत देखकर उस वक़्त तरस के साथ हँसी आती थी।

"तू कौन है बे?"

"जी, मैं...मेरा मकान, यह आदमी झूठा है, यह मेरा नौकर नहीं है।"

"तू यहाँ क्या करने आया था?"

"मुझे यही बदमाश (मेरी तरफ़ देखकर) धोखा देकर लाया था।"

"यह क्यों नहीं कहता कि मज़े उड़ाने आया था। दूसरों पर इल्ज़ाम रखकर अपनी जान बचाना चाहता है, सुअर! ले, तू भी क्या समझेगा कि किसके पाले पड़ा था।"

यह कहकर उसने उसी तेज़ छुरे से उन साहब की नाक काट ली। मैं मौका पाकर बेतहाशा भागा, लेकिन हाय-हाय की आवाज़ मेरे कानों में आ रही थी। इसके बाद उन दोनों में कैसी छनी, हसीना के सिर पर क्या आफ़त आई, इसकी मुझे कुछ ख़बर नहीं। मैं तब से बीसों बार सदर आ चुका हूँ, पर उधर भूलकर भी नहीं गया। यह पत्थर फेंकने वाले हज़रत वही हैं, जिनकी नाक कटी थी। आज न जाने कहाँ से दिखाई पड़ गए और मेरी शामत आई कि उन्हें सलाम कर बैठा। आपने उनकी नाक की तरफ़ शायद ख़्याल नहीं किया।

मुझे अब ख़्याल आया कि उस आदमी की नाक कुछ चिपटी थी। बोला, "हाँ, नाक कुछ चिपटी तो थी। मगर आपने उस ग़रीब को बुरा चरका दिया।"

"और करता ही क्या?"

"आप दोनों मिलकर उस आदमी को क्या न दबा लेते?"

"ज़रूर दबा लेते, मगर चोर का दिल आधा होता है। उस वक़्त अपनी-अपनी पड़ी थी कि मुकाबला करने की सूझती? कहीं उस रमझल्ले में धर लिया जाता, तो आबरू अलग जाती और नौकरी से अलग हाथ धोता। मगर अब इस आदमी से होशियार रहना पड़ेगा।"

इतने में चौक आ गया और हम दोनों ने अपनी-अपनी राह ली।

14

कफ़न

झोंपड़े के द्वार पर बाप और बेटा दोनों एक बुझे हुए अलाव के सामने चुपचाप बैठे हुए हैं और अंदर बेटे की जवान बीवी बुधिया प्रसव-वेदना में पछाड़ खा रही थी। रह-रह कर उसके मुँह से ऐसी दिल हिला देने वाली आवाज़ निकलती थी कि दोनों कलेजा थाम लेते थे। जाड़ों की रात थी, प्रकृति सन्नाटे में डूबी हुई। सारा गाँव अँधकार में लय हो गया था।

घीसू ने कहा, "मालूम होता है, बचेगी नहीं। सारा दिन दौड़ते हो गया, जा देख तो आ।"

माधव चिढ़कर बोला, "मरना ही है, तो जल्दी मर क्यों नहीं जाती? देखकर क्या करूँ?"

"तू बड़ा बेदर्द है बे! साल भर जिसके साथ सुख-चैन से रहा, उसी के साथ इतनी बेवफ़ाई!"

"तो मुझसे तो उसका तड़पना और हाथ-पाँव पटकना नहीं देखा जाता।"

चमारों का कुनबा था और सारे गाँव में बदनाम। घीसू एक दिन काम करता तो तीन दिन आराम करता। माधव इतना काम-चोर था कि आधा घंटा काम करता,

तो घंटे-भर चिलम पीता। इसलिए उन्हें कहीं मज़दूरी नहीं मिलती थी। घर में मुट्ठी-भर भी अनाज मौजूद हो, तो उनके लिए काम करने की कसम थी। जब दो-चार फ़ाके हो जाते, तो घीसू पेड़ पर चढ़कर लकड़ियाँ तोड़ लाता और माधव बाज़ार में बेच आता। और, जब तक वह पैसे रहते, दोनों इधर-उधर मारे-मारे फिरते। गाँव में काम की कमी न थी। मगर इन दोनों को उसी वक़्त बुलाते, जब दो आदमियों से एक का काम पाकर भी संतोष कर लेने के सिवा और कोई चारा न होता। अगर दोनों साधु होते, तो उन्हें संतोष और धैर्य के लिए, संयम और नियम की बिल्कुल ज़रूरत न होती। यह तो इनकी प्रकृति थी। विचित्र जीवन था इनका। घर में मिट्टी के दो-चार बर्तन के सिवा कोई संपत्ति नहीं। फटे चीथड़ों से अपनी नग्नता को ढके हुए जिए जाते थे। संसार की चिंताओं से मुक्त, क़र्ज़ से लदे हुए। गालियाँ भी खाते, मार भी खाते, मगर कोई भी गम नहीं। दीन इतने कि वसूली की बिल्कुल आशा न रहने पर भी लोग इन्हें कुछ-न-कुछ क़र्ज़ दे देते थे। मटर, आलू की फ़सल में दूसरों के खेतों से मटर या आलू उखाड़ लाते और भून-भानकर खा लेते या दस-पाँच ऊख लाते और रात को चूसते। घीसू ने इसी आकाश-वृत्ति से साठ साल की उम्र काट दी और माधव भी सपूत बेटे की तरह बाप ही के पदचिह्नों पर चल रहा था, बल्कि उसका नाम और भी उजागर कर रहा था। इस वक़्त भी दोनों अलाव के सामने बैठकर आलू भून रहे थे, जो कि किसी खेत से खोद लाए थे। घीसू की स्त्री का तो बहुत दिन हुए देहांत हो गया था। माधव का ब्याह पिछले साल हुआ था। जब से यह औरत आई थी, उसने इस ख़ानदान में व्यवस्था की नींव डाली थी और इन दोनों बे-ग़ैरतों का दोज़ख़ भरती रहती थी। जब से वह आई, यह दोनों और भी आरामतलब हो गए थे। बल्कि कुछ अकड़ने भी लगे थे। कोई काम को बुलाता, तो निर्ब्याज भाव से दुगुनी मज़दूरी माँगते। वही औरत आज प्रसव-वेदना से मर रही थी और यह दोनों शायद इसी इंतज़ार में थे कि वह मर जाए, तो आराम से सोएँ।

घीसू ने आलू निकालकर छीलते हुए कहा, "जाकर देख तो, क्या दशा है उसकी? चुड़ैल का फिसाद होगा, और क्या? यहाँ तो ओझा भी एक रुपया माँगता है!"

माधव को भय था, कि वह कोठरी में गया, तो घीसू आलूओं का बड़ा भाग साफ़ कर देगा। बोला, "मुझे वहाँ जाते डर लगता है।"

"डर किस बात का है, मैं तो यहाँ हूँ ही।"

"तो तुम्हीं जाकर देखो न?"

"मेरी औरत जब मरी थी, तो मैं तीन दिन तक उसके पास से हिला तक नहीं, और फिर मुझसे लजायेगी कि नहीं? जिसका कभी मुँह नहीं देखा, आज उसका उघड़ा हुआ बदन देखूँ? उसे तन की सुध भी तो न होगी? मुझे देख लेगी, तो खुलकर हाथ-पाँव भी न पटक सकेगी।"

"मैं सोचता हूँ, कोई बाल-बच्चा हुआ, तो क्या होगा? सोंठ, गुड़, तेल, कुछ भी तो नहीं है घर में।"

"सब कुछ आ जाएगा। भगवान् दें तो! जो लोग अभी एक पैसा नहीं दे रहे हैं, वे ही कल बुलाकर रुपये देंगे। मेरे नौ लड़के हुए। घर में कभी कुछ न था, मगर भगवान् ने किसी-न-किसी तरह बेड़ा पार ही लगाया।"

जिस समाज में रात-दिन मेहनत करने वालों की हालत, उनकी हालत से कुछ बहुत अच्छी न थी और किसानों के मुक़ाबले में वे लोग, जो किसानों की दुर्बलताओं से लाभ उठाना जानते थे, कहीं ज़्यादा संपन्न थे, वहाँ इस तरह की मनोवृत्ति का पैदा हो जाना कोई अचरज की बात न थी। हम तो कहेंगे, 'घीसू' किसानों से कहीं ज़्यादा विचारवान् था और किसानों के विचार-शून्य समूह में शामिल होने के बदले बैठकबाज़ों की कुत्सित मंडली में जा मिला था। हाँ, उसमें यह शक्ति न थी कि बैठकबाज़ों के नियम और नीति का पालन करता। इसलिए जहाँ उसकी मंडली के और लोग गाँव के सरगना और मुखिया बने हुए थे, उस पर सारा गाँव उँगली उठाता था। फिर भी उसे यह तसकीन तो थी ही कि अगर वह फटेहाल है तो कम-से-कम उसे किसानों की-सी जाँ-तोड़ मेहनत तो नहीं करनी पड़ती, और उसकी सरलता और निरीहता से दूसरे लोग बेजा फ़ायदा तो नहीं उठाते। दोनों आलू निकाल-निकाल कर जलते-जलते खाने लगे। कल से कुछ नहीं खाया था। इतना सब्र न था कि ठंडा हो जाने दें। कई बार दोनों की ज़ुबाने जल गईं। छिल जाने पर आलू का बाहरी हिस्सा बहुत ज़्यादा गरम न मालूम होता, लेकिन दाँतों के तले पड़ते ही अंदर का हिस्सा ज़ुबान, हलक और तालू को जला देता था और उस अंगारे को मुँह में रखने से ज़्यादा ख़ैरियत इसी में थी कि वह अंदर पहुँच जाए। वहाँ उसे ठंडा करने के लिए काफ़ी सामान थे। इसलिए दोनों जल्द-जल्द निगल जाते। हालाँकि इस कोशिश में उनकी आँखों से आँसू निकल आते।

घीसू को उसी वक़्त ठाकुर की बरात याद आई, जिसमें बीस साल पहले वह गया था। उस दावत में उसे जो तृप्ति मिली थी, वह उसके जीवन में एक याद रखने

लायक बात थी, और आज भी उसकी याद ताज़ी थी। बोला, "वह भोज नहीं भूलता। तब से फिर उस तरह का खाना भरपेट नहीं मिला। लड़की वालों ने सबको भर पेट पूड़ियाँ खिलाई थीं, सबको। छोटे-बड़े सबने पूड़ियाँ खाईं और असली घी की। चटनी, रायता, तीन तरह के सूखे साग, एक रसेदार तरकारी, दही, मिठाई, अब क्या बताऊँ कि उस भोज में क्या स्वाद मिला। कोई रोक-टोक नहीं थी। जो चीज़ चाहो, माँगो, जितना चाहो, खाओ। लोगों ने ऐसा खाया, ऐसा खाया कि किसी से पानी न पिया गया। मगर वह हैं कि दिए जाते हैं। और जब सबने मुँह धो लिया, तो पान-इलायची भी मिली। मगर मुझे पान लेने की कहाँ सुध थी? खड़ा हुआ न जाता था। चटपट जाकर अपने कंबल पर लेट गया। ऐसा दिल-दरियाव था वह ठाकुर।"

माधव ने इन पदार्थों का मन-ही-मन मज़ा लेते हुए कहा, "अब हमें कोई ऐसा भोज नहीं खिलाता।"

"अब कोई क्या खिलाएगा? वह ज़माना दूसरा था। अब तो सबको किफ़ायत सूझती है। शादी-ब्याह में मत ख़र्च करो, क्रिया-कर्म में मत ख़र्च करो। पूछो, ग़रीबों का माल बटोर-बटोरकर कहाँ रखोगे? बटोरने में तो कमी नहीं है। हाँ, ख़र्च में किफ़ायत सूझती है!"

"तुमने कम-से-कम बीस पूरियाँ खाईं होंगी?"

"बीस से ज़्यादा खाई थीं!"

"मैं पचास खा जाता!"

"पचास से कम मैंने न खाई होंगी। अच्छा पट्ठा था। तू तो मेरा आधा भी नहीं है।"

आलू खाकर दोनों ने पानी पिया और वहीं अलाव के सामने अपनी धोतियाँ ओढ़कर पाँव पेट में डाले सो रहे। जैसे दो बड़े-बड़े अजगर कुंडली मारे पड़े हों।

सबेरे माधव ने कोठरी में जाकर देखा, तो उसकी स्त्री ठंडी हो गई थी। उसके मुँह पर मक्खियाँ भिनक रही थीं। पथराई हुई आँखें ऊपर टँगी हुई थीं। सारी देह धूल से लथपथ हो रही थी। उसके पेट में बच्चा मर गया था।

माधव भागा हुआ घीसू के पास आया। फिर दोनों ज़ोर-ज़ोर से हाय-हाय करने और छाती पीटने लगे। पड़ोस वालों ने यह रोना-धोना सुना, तो दौड़े हुए आये और पुरानी मर्यादा के अनुसार इन अभागों को समझाने लगे।

मगर ज़्यादा रोने-पीटने का अवसर न था। कफ़न की और लकड़ी की फ़िक्र करनी थी। घर में तो पैसा इस तरह गायब था, जैसे चील के घोंसले में माँस?

बाप-बेटे रोते हुए गाँव के ज़मीदार के पास गए। वह इन दोनों की सूरत से नफ़रत करते थे। कई बार इन्हें अपने हाथों से पीट चुके थे। चोरी करने के लिए, वादे पर काम पर न आने के लिए। पूछा, "क्या है बे घिसूआ! रोता क्यों है? अब तो तू कहीं दिखलाई भी नहीं देता! मालूम होता है, इस गाँव में रहना नहीं चाहता।"

घीसू ने ज़मीन पर सिर रखकर आँखों में आँसू भरे हुए कहा, "सरकार! बड़ी विपत्ति में हूँ। माधव की घरवाली रात को गुज़र गई। रात-भर तड़पती रही सरकार! हम दोनों उसके सिरहाने बैठे रहे। दवा-दारू जो कुछ हो सका, सब कुछ किया, मुदा वह हमें दगा दे गई। अब कोई एक रोटी देने वाला भी न रहा मालिक! तबाह हो गए। घर उजड़ गया। आपका गुलाम हूँ, अब आपके सिवा कौन उसकी मिट्टी पार लगाएगा। हमारे हाथ में तो जो कुछ था, वह सब तो दवा-दारू में उठ गया। सरकार ही की दया होगी, तो उसकी मिट्टी उठेगी। आपके सिवा किसके द्वार पर जाऊँ।"

ज़मीदार साहब दयालु थे। मगर घीसू पर दया करना काले कम्बल पर रंग चढ़ाना था। जी में तो आया, कह दें, चल दूर हो यहाँ से। यों तो बुलाने से भी नहीं आता, आज जब गरज़ पड़ी तो आकर ख़ुशामद कर रहा है। हरामख़ोर कहीं का बदमाश! लेकिन यह क्रोध या दंड का अवसर नहीं था। जी में कुढ़ते हुए दो रुपये निकालकर फेंक दिए। मगर सांत्वना का एक शब्द भी मुँह से न निकाला। उसकी तरफ़ ताका तक नहीं। जैसे सिर का बोझ उतारा हो।

जब ज़मीदार साहब ने दो रुपये दिए, तो गाँव के बनिये-महाजनों को इनकार का साहस कैसे होता? घीसू ज़मीदार के नाम का ढिंढोरा भी पीटना जानता था। किसी ने दो आने दिए, किसी ने चार आने। एक घंटे में घीसू के पास पाँच रुपये की अच्छी रक़म जमा हो गई। कहीं से अनाज मिल गया, कहीं से लकड़ी और दोपहर को घीसू और माधव बाज़ार से कफ़न लाने चले। इधर लोग बाँस-वाँस काटने लगे।

गाँव की नर्मदिल स्त्रियाँ आ-आकर लाश देखती थीं और उसकी बेकसी पर दो बूँद आँसू गिराकर चली जाती थीं।

बाज़ार में पहुँचकर घीसू बोला, "लकड़ी तो उसे जलाने-भर को मिल गई है, क्यों माधव?"

माधव बोला, "हाँ, लकड़ी तो बहुत है, अब कफ़न चाहिए।"

"तो चलो, कोई हल्का-सा कफ़न ले लें।"

"हाँ, और क्या! लाश उठते-उठते रात हो जाएगी। रात को कफ़न कौन देखता है।"

"कैसा बुरा रिवाज है कि जिसे जीते जी तन ढाँकने को चीथड़ा भी न मिले, उसे मरने पर नया कफ़न चाहिए।"

"कफ़न लाश के साथ जल ही तो जाता है।"

"और क्या रखा रहता है? यही पाँच रुपये पहले मिलते, तो कुछ दवा-दारू कर लेते।"

दोनों एक-दूसरे के मन की बात ताड़ रहे थे। बाज़ार में इधर-उधर घूमते रहे। कभी इस बजाज की दुकान पर गए, कभी उस दुकान पर तरह-तरह के कपड़े, रेशमी और सूती देखे, मगर कुछ जँचा नहीं। यहाँ तक कि शाम हो गई। तब दोनों न जाने किस दैवी प्रेरणा से एक मधुशाला के सामने जा पहुँचे। और जैसे किसी पूर्व निश्चित व्यवस्था से अंदर चले गए। वहाँ ज़रा देर तक दोनों असमंजस में खड़े रहे। फिर घीसू ने गद्दी के सामने जाकर कहा, "साहूजी! एक बोतल हमें भी देना।"

उसके बाद कुछ चिखौना आया, तली हुई मछली आई और दोनों बरामदे में बैठकर शांतिपूर्वक पीने लगे।

कई कुज्जियाँ ताबड़तोड़ पीने के बाद दोनों सुरूर में आ गए।

घीसू बोला, "कफ़न लगाने से क्या मिलता? आख़िर जल ही तो जाता है। कुछ बहू के साथ तो न जाता।"

माधव आसमान की तरफ़ देखकर बोला, मानो देवताओं को अपनी निष्पापता का साक्षी बना रहा हो, "दुनिया का दस्तूर है, नहीं तो लोग बाभनों को हज़ारों रुपये क्यों दे देते हैं? कौन देखता है, परलोक में मिलता है या नहीं?"

"बड़े आदमियों के पास धन है, फूँकें। हमारे पास फूँकने का क्या है?"

"लेकिन लोगों को जवाब क्या दोगे? लोग पूछेंगे नहीं? कफ़न कहाँ है?"

घीसू हँसा, "अबे, कह देंगे कि रुपये कमर से खिसक गए। बहुत ढूँढा, मिले नहीं। लोगों को विश्वास न आएगा, लेकिन फिर वही रुपये देंगे।"

माधव भी हँसा इस अनपेक्षित सौभाग्य पर। बोला, "बड़ी अच्छी थी बेचारी! मरी तो ख़ूब खिला-पिलाकर!"

आधी बोतल से ज़्यादा उड़ गई। घीसू ने दो सेर पूड़ियाँ मँगाई। चटनी, अचार, कलेजियाँ। शराबख़ाने के सामने ही दुकान थी। माधव लपककर दो पत्तलों में सारा सामान ले आया। पूरा डेढ़ रुपया ख़र्च हो गया। सिर्फ़ थोड़े से पैसे बच रहे।

दोनों इस वक़्त इस शान में बैठे पूड़ियाँ खा रहे थे, जैसे जंगल में कोई शेर अपना शिकार उड़ा रहा हो। न जवाबदेही का ख़ौफ़ था, न बदनामी की फ़िक्र। इन सब भावनाओं को उन्होंने बहुत पहले ही जीत लिया था।

घीसू दार्शनिक भाव से बोला, "हमारी आत्मा प्रसन्न हो रही है, तो क्या उसे पुन्न न होगा?"

माधव ने श्रद्धा से सिर झुकाकर तसदीक की, "ज़रूर-से-ज़रूर होगा। भगवान् तुम अंतर्यामी हो। उसे बैकुंठ ले जाना। हम दोनों हृदय से आशीर्वाद दे रहे हैं। आज जो भोजन मिला वह कभी उम्र-भर न मिला था।"

एक क्षण के बाद माधव के मन में एक शंका जागी। बोला, "क्यों दादा! हम लोग भी एक-न-एक दिन वहाँ जाएँगे ही?"

घीसू ने इस भोले-भाले सवाल का कुछ उत्तर न दिया। वह परलोक की बातें सोचकर इस आनंद में बाधा न डालना चाहता था।

"जो वहाँ हम लोगों से पूछे कि तुमने हमें कफ़न क्यों नहीं दिया, तो क्या कहोगे?"

"कहेंगे तुम्हारा सिर!"

"पूछेगी तो ज़रूर!"

"तू कैसे जानता है कि उसे कफ़न न मिलेगा? तू मुझे ऐसा गधा समझता है? साठ साल क्या दुनिया में घास खोदता रहा हूँ? उसको कफ़न मिलेगा और बहुत अच्छा मिलेगा!"

माधव को विश्वास न आया। बोला, "कौन देगा? रुपये तो तुमने चट कर दिए। वह तो मुझसे पूछेगी। उसकी माँग में तो सिंदूर मैंने डाला था। कौन देगा, बताते क्यों नहीं?"

"वही लोग देंगे, जिन्होंने अबकी दिया। हाँ, अबकी रुपये हमारे हाथ न आएँगे।"

ज्यों-ज्यों अँधेरा बढ़ता था और सितारों की चमक तेज़ होती थी, मधुशाला की रौनक भी बढ़ती जाती थी। कोई गाता था, कोई डींग मारता था, कोई अपने संगी के गले लिपटा जाता था। कोई अपने दोस्त के मुँह में कुल्हड़ लगाए देता था।

वहाँ के वातावरण में सुरूर था, हवा में नशा। कितने तो यहाँ आकर एक चुल्लू में मस्त हो जाते थे। शराब से ज़्यादा यहाँ की हवा उन पर नशा करती थी। जीवन की बाधाएँ यहाँ खींच लाती थीं और कुछ देर के लिए यह भूल जाते थे कि वे जीते हैं या मरते हैं या न जीते हैं, न मरते हैं।

और यह दोनों बाप-बेटे अब भी मज़े ले-लेकर चुसकियाँ ले रहे थे। सबकी निगाहें इनकी ओर जमी हुई थीं। दोनों भाग्य के कितने बली हैं! पूरी बोतल बीच में है।

भरपेट खाकर माधव ने बची हुई पूड़ियों का पत्तल उठाकर एक भिखारी को दे दिया, जो खड़ा इनकी ओर भूखी आँखों से देख रहा था। और देने के गौरव, आनंद और उल्लास का अपने जीवन में पहली बार अनुभव किया।

घीसू ने कहा, "ले जा, ख़ूब खा और आशीर्वाद दे! जिसकी कमाई है, वह तो मर गई। मगर तेरा आशीर्वाद उसे ज़रूर पहुँचेगा। रोंये से आशीर्वाद दो, बड़ी गाढ़ी कमाई के पैसे हैं।"

माधव ने फिर आसमान की तरफ़ देखकर कहा, "वह बैकुंठ में जाएगी, दादा! बैकुंठ की रानी बनेगी।"

घीसू खड़ा हो गया और जैसे उल्लास की लहरों में तैरता हुआ बोला, "हाँ बेटा, बैकुंठ में जाएगी। किसी को सताया नहीं, किसी को दबाया नहीं। मरते-मरते हमारी ज़िंदगी की सबसे बड़ी लालसा पूरी कर गई। वह बैकुंठ में न जाएगी, तो क्या ये

मोटे-मोटे लोग जाएँगे, जो ग़रीबों को दोनों हाथों से लूटते हैं और अपने पाप को धोने के लिए गंगा में नहाते हैं और मंदिरों में जल चढ़ाते हैं?"

श्रद्धालुता का यह रंग तुरंत ही बदल गया। अस्थिरता नशे की ख़ासियत है। दुःख और निराशा का दौरा हुआ।

माधव बोला, "मगर दादा! बेचारी ने ज़िंदगी में बड़ा दुःख भोगा। कितना दुःख झेलकर मरी!"

वह आँखों पर हाथ रखकर रोने लगा, चीखें मार-मारकर।

घीसू ने समझाया, "क्यों रोता है बेटा! ख़ुश हो कि वह माया-जाल से मुक्त हो गई, जंजाल से छूट गई। बड़ी भाग्यवान थी, जो इतनी जल्द माया-मोह के बंधन तोड़ दिए।"

और दोनों खड़े होकर गाने लगे–

"ठगिनी क्यों नैना झमकावे! ठगिनी।"

पियक्कड़ों की आँखें इनकी ओर लगी हुई थीं और यह दोनों अपने दिल में मस्त गाये जाते थे। फिर दोनों नाचने लगे। उछले भी, कूदे भी। गिरे भी, मटके भी। भाव भी बताए, अभिनय भी किए और आख़िर नशे से मदमस्त होकर वहीं गिर पड़े।

15

दो भाई

प्रात:काल सूर्य की सुहावनी सुनहरी धूप में कलावती दोनों बेटों को जाँघों पर बैठाकर दूध और रोटी खिलाती। केदार बड़ा था, माधव छोटा। दोनों मुँह में कौर लिए, कई पग उछल-कूदकर फिर जाँघों पर आ बैठते और अपनी तोतली बोली में इस प्रार्थना की रट लगाते थे, जिसमें एक पुराने सहृदय कवि ने किसी जाड़े के सताये हुए बालक के हृदयोदगार को प्रकट किया है–

"दैव-दैव घाम करो, सुगवा सलाम करो, तुम्हारे बालक को लगता जाड़"

माँ उन्हें चुमकार कर बुलाती और बड़े-बड़े कौर खिलाती। उसके हृदय में प्रेम की उमंग थी और नेत्रों में गर्व की झलक। दोनों भाई बड़े हुए। साथ-साथ गले में बाँहें डाले खेलते थे। केदार की बुद्धि चुस्त थी, माधव का शरीर। दोनों में इतना स्नेह था कि साथ-साथ पाठशाला जाते, साथ-साथ खाते और साथ ही साथ रहते थे। दोनों भाइयों का ब्याह हुआ। केदार की वधू चम्पा, अमृत-भाषिणी और चंचला थी। माधव की वधू श्यामा, साँवली-सलोनी, रूपराशि की खान थी। बड़ी ही मृदुभाषिणी, बड़ी ही सुशीला और शांतस्वभावा थी।

केदार चम्पा पर मोहे और माधव श्यामा पर रीझे। परंतु कलावती का मन किसी से न मिला। वह दोनों से प्रसन्न और दोनों से अप्रसन्न थी। उसकी शिक्षा-दीक्षा का बहुत अंश इस व्यर्थ के प्रयत्न में व्यय होता था कि चम्पा अपनी कार्यकुशलता का एक भाग श्यामा के शांत स्वभाव से बदल ले।

दोनों भाई संतानवान हुए। हरा-भरा वृक्ष ख़ूब फैला और फलों से लद गया। कुत्सित वृक्ष में केवल एक फल दृष्टिगोचर हुआ, वह भी कुछ पीला-सा मुरझाया हुआ, किंतु दोनों अप्रसन्न थे। माधव को धन-संपत्ति की लालसा थी और केदार को संतान की अभिलाषा।

भाग्य की इस कूटनीति ने शनैः-शनैः द्वेष का रूप धारण किया, जो स्वाभाविक था। श्यामा अपने लड़कों को सँवारने-सुधारने में लगी रहती, उसे सिर उठाने की फ़ुरसत नहीं मिलती थी। बेचारी चम्पा को चूल्हे में जलना और चक्की में पिसना पड़ता। यह अनीति कभी-कभी कटु शब्दों में निकल जाती। श्यामा सुनती, कुढ़ती और चुपचाप सह लेती। परंतु उसकी यह सहनशीलता चम्पा के क्रोध को शांत करने के बदले और बढ़ाती। यहाँ तक कि प्याला लबालब भर गया। हिरन भागने की राह न पाकर शिकारी की तरफ़ लपका। चम्पा और श्यामा समकोण बनाने वाली रेखाओं की भाँति अलग हो गईं। उस दिन एक ही घर में दो चूल्हे जले, परंतु भाइयों ने दाने की सूरत न देखी और कलावती सारे दिन रोती रही।

कई वर्ष बीत गए। दोनों भाई जो किसी समय एक ही पालथी पर बैठते थे, एक ही थाली में खाते थे और एक ही छाती से दूध पीते थे, उन्हें अब एक घर में, एक गाँव में रहना कठिन हो गया। परंतु कुल की साख़ में बट्टा न लगे, इसलिए ईर्ष्या और द्वेष की धधकी हुई आग को राख़ के नीचे दबाने की व्यर्थ चेष्टा की जाती थी। उन लोगों में अब भ्रातृ-स्नेह न था। केवल भाई के नाम की लाज थी। माँ भी जीवित थी, पर दोनों बेटों का वैमनस्य देखकर आँसू बहाया करती। हृदय में प्रेम था, पर नेत्रों में अभिमान न था। कुसुम वही था, परंतु वह छटा न थी।

दोनों भाई जब लड़के थे, तब एक को रोते देख, दूसरा भी रोने लगता था। तब वह नादान, बेसमझ और भोले थे। आज एक को रोते हुए देख, दूसरा हँसता और तालियाँ बजाता। अब वह समझदार और बुद्धिमान हो गए थे।

जब उन्हें अपने-पराये की पहचान न थी, उस समय यदि कोई छेड़ने के लिए एक को अपने साथ ले जाने की धमकी देता, तो दूसरा ज़मीन पर लोट जाता और उस आदमी का कुर्ता पकड़ लेता। अब यदि एक भाई को मृत्यु भी धमकाती, तो दूसरे के नेत्रों में आँसू न आते। अब उन्हें अपने-पराये की पहचान हो गई थी।

बेचारे माधव की दशा शोचनीय थी। ख़र्च अधिक था और आमदनी कम। उस पर कुल-मर्यादा का निर्वाह। हृदय चाहे रोए, पर होंठ हँसते रहें। हृदय चाहे मलिन हो, पर कपड़े मैले न हों। चार पुत्र थे, चार पुत्रियाँ और आवश्यक वस्तुएँ मोतियों के मोल। कुछ पाइयों की ज़मींदारी कहाँ तक संभालती। लड़कों का ब्याह अपने वश की बात थी, पर लड़कियों का विवाह कैसे टल सकता? दो पाई ज़मीन पहली कन्या के विवाह में भेंट हो गई। उस पर भी बराती बिना भात खाए आँगन से उठ गए। शेष दूसरी कन्या के विवाह में निकल गई। साल भर बाद तीसरी लड़की का विवाह हुआ, पेड़-पत्ते भी न बचे। हाँ, अबकी डाल भरपूर थी। परंतु दरिद्रता और धरोहर में वही संबंध है, जो माँस और कुत्ते में।

इस कन्या का अभी गौना न हुआ था कि माधव पर दो साल के बकाया लगान का वारंट आ पहुँचा। कन्या के गहने-गिरों बंधक रखे गए। गला छूटा। चम्पा इसी समय की ताक में थी। तुरंत नए नातेदारों को सूचना दी। तुम लोग बेसुध बैठे हो, यहाँ गहनों का सफ़ाया हुआ जाता है। दूसरे दिन एक नाई और दो ब्राह्मण माधव के दरवाज़े पर आकर बैठ गए। बेचारे के गले में फ़ाँसी पड़ गई। रुपये कहाँ से आवें, न ज़मीन, न जायदाद, न बाग, न बगीचा। रहा विश्वास, वह कभी का उठ चुका था। अब यदि कोई संपत्ति थी, तो केवल वही दो कोठरियाँ, जिसमें उसने अपनी सारी आयु बिताई थी और उसका कोई ग्राहक न था। विलंब से नाक कटी जाती थी। विवश होकर केदार के पास आया और आँखों में आँसू भरे बोला, "भैया, इस समय मैं बड़े संकट में हूँ। मेरी सहायता करो।"

केदार ने उत्तर दिया, "मद्धू! आजकल मैं भी तंग हो रहा हूँ, तुमसे सच कहता हूँ।"

चम्पा अधिकारपूर्ण स्वर से बोली, "अरे, तो क्या इनके लिए भी तंग हो रहे हैं? अलग भोजन करने से क्या इज़्ज़त अलग हो जाएगी?"

केदार ने स्त्री की ओर कनखियों से ताक कर कहा, "नहीं–नहीं! मेरा यह प्रयोजन नहीं था। हाथ तंग है तो क्या, कोई न कोई प्रबंध किया जाएगा।"

चम्पा ने माधव से पूछा, "पाँच बीस से कुछ ऊपर ही पर गहने रखे थे न?"

माधव ने उत्तर दिया, "हाँ, ब्याज सहित कोई सवा सौ रुपये होते हैं।"

केदार रामायण पढ़ रहे थे। फिर पढ़ने में लग गए। चम्पा ने तत्त्व की बातचीत शुरू की, "रुपया बहुत है। हमारे पास होता, तो कोई बात न थी। परंतु हमें भी दूसरे से दिलाना पड़ेगा और महाजन बिना कुछ लिखाए-पढ़ाए रुपया देते नहीं।"

माधव ने सोचा, यदि मेरे पास कुछ लिखाने-पढ़ाने को होता, तो क्या और महाजन मर गए थे। तुम्हारे दरवाज़े आता क्यों? बोला, "लिखने-पढ़ने को मेरे पास है ही क्या? जो कुछ जगह-जायदाद है, वह यही घर है।"

केदार और चम्पा ने एक दूसरे को मर्मभेदी नयनों से देखा और मन ही मन कहा, "क्या आज सचमुच जीवन की प्यारी अभिलाषाएँ पूरी होंगी।" परंतु हृदय की यह उमंग मुँह तक आते-आते गंभीर रूप धारण कर गई। चम्पा बड़ी गंभीरता से बोली, "घर पर तो कोई महाजन कदाचित् ही रुपया दे। शहर हो तो कुछ किराया ही आवे, पर गँवई में तो कोई सेंत में रहने वाला भी नहीं, फिर साझे की चीज़ ठहरी।"

केदार डरे कि कहीं चम्पा की कठोरता से खेल बिगड़ न जाए। बोले, "एक महाजन से मेरी जान-पहचान है, वह कदाचित् कहने-सुनने में आ जाए।"

चम्पा ने गर्दन हिलाकर इस युक्ति की सराहना की और बोली, "अरे, बहुत दबाने पर चार बीस हो जाएँगे, और क्या!"

अबकी चम्पा ने तीव्र दृष्टि से केदार को देखा और अनमनी-सी होकर बोली, "महाजन ऐसे अंधे नहीं होते।"

माधव अपने भाई-भावज के इस गुप्त रहस्य को कुछ-कुछ समझता था। वह चकित था कि इन्हें इतनी बुद्धि कहाँ से मिल गई। बोला, "और रुपये कहाँ से आवेंगे?"

चम्पा चिढ़ कर बोली, "और रुपयों के लिए और फ़िक्र करो। सवा सौ रुपये इन दो कोठरियों के इस जन्म में कोई न देगा, चार बीस चाहो, तो एक महाजन से दिला दूँ, लिखा-पढ़ी कर लो।"

माधव इन रहस्यमय बातों से सशंक हो गया। उसे भय हुआ कि यह लोग मेरे साथ कोई गहरी चाल चल रहे हैं। दृढ़ता के साथ अड़ कर बोला, "और कौन-सी फ़िक्र करूँ? गहने होते तो कहता, लाओ रख दूँ। यहाँ तो कच्चा सूत भी नहीं है।

जब बदनाम हुए तो क्या दस के लिए, क्या पचास के लिए, दोनों एक ही बात है। यदि घर बेच कर मेरा नाम रह जाए, तो यहाँ तक तो स्वीकार है, परंतु घर भी बेचूँ और उस पर भी प्रतिष्ठा धूल में मिले, ऐसा मैं न करूँगा। केवल नाम का ध्यान है, नहीं तो एक बार नहीं कर जाऊँ, तो मेरा कोई क्या करेगा? और सच पूछो, तो मुझे अपने नाम की कोई चिंता नहीं है। मुझे कौन जानता है? संसार तो भैया को हँसेगा।"

केदार का मुँह सूख गया। चम्पा भी चकरा गई। वह बड़ी चतुर वाक्य-निपुण रमणी थी। उसे माधव जैसे गँवार से ऐसी दृढ़ता की आशा न थी। उसकी ओर आदर से देखकर बोली, "लालू! कभी-कभी तुम भी लड़कों की-सी बातें करते हो। भला इस झोपड़ी पर कौन सौ रुपये निकाल कर देगा? तुम सवा सौ ही दिलाओ, मैं आज ही अपना हिस्सा बेचती हूँ। उतना ही मेरा भी तो है। घर पर तो तुमको वही चार बीस मिलेंगे। हाँ, और रुपयों का प्रबंध हम-आप कर देंगे। इज़्ज़त हमारी-तुम्हारी एक ही है, वह न जाने पाएगी। वह रुपया अलग खाते में चढ़ा लिया जाएगा।"

माधव की इच्छाएँ पूरी हुईं। उसने मैदान मार लिया। सोचने लगा, मुझे तो रुपयों से काम है, चाहे एक नहीं, दस खाते में चढ़ा लो। रहा मकान वह जीते जी नहीं छोड़ने का। प्रसन्न होकर चला। उसके जाने के बाद केदार और चम्पा ने कपट-भेष त्याग दिया और बड़ी देर तक एक-दूसरे को इस कड़े सौदे का दोषी सिद्ध करने की चेष्टा करते रहे। अंत में मन को इस तरह संतोष दिया कि भोजन बहुत मधुर नहीं, किंतु भर-कठौत तो है। घर, हाँ, देखेंगे कि श्यामा रानी इस घर में कैसे राज करती हैं।

केदार के दरवाज़े पर दो बैल खड़े हैं। इनमें कितनी संघ-शक्ति, कितनी मित्रता और कितना प्रेम है? दोनों एक ही जुए में चलते हैं, बस इनमें इतना ही नाता है। किंतु अभी कुछ दिन हुए, जब इनमें से एक चम्पा के मैके मँगनी गया था, तो दूसरे ने तीन दिन तक नाद में मुँह नहीं डाला। परंतु शोक, एक गोद के खेले भाई, एक छाती से दूध पीने वाले आज इतने बेगाने हो रहे हैं कि एक घर में रहना भी नहीं चाहते।

प्रातःकाल था। केदार के द्वार पर गाँव के मुखिया और नंबरदार विराजमान थे। मुंशी दाता दयाल अभिमान से चारपाई पर बैठे रेहन का मसविदा तैयार करने

में लगे थे। बार-बार कलम बनाते और बार-बार ख़त रखते, पर ख़त की शान न सुधरती थी। केदार का मुखारविंद विकसित था और चम्पा फूली नहीं समाती थी। माधव कुम्हलाया और म्लान था।

मुखिया ने कहा, "भाई ऐसा हित, न भाई ऐसा शत्रु। केदार ने छोटे भाई की लाज रख ली।"

नंबरदार ने अनुमोदन किया, "भाई हो तो ऐसा हो।"

मुख़्तार ने कहा, "भाई, सपूतों का यही काम है।"

दातादयाल ने पूछा, "रेहन लिखने वाले का नाम?"

बड़े भाई बोले, "माधव वल्द शिवदत्त।"

"और लिखाने वाले का?"

"केदार वल्द शिवदत्त।"

माधव ने बड़े भाई की ओर चकित होकर देखा। आँखें डबडबा आईं। केदार उसकी ओर देख न सका। नंबरदार, मुखिया और मुख़्तार भी विस्मित हुए। क्या केदार ही रुपया दे रहा है? बातचीत तो किसी साहूकार की थी। जब घर ही में रुपया मौजूद है, तो इस रहननामे की आवश्यकता ही क्या थी? भाई-भाई में इतना अविश्वास। अरे, राम! राम! क्या साधव 80 रु. का भी महँगा है? और यदि दबा ही बैठता, तो क्या रुपये पानी में चले जाते।

सभी की आँखें सैन द्वारा परस्पर बातें करने लगीं, मानो आश्चर्य की अथाह नदी में नौकाएँ डगमगाने लगीं।

श्यामा दरवाज़े की चौखट पर खड़ी थी। वह सदा केदार की प्रतिष्ठा करती थी, परंतु आज केवल लोकरीति ने उसे अपने जेठ को आड़े हाथों लेने से रोका।

बूढ़ी अम्मा ने सुना तो सूखी नदी उमड़ आई। उसने एक बार आकाश की ओर देखा और माथा ठोंक लिया।

अब उसे उस दिन का स्मरण हुआ, जब ऐसा ही सुहावना सुनहरा प्रभात था और दो प्यारे बच्चे उसकी गोद में बैठे हुए उछल-कूद कर दूध-रोटी खाते थे। उस समय माता के नेत्रों में कितना अभिमान था, हृदय में कितनी उमंग और कितना उत्साह!

परंतु आज, आह! आज नयनों में लज्जा और हृदय में शोक-संताप। उसने पृथ्वी की ओर देखकर कातर स्वर में कहा, "हे नारायण! क्या ऐसे पुत्रों को मेरी ही कोख से जन्म लेना था?"

Mansarovar - 2

by Premchand

Price : Rs. 175
Pages : 160
Size : 7.75x5.25 inches
Binding : Paperback
Language : Hindi
Subject : Fiction/Anthology
ISBN : 9789380914985

"कहते हैं जिसने प्रेमचंद नहीं पढ़ा उसने हिन्दुस्तान नहीं पढ़ा।"

प्रेमचंद ने 14 उपन्यास व 300 से अधिक कहानियाँ लिखीं। उन्होंने अपनी सम्पूर्ण कहानियों को 'मानसरोवर' में संजोकर प्रस्तुत किया है। इनमें से अनेक कहानियाँ देश-भर के पाठ्यक्रमों में समाविष्ट हुई हैं, कई पर नाटक व फ़िल्में बनी हैं जब कि कई का भारतीय व विश्व की अनेक भाषाओं में अनुवाद हुआ है।

अपने समय और समाज का ऐतिहासिक संदर्भ तो जैसे प्रेमचंद की कहानियों को समस्त भारतीय साहित्य में अमर बना देता है। उनकी कहानियों में अनेक मनोवैज्ञानिक बारीक़ियाँ भी देखने को मिलती हैं। विषय को विस्तार देना व पात्रों के बीच में संवाद उनकी पकड़ को दर्शाते हैं। ये कहानियाँ न केवल पाठकों का मनोरंजन करती हैं बल्कि उत्कृष्ट साहित्य समझने की दृष्टि भी प्रदान करती हैं।

ईदगाह, नमक का दारोगा, पूस की रात, कफ़न, शतरंज के खिलाड़ी, पंच-परमेश्वर, आदि अनेक ऐसी कहानियाँ हैं जिन्हें पाठक कभी नहीं भूल पाएँगे।

OTHER HARDBACK BOOKS

- » 1984 by George Orwell
  Fiction/Classics, ISBN: 9788193545836
- » Abraham Lincoln by Lord Charnwood
  Biography/Leaders, ISBN: 9789387669147
- » Alice's Adventures in Wonderland by Lewis Carroll
  Children's/Classics, ISBN: 9789387669055
- » Animal Farm by George Orwell
  Fiction/Classics, ISBN: 9789387669062
- » Gitanjali by Rabindranath Tagore
  Fiction/Poetry, ISBN: 9789387669079
- » Great Speeches of Abraham Lincoln by Abraham Lincoln
  History/General, ISBN: 9789387669154
- » How to Stop Worrying and Start Living by Dale Carnegie
  Self-Help/General, ISBN: 9789387669161
- » How to Win Friends and Influence People by Dale Carnegie
  Self-Help/Success, ISBN: 9789387669178
- » Illust. Biography of William Shakespeare by Manju Gupta
  Biography/Authors, ISBN: 9789387669246
- » Madhubala by Manju Gupta
  Biography/Actors, ISBN: 9789387669253
- » Mansarover 1 (Hindi) by Premchand
  Fiction/Short Stories, ISBN: 9789387669086
- » Mansarover 2 (Hindi) by Premchand
  Fiction/Short Stories, ISBN: 9789387669093
- » Mein Kampf (My Struggle) by Adolf Hitler
  Biography/Leaders, ISBN: 9789387669260
- » My Experiments with Truth by Mahatma Gandhi
  Biography/Leaders, ISBN: 9789387669277
- » Relativity by Albert Einstein
  Sciences/Physics, ISBN: 9789387669185

OTHER HARDBACK BOOKS

- » Selected Stories of Tagore by Rabindranath Tagore
  Fiction/Short Stories
- » Sense and Sensibility by Jane Austen
  Fiction/Classics, ISBN: 9789387669109
- » Siddhartha by Hermann Hesse
  Fiction/Classics, ISBN: 9789387669116
- » Tales from India by Rudyard Kipling
  Fiction/Short Stories, ISBN: 9789387669123
- » Tales from Shakespeare by Charles & Mary Lamb
  Children's/Classics
- » The Art of War by Sun Tzu
  Self-Help/Success
- » The Autobiography of a Yogi by Paramahansa Yogananda
  Biography/General, ISBN: 9789387669192
- » The Diary of a Young Girl by Anne Frank
  Biography/General, ISBN: 9789387669208
- » The Jungle Book by Rudyard Kipling
  Children's/Classics
- » The Light of Asia by Sir Edwin Arnold
  Religion/Buddhism, ISBN: 9789387669130
- » The Miracles of Your Mind by Joseph Murphy
  Self-Help/Success, ISBN: 9789387669215
- » The Origin of Species by Charles Darwin
  Sciences/Life Sciences
- » The Power of Your Subconscious Mind by Joseph Murphy
  Self-Help/General, ISBN: 9789387669222
- » The Science of Getting Rich by Wallace D. Wattles
  Self-Help/Success, ISBN: 9789387669239
- » Think and Grow Rich by Napoleon Hill
  Self-Help/Success

www.ingramcontent.com/pod-product-compliance
Lightning Source LLC
Chambersburg PA
CBHW030610310726
48979CB00003B/648

* 9 7 8 9 3 8 7 6 6 9 0 8 6 *